朱丽叶的秘密

苏玄玄 著

当代世界出版社

图书在版编目（CIP）数据

朱丽叶的秘密 / 苏玄玄著. —北京：当代世界出版社，2012.8

ISBN 978-7-5090-0838-6

Ⅰ.①朱… Ⅱ.①苏… Ⅲ.①长篇小说—中国—当代 Ⅳ.①I247.5

中国版本图书馆CIP数据核字（2012）第130046号

书　　名：	朱丽叶的秘密
出版发行：	当代世界出版社
地　　址：	北京市复兴路4号（100860）
网　　址：	http://www.worldpress.com.cn
编务电话：	（010）83908456
发行电话：	（010）83908410（传真）
	（010）83908408
	（010）83908409
经　　销：	全国新华书店
印　　刷：	北京紫瑞利印刷有限公司
开　　本：	880毫米×1230毫米　1/32
印　　张：	8.75
字　　数：	210千字
版　　次：	2012年8月第1版
印　　次：	2012年8月第1次
书　　号：	ISBN 978-7-5090-0838-6
定　　价：	28.00元

如发现印装质量问题，请与承印厂联系调换。
版权所有，翻印必究；未经许可，不得转载！

一场突如其来的意外,让顾尘朵濒临崩溃的边缘。

　　恐惧,骇然,惊魂失魄,皆因眼睁睁看着同事唐音音自28层大厦纵身一跃。

　　亲眼目睹伊人香消玉殒,这让本身就因为家庭环境而导致性格缺陷的尘朵更生雪上加霜的阴霾。

　　失措,困惑,噩梦不断。她万般不解,究竟什么原因让一个貌美女子不惜韶华倾销锦年?又是什么原因偏偏让泛泛交情的同事心陷囹圄?

　　带着这些疑问,亦为了摆脱灵魂的负重与噩梦的纠缠,已然无法置身其外的尘朵决定将谜团解开……

　　故事,就从一本书一张纸片开始。

　　"我知,彼岸尽头,也若起点,轮回。"

　　"我知,遁世流火,也若星辰,永恒。"

　　"朱丽叶,唯有你,明白我的忧;就如,只有我,懂得你的伤。"

一张夹在《罗密欧与朱丽叶》里的纸签，似乎昭示黄泉之路的指引，蕴藏着死亡背后的玄机。

　　紧跟着这条线索，尘朵在音音迷宫般的人生里，推开那扇往事的大门，步步探寻，终于读懂了"朱丽叶"的秘密。

　　秋歌醉梦，尘梦葬秋，两种笔墨，描绘两种人生，却似遥相呼应。

　　当真相浮出水面，最后的结果，若应故事中他们的诠释："不管哪一种人生，都会有遗憾。束缚，往往来自于自我。"

第一章

我踩着吱呀作响的竹梯小心翼翼地爬上了阁楼。

本以为阁楼用做堆放杂物,入眼定是杂乱不堪。出乎意料的却彰显空敞,不过就左方齐放了三个纸箱。

抬眼可见小窗。

这扇小窗做通风之用,窗前挂有贝壳小风铃,微风入窗,像是谁人闲趣,以指弄铃,清脆声响,俨然乐音。

而此时,我已然无心赏乐。

环顾四下,判断唯有那纸箱装有琐碎杂物,我便兀自走过去。

探指在纸箱上抹过,手指沾染灰尘,可见近日无人打开过它。

微微失神,我忆起张老太之前说过的一段话:"出事前些天,音音总是神秘兮兮,我问她话她完全就不回应,没事儿的时候就待在阁楼上,不知她在那上面做什么……"

回过神,我蹲下来,迅速打开了纸箱查看。

前两个箱子装的是一些旧书,我拿出翻看,大多是些古典文学,不由忆起感性纤敏的唐音音彼时选学的就是汉语言文学。

打开第三个纸箱,里面只有两本相册,以及两本《圣经》。

《圣经》?

我翻看了下,一本较新一本较旧。

莫不是唐音音信奉这些?

不过,为什么有两本《圣经》,还是一模一样的?

想不明白。

于是，我试图从照片里找出点线索。

拿过一本一张张仔细看，其中有许多照片像是与家人的合影。

从婴儿开始，小学，中学……

我翻着相册，照片里音音是稚气的模样，笑得乖巧。

有一张她与小男孩抱着皮球的照片，我将它抽出翻过来看，发觉后面写着一个时间两个名字，"1992年春，唐音音，唐亦翔"。

唐音音，唐亦翔。我在心内重复着这两个名字。

唐亦翔，我不知他是谁，既然都姓唐，我猜他应是唐家的亲戚。

我接着一一将它们抽出查看，发觉每张背面皆有注释时间，最近的是一张全家福，却已是陈年久远的20年前。

照片在手中，轻薄近至空无，然而，我却好似触到一堵昨日墙垣，一种清冷，横亘穿透，蔓上我的指尖，然后抵达我心深处。

我不由做了深呼吸。接着翻开第二本相册，里面是音音稍大时候的照片，从照片里看，大概是中学时期。

为何没有近期的相片？莫非被人拿走了？但是纸箱却不像是被人翻查过的。

再看仔细些。这般想着，我再翻看了一次相册。

想到兄妹家人这些字眼，我不免心有戚戚。

不由忆起唐音音曾对我讲过，在20年前，父母的车冲下悬崖，两人当场殉难，如此惨剧曾震惊一方小城。

那是怎样触目惊心的一幕？

照片上的面孔，有多少皆已化作涓埃，不复存在了么？

惧思中，突然风过，铃声叮叮当当一阵剧响。

我一惊，骇然抬头。

侧首看那摇晃的风铃，之前清脆之乐却骤然诡异，不由叫人心下恐怯，脊梁骤升飕飕凉意。

我下意识环抱了手臂，抚了抚皮肤突起的鸡皮疙瘩。

待铃声缓止，我努力将心绪调整，再次转过头看向这几个箱子。

这三个纸箱里的东西看似平常无奇，可是，我坚信这里面有我所未察觉的东西——唐音音的秘密。

我决定再查看一次。

我站起来，将箱子里的物品统统倒翻在地板上。

有什么顺势滚到我的脚边，我弯腰拾起它，是个正在跳舞的塑料娃娃，这个小男孩大概只有拇指大小，虽然小，但面目分明，穿着格子花，做得精致。

我捏在指尖端详了下，这个娃娃不是挂饰，它倒像是那种音乐盒里面跳舞的小人，如果是的话，那么何以不见音乐盒却独独只剩下这个？

猜不透。

我将它放入了衣袋里。

盘腿坐在地板上，我开始整理旧书，仔细翻看，查看书页里有无夹着什么。

阁楼分外安静。只是，铃声屡屡响得欢，而我的耐性方被点滴耗尽。

我放下书，不安地看着摇晃不定的风铃，暗想这个阁楼真是阴森得很。

这般想着，耳畔陡然响起唐音音在天台上与我的对话：

"尘朵，我厌恶世俗，世俗总会摧毁一切单纯美好，你说是不是？"

"如果世俗认定一样事物并非美好，它的存在，势必有引人非议的瑕疵。是非因果，规律形成，这是自然而然的轨迹。世俗生成的感观不一定正确，但是音音，你又如何判断一样事物的存在就是美好？你又如何认定摧毁它就是一件坏事？"

"不，不。尘朵，你不懂，你看不清楚，是因为你本在这世俗圈内，它早已潜移默化得让你失去了你本应纯净的灵魂。"

"音音，人一旦降临于这个尘世，那么注定会受到世俗观念的洗涤，我们不过凡夫俗子，没有精雕细琢的完美。那些所期望的极致，没人做得到，尽力就好。音音，你要懂得，我们毕竟不是天使。尘世之间，没有天使。"

"是的。所以我要远离，要远离。你懂吗？要彻彻底底地远离它。我相信世俗之外有灵魂喘息之地，那片净地，是最完美的天使之城，我要在那里重生，等待我的羽翼逐丰。"

"你在说什么啊？音音。"

"良人之约，执手共赴，执手共赴，良人之约。"

"音音，你在说什么我没听清楚，你到底发生了什么事？你告诉我，我们好好谈谈，好不好……"

"敬爱的神明，我没法告诉你我叫什么名字；敬爱的神明，我痛恨我自己的名字，因为它是你的仇敌；要是把它写在纸上，我一定把这几个字撕成粉碎，撕成粉碎……"

"音音，我们好好聊聊，你不要再往边上走了，很危险……音音，音音……"

想到这里，想到那个情节，我不由闭起眼来，深深吸气，迫使自己镇静。

谁人不晓，尘人尘事，来来去去，皆不可拒。

悲喜愁苦，酸甜苦辣，人生必须去一一体味，作为红尘俗世的我们，是没得选择，更无法脱逃。

然而，唐音音，你为何偏偏要选择一种最极端的方法？到底发生了什么事情，会让那么美丽的你绝望得连生命亦无所谓了？

死亡，真的是唯一的解脱吗？

想到这些，我重重叹息道："你到底是为了什么……"

自言自语间，我拿过一本书，目光倏然落于它下面的那摞书籍上，那是一本……

我定睛一看，中间夹着的那本书是《罗密欧与朱丽叶》？

我急急探手将它抽出，果真是一本《罗密欧与朱丽叶》。

一大堆古典文学中，却独独只有这本外国文学小说？

思绪一滞，我缓缓翻开它，里面夹着一张小纸片。

纸片上的字体娟秀，字迹却有些洇开，但纸张不粘手，不应是潮湿的关系。

我细看内容，它像是对着谁人述说的一段话语：

我知，彼岸尽头，也若起点，轮回
我知，遁世流火，也若星辰，永恒
朱丽叶，唯有你，明白我的忧；就如，只有我，懂得你的伤

请将你的手放入我的手中
默念崇奉的上帝之语，朝着它的指引，抵达最纯净的地方

看到了吗，看到了吗？
只要坚信，你一定能看到
我就站在那里，朝你伸手，迎你来到

你的罗密欧

最后的署名是罗密欧。

这一小段话，它一定有什么意义。

它到底有什么意义？我甚是困惑，莫非是这本小说里的话？是因为喜欢它，所以将它手抄下来？

那这纸片上所指的朱丽叶，是指小说人物，还是指的其他？

会否指的是音音？

倘若是，那么，罗密欧又会是谁？

我的目光再次落在这张纸里，我注意到背后好像也写着什么。

翻过来一看，确实是。

背后的字体，比前面的要小一些。

阁楼光线较暗，极难字字辨清，正待我想靠近小窗时，手机铃声骤然响起。

条件反射地，我不由一哆嗦，手中的书掉在地上。

这一瞬我是被吓得不轻，连手心都已然冒汗，而包里的手机还欢快地唱着歌。

不由在心头狠狠埋怨着谁人作怪此时来电，我掏出手机，上面显示顾启扬的名。

我吸了口气，按下接听键："什么事？"

我的声音虽低，但他却听出我的不稳情绪："怎么了？"

"没什么。"我应道，随即警觉地反问，"是不是甄姨……"

"不是她有事。别老把自己搞得神经兮兮的。你现在在做什么？"

"我刚巧在外面办点事，被你的电话吓了一跳。"

他笑道："好像我的电话总不是时候。"

"那是因为你给我的电话太少了。"

"比起你回家的次数，好像多得多。"

"看来，你对我的成见是理所当然的事。"

"对着我，你可以这么不礼貌，但对着别人可不能老这样。"顾启扬的言辞已是犀利。

"因人而异。"我简单回应。

我们的谈话似乎又变得了然无趣。

"晚上回家吃饭。"他不再多语。

"是甄姨叫你给我电话的？"

"除了她，已是没人喊得动你做这做那了。"

"你不也这样？"我淡淡地说。

"不和你抬杠，记得叫上韩溯，7点钟准时到家来。"

"嗯。"

"你们，还好吧？"

"好得很。"

"那就好，收敛一下你的坏脾气，特别是在她面前……"

"回头见。"不容他说完，我挂掉了电话。

我能猜想得到顾启扬握着话筒叹息我的臭脾气与薄言凉语。

收敛？我已经收敛许多了，如今在甄姨面前，我简直已经变得不像自己。

如果做回自己，以顾尘朵的性情，第一件事，那就是与韩溯撇清关系，老死不相往来。

站在窗口看着蓝天，我探手抚动着风铃，心事重重。

稍待，我将这本《罗密欧与朱丽叶》放入了手提包中，接着我将书籍相册迅速收拾完毕，最后环顾四下，但见阁楼恢复到最初入眼时的样子。

第二章

别过张老太，从旧公寓走出来。

下意识地，我转过身去看，这幢老房子等不了半年就会被拆掉。

届时，张老太的儿子会把她接到另处居住，而这些关于音音的遗物，只得烧掉。

音音在这儿租房住了一段时间了，我想，张老太对音音是有感情的，不然说到烧掉，她亦不会难过得说不出话来了。但事实上，唐音音的遗物，除了烧掉，亦是别无它法。多年前的那场车祸带走了她最亲的人，也不知道她还有些什么亲戚，也不知道警察能否联系上他们。

没有亲人的人，才是最孤独的。从12岁开始，我就深知这个道理，也就是从12岁开始，我开始体味一种孤独，虽然满眼里都是伪善的面孔——拿着亲人两个字做着幌子的面孔。那些潜藏的压力，我从未觉得与之抗衡有多难，从未感觉畏惧。

只是，曾几何时，韩溯这个名字，终让我有了无奈之感。

韩溯的父亲韩祁顺不仅仅是顾家的私人医生，也是甄姨的好友，彼时，两家一直有所来往。

可是就算如此，也不一定非要把上辈的那种好强加于我和韩溯身上，以前听甄姨说过韩溯不错之类的话，倒也未曾在意，去年韩祁顺出国时甄姨又对他说起结亲的想法，他一句赞成就让甄姨铁了心，于是三番两次地向我提及这事儿，还反复说她有她的道理。

我真是不理解,就算他们是好友,但也不一定非要把上辈的那种好强加于我和韩溯身上,看来,迂腐的思想和年代无关。

本来,这件事情有一段时间甄姨不提了,未曾料到,半年前她突然病倒,在病中,她慎重地要求我与韩溯两个月内结婚。

当好友岑之凉听闻我提及甄姨要我嫁给韩溯时,笑着说看来我的一生同韩溯这个名字有着千丝万缕的关系,彼此牵牵绊绊,剪不断理还乱,从某种意义上说,他,就是我的宿命。

我告诉她,顾尘朵从来就不相信宿命。

宿命,等同,必然。

必然只是一种说法。而谓之宿命,无非是给软弱一个极好的借口。

我坚信如此。虽然26岁,我必须违心妥协。

回想到此前我这样说的时候,之凉她反问我:"为什么是26岁?"

我简单回答:"我决定先和他订婚,就在6月1号我生日这天。"

6月1号,是我的生日,26岁的生日,亦是和韩溯的订婚之日。

"我明白了,如此说来,你最终只有缴枪投降,所以你答应了甄姨和韩溯订婚,这就是在你挣扎而挣扎不了的妥协。"她笑笑,轻叹,"我太理解这种感受了,长辈们都这样,总觉得帮我们物色一个了如指掌的人做枕边人最为妥当,他们的顾虑是没错,可是却忽略了婚姻之前有个步骤叫恋爱,恋爱不就是让双方相互了解的过程嘛,所以两个知根知底的人要谈场会心动的恋爱,是一件非常困难的事。若真省掉恋爱这个步骤,人生该多无趣。"

我只笑不语,虽然我赞成她后面的说法,但前面的话却是不对。我这样的决定看似妥协,其实不然。

我之所以和韩溯订婚,是因为我想通了些许事情。

朱丽叶的秘密

那天，我欲找甄姨理论，却被顾启扬推到门外，我以作战者的姿态站在医院走廊上，准备再返回病房，却无意地听及护士路过时的对话，一瞬，幡然醒悟。

"护士长说现在不能随便换班了，你也晓得她这人多古板。"

"那怎么办，我今晚真有急事，不能值夜班……"

"不如这样，你待会儿多让她看到你，反正她7点半就下班了，等她走了你再走，我帮你打考勤卡，明天早上早点来，她一上班又看到你在，我们不说她肯定不知道。"

"也对，她看到我在的假象，也一定以为我上了晚班的。"

"没事的，兜个圈而已……"

我在心里反复念着两个字，假象，假象。

有时候，与其直面一场惊涛骇浪，不如换个角度看得一片碧海蓝天。

"她都病成这样了，你当真想要把她气死才心甘？这病已是绝症，医生说只能拖一天算一天，你就不能有一次顺了她的心意吗？你的心里不管有什么疙瘩，她终究是你继母。"

这是最初听到甄姨提出要我与韩溯结婚时被我断然拒绝后，顾启扬将我拉到病房外一脸肃穆地对我讲出的一番话。

我看着他，虽然我不喜欢甄姨，不喜欢她的儿子顾启扬，但我又不得不承认他的说法，不管如何，他是我同父异母的弟弟。

我突然忆起父亲的话来，他说朵朵，你以后要孝顺甄姨。

我当然不想做忤逆女。就算不是为了甄姨，也该为了父亲的这句话，听从她这一次。毕竟，她时日无多。

我能怎么做？似乎也只能妥协。

不是我终究选择妥协，而是，我终究明白使出缓兵之计做出假象来过关。

朱丽叶的秘密

所以那天当我重新走进病房里，我这样对着甄姨说："甄姨，我想了许久，或许你的确是为我好，所以我会竭力按照你说的去做。但于心而言，要我与韩溯立时结婚这真无可能，我不想违抗你的意愿，可我至少需要一点时间。我不是和你谈条件，我只是想告诉你我的想法，我可以先和他订婚，两年之内，指不定不到两年，总之待我们真的足够融洽，我们再结婚亦不迟。我会尽自己最大的努力去认识他，了解他，爱上他。"

我的话说得极为虔诚，语气温软，我相信自己表现得无可挑剔，在甄姨的眼里，以我平素的脾气，能退到这一步真是最后底线了。

所以，她思索一阵后，终点头应允："尘朵，我知道自己的身体只会越来越糟。韩溯毕竟是我看着长大的，你们也熟知对方，现世之下，人心叵测，作为母亲，我无法不担忧，总之，你能和他在一起，我真的很放心。"

她说这些，其实我并未耐心地听。而她用到母亲这个词，我更不觉多感动。我只是想着，我与韩溯的关系，就和她的病情一样，亦不过是拖一天算一天，只要没有真正的婚姻约束，我是相信自己终有一天会彻底自由的。

尔后，那场订婚宴，我的种种积极行为，不过是做给甄姨看。至于韩溯对我的迁就，我想不是因为他父亲的话，恐怕他也不会愿意早早入了围城来。

韩溯，他的心思我太了解，在他面前，我亦可做一名心理专家，足以琢磨他的心思。

从张老太的住所出来，我缓缓地走着，思绪不歇。
为抄近道，我绕进小巷子。

朱丽叶的秘密

大概周边是旧房，巷子里也没什么人。

我满怀心事地走着，不知是因为天气阴沉，还是因为地上的潮湿，有凉气自脚心渐渐蔓来。

倏地，背心一阵凉，我下意识地转了身去看。

巷子仍旧空空荡荡，只是，为什么我总是觉得被一双眼睛在暗地注视？

心烦意乱之感再次席卷而来，我侧身靠在墙上，打开手提包，掏出烟，点燃吸着。

重重吐出一口烟，我努力平稳着心绪，继而自嘲一笑，何以我要这么害怕？

在唐音音死后的这些天来，这种惶惶之感就浓重地压在我的心头，整个人总会莫名地恐、莫名地慌、莫名地乱。

我到底在困扰什么？

唐音音出事后，从现场勘查以及那封经过专家辨析的、放在她文件夹里的遗书，警方很快便确认其为自杀。

既然连警察都已确认她是自杀，我不该自寻烦恼。

重重叹息后，我侧眼，瞧见一团逆光打在旁边墙面上。

我不由摊开手掌，徐徐地靠近那束光，想要触碰那点温暖。

蓝的天，白的云，晴朗的现在，有多少人却还停在阴雨的昨天，走不出来，孤单打转。

浮城寂寞，旧事斑驳，荒芜了人生，放逐了贪恋，是不是一种勇敢？又是不是一种圆满？

这种圆满，竟是用身体的支离破碎去完成，决然奔赴一场亡灵之宴，正如，美丽的她一样。

多么天真。

想到这些，我的眼眶不由发烫。

朱丽叶的秘密

"唐音音，你真傻。"我轻轻地说，"你为什么要以这种方式离开？你为什么非要我陷入这种困境里来？"

我真想弄清楚她为什么独独要邀我上天台，为什么偏偏是我？

自言自语，却无从质问。

我低眼看着指尖烟雾，眼神颇为涣散。

现在的我是这么进退两难。若不查清楚，寝食难安，若要查清楚，我又该如何着手？

突然，我像是察觉到什么，抬眼看向前方。

巷口，站着一个人。确切地说，他是朝着我走过来。

我立时紧张起来。

我警觉地看着他，似乎连呼吸都变得小心翼翼。

随着他步履缓行，我渐渐看清他的样貌。

来者约摸30出头的年纪，一张清癯消瘦的面庞，胡须扎眼，表情漠然。

一步一步，他从我的面前走过，未曾停留半分。而自始至终，他都没看我一眼。

原来，不过是路人。

看着他的背影，我悬起的心终是平复。

回到家，关上门。

靠在门上，我重重吁出一口气。

忽然想起什么，我赶紧从挎包里拿出书，再取出那张纸片。

注视它背面的那些字，我朝屋里缓行着，边走边在心中默念：

看得见的是悲伤，却不过是虚墙
若我要穿透，没人阻止得了

朱丽叶的秘密

我终要做我自己,用尽一切,做我自己
要肆意地笑,要放任我的爱,肆意地滋长
我的疯狂,一种绝望
天地虽大,却唯有你,才能阻止寂寞嚣张
灵魂祭祀者,赠予我的虔诚,凝聚我的目光
世事似流动的风,你是恒定的力量
你轻轻一笑,我就安静了
是高贵的公主,是卑微的尘埃,都听你由你
默念崇信的上帝之语,不管是天堂,还是地狱,你一抬手,我就飞翔
朝着你的指引,烧成灰烬,亦是我的骄傲
罗密欧,记住这最美的火光
让我的身体坠为碎片,绽放的血液却是信仰
你的朱丽叶,我,只为你,凌空舞蹈

你的朱丽叶

字里行间,决赴之心,言已尽意。
看完后,我不由再次联想起天台那一幕,毛骨悚然。
我倒了杯温开水,连喝了几口,然后将杯子紧捧在手心。
罗密欧?这里,又提及到了他。
这里署名为朱丽叶,而它的正面是罗密欧,它们多像遥相呼应。
如果之前单凭纸片上的那几句话,不足以证明这本书与音音的死有什么关联,但看完这首诗,我相信,它一定有所寓意,这个"罗密欧"就是导致她走向死亡的直接原因。
那么,"罗密欧"到底是谁?

朱丽叶的秘密

我想起《罗密欧与朱丽叶》这个故事来，看得出，音音迷恋这个故事。

难道，她之所以看这本书，还在上面写下这段暗示性的话，正是因为他们的爱情类似于这个故事？

可是，那毕竟只是故事，现实里的人，怎会爱得那般绝望？

"音音，为了深爱的人，你这样做，真的值得吗？"

想到这点，我不由叹息。

爱情傻瓜，从来都是付出得最多的那一个人。

唐音音，你已经付出太多。

含笑饮鸩酒，舞弄黄泉路。

不会再有这样一个傻瓜，傻到相信，生命可以灭亡，但是爱情不死。

那种近似童话故事的爱情，不过是为了满足我们的幻想，就像漂浮的泡沫，流光溢彩，却不过是幻象，而爱上幻象，注定，得不偿失。

爱情最怕是认真，过于认真地爱一个人，从某种意义上而言，就是一种自我毁灭。

毕竟，浓情蜜意那么多，白头偕老那么少。

看了看时间，我给韩溯发过去一条短信，提及晚上一起吃饭的事情。很快地，他回过来一个"好"字。

看着这个"好"字，我想起顾启扬的话来："韩溯有什么不好？"

这个男人有什么不好？

韩溯，29岁，海归，长相斯文，气质上乘。

按照同事的玩笑说，拿这些背景资料，若是去相亲的话，定是很受青睐。

朱丽叶的秘密

并非我挑剔，纵然有人觉得我古怪，但我并不古板。现在相亲就跟吃饭喝茶一样寻常，真要是去相亲倒好。

我之所以对这事一口回绝，恰恰因为这个人是韩溯。

订婚之前，我去找了他两次。

第一次我很明确地说对于甄姨的提议我不同意，这又不是万恶的旧社会。

我的迫切在他悠闲的神态下形成了强烈对比，他慢条斯理地说甄姨也找了他，他未曾表态，只是告诉甄姨先问我意见。我有些诧异，他又说其实我们年纪都不小了，两家又走得近，相互也算了解。不待他说完，我打断他的话说正因为了解，所以没了可能。听着我的话，他神色自若，继而反问我真的这么了解他？我不假思索地答，我相信自己的眼睛和耳朵。他笑着摇头轻叹："等到你明白用心去认知某些事物，你才会懂得，眼睛和耳朵确实是会骗人的。"

他的话听起来像是在嘲讽我的浅薄无知，然而在我看来，他的这些道理就和他的职业一样故弄玄虚。

后来，甄姨病重，顾启扬对我说了那些话后，我不得不想出订婚这个方法。

我又把韩溯约了出来。

在咖啡厅里，我告诉他我不愿违背甄姨的意愿，虽然我和他之前有过不愉快，但我可以无视以前发生过的那一切，我们先订婚，彼此从朋友做起，如果相处得好，情到深处自然成，那时我们再结婚也不迟。我以为他会觉得我的提议很荒谬，抑或不可理解我态度忽冷忽热的转变，他听完我的话，低头喝完手中的咖啡，然后抬眼看我一笑，竟是表情无异地点头同意了，他随即问我，搬不搬到馨苑去住，我一摆手，可又心想着做戏要做全套，就算不会也不能现在说出口,于是假意笑道,以后再说,以后再说。

我想,只有岑之凉清楚我执意反对的真正原因。

前些年,我从家里搬出来,那晚,我拖着行李箱在外逗留了许久后,便给之凉打去电话,我告诉她我终于离开了家,她讶异,问我住哪儿,我说不知道,她便让我过去与她同住。那时,我听说过她是与校友徐娅在外合租的房,我也认识徐娅,所以便去了她们那里借住。

那些时间,徐娅给我讲过她的堂姐徐蜜,她曾经的男友就是韩溯,只是这位风度翩翩的公子太过招蜂引蝶,后来害得徐蜜是吃了不少苦头,最终两人以分手结束。

当然除此之外,最重要的原因,就是因为他的父亲。

出门时,我再给了他一个电话。

此举纯属刻意,每次我要去他工作的地方时都会提前告诉他,这么做是为了避免曾经偶然两次撞见的尴尬。譬如一次进他办公室撞见女客户正俯身他的肩头娇笑,譬如再一次在楼口撞见一女子正挽住他的手臂窃窃私语。

我深知东西方很多东西差异甚大,韩溯毕竟是在国外生活过许多年的,耳熏目染,好的倒没学到,带回来一股子歪风邪气。

我不由想起梁朝伟的那部《流氓医生》,韩溯和剧中的刘文真是如出一辙,不选择肆意淘金的职业,却干起这种中规中矩的职业来了,只不过他在国外学的是心理咨询,两年前他回国便开了一家心理咨询诊所,本以为比较冷门,未曾料想两年来他是越做越火,从最初的小诊所扩展到如今颇有规模的样子,不过话说回来,就我几次所见,但凡是些女客户,就韩溯那张能说会道的嘴,加之极其讨巧的外貌,他又怎会没有生意?

不是我生性刻薄，却是实话实说，他在我眼里，有太多让我生厌的东西，比如表里不一，比如虚伪圆滑。

其实我也能想象，自己在他眼里也没什么可取之处。我自知欠缺女人味，按之凉的话说："数十年如一日的打扮，短发，衬衫，牛仔裤。除却蓝黑，就没见过我穿点鲜艳的衣服。"

对于见识甚广的韩溯而言，我实属不起眼的小角色，估摸他会想，多年不见，我这种小角色的脾气还是这样。

想想那时的我们，今时今日，他心中就未存有一点芥蒂？

我相信不是因为长辈的意愿，像我们这种南辕北辙的人是无甚几率走到一起的。

第三章

到了诊所，本欲直接去韩溯的诊疗室，不料却被咨询助理方小姐阻止。

"尘朵姐，韩医生之前交代说，要是你来了就在外面等一下。"

"他还在工作？"我不由反问，想起自己不是提前给他电话了吗？

"是韩医生的一个老朋友。"方助理柔声解释。

"哦，那我就等一下吧。"我在一旁坐下来。

方助理随即递给我一杯茶水。

我侧首看向那扇门，心想着韩大医生真是公事诸多。

时间一点点流过。

我将杯子放在掌心转动玩耍，心中压抑着一份躁动，迫使自己耐着性子等待。

当腕表时针指向6时，我的耐性已是耗尽。这里离甄姨所住的公寓较远，开车过去需花上一个小时，倘若途中堵车，还指不定能否准点到家。

这般想着，我终于按捺不住站起来，兀自走向韩溯的诊疗室。

数声敲门后，不见回应，犹豫之下，我伸手打开了门。

屋内电脑前，一男一女正指着屏幕谈笑风生，看他们一脸开心的样子，我还真不忍打搅。

"我敲门没人应。"我笑着说，为自己的闯入颇感歉意。

"是吗？"韩溯的笑意未曾退去，"我们在看照片，你敲得太轻了，没注意到。"

我微笑颔首只当默认，而心中却极不满意这个说法，那么，他所谓的注意力放哪儿去了？方助理不是说他正谈公事么？看照片亦是公事？

"时间不早了，那我也先走了。"坐在她身旁的方助理口里的老客户冲我别有意味地一笑。

说罢，一拍手，提起手袋，起身告辞。

她是一个极为年轻的女子。第一眼触到她的脸庞，我就颇为诧异，因为她的年纪绝对不满20。虽然在这里看到过一些年轻男女，也见怪不怪了，毕竟现在受迫于各方面的压力，很多年轻人来这里求得一份心灵安宁，不过，这个所谓的老客户也太年轻了点吧？且看她落落大方一脸阳光的笑容，断不是需要心理辅导的样子。

或许老客户只是幌子，其实指不定是韩溯众多暧昧对象里的一位？

她走后，我转头，但见电脑前正探头似笑非笑注视着我的韩溯。

"甄姨让我们回去吃饭，7点钟。"我低头看看表，"现在可以走吗？"

"可以。"他探手收拾文件。

我缓缓走向窗口，无所事事地看远处高楼。

"你不好奇吗？"他说。

我转过头："好奇什么？"

他笑着轻摇头，长出一口气："你很有耐性。"

两句话好像无甚关联，我听得有些困惑，却明显感觉到他话里嘲弄的意味，可是，我真的不想追问。

我对他，好像甚少有问题，严格说来，是从未有过问题，他是指这个？

于男人而言，面对一个很少发问的女人，不是好事吗？

"别忘了我的职业。"他边收拾边说。

"你说话很没连贯性。"我笑笑。

"是吗？"他抬头看我，"或许，是你没在意。"

我但笑不语。

"倘若你是在意，就该问我问题了。"他笑着道，穿起外套，"比如，此刻电脑上会是什么照片呢？"

"你知道我对电脑上的东西不感兴趣。"

"不仅仅是对电脑上的东西吧？"他像是随意一问，"你真的不想过来看看？"

我笑着摇头。

坐在车里，开了车窗，和煦的风吹拂到脸上，叫人舒心。

本是惬意，一个影子又开始在心下作祟，引人烦躁。

"你好像许多天没回馨苑了。"韩溯忽然开口。

"你不也是吗？"我随口答，有些心不在焉。

"至少十天半个月都会去。"他从容应道，"不过，见桌椅上有些灰尘，想必除了我，你没怎么去过。"

"是的。"我漠然应道，"我住的地方本身就离馨苑远，想着有你，我也没必要绕过去打扫吧。"

馨苑是韩溯的父亲在他回国后送给他的一处宅邸，说是将来可做韩溯婚房之用。

半年前我与韩溯订婚，这使我终于有了一个住在外面最堂皇的理由。因为自4年前和忠叔闹架搬出去后，甄姨一直要求我搬回

朱丽叶的秘密

21

去，但我以种种理由搪塞着她，且回家次数愈来愈少，这使甄姨极其恼火，劝说我多次始终难顺其意。我明白，在甄姨以及她现任丈夫杨其忠眼里，作为算不上血缘关系的我个性叛逆，做事很难让人理解。不管怎么说，这次我终于有了堂而皇之住在外面的理由了，我告诉甄姨我现在就住在馨苑，那里就是我的家。

家？

事实是，我仅仅去过"家"一次，待的时间还不到半个小时。然而我靠着一些记忆加上一些想象描绘给甄姨与忠叔听，让他们知道我的"家"环境与布置是多么美多么妙。

那天忠叔拍着我的肩说："尘朵，只要你能幸福就好，我与你甄姨一直希望你过得很好，虽然我不是你的父亲，然而在我心里，你就是我的女儿。"

我点头，看着躺在病床上的甄姨，笑得极似欣慰。

那瞬，连屋内空气也似脉脉温情流动，只是，旁侧顾启扬的淡淡一笑，意味深长。

他能明白什么？

每个人心中都有秘密，我发现了你的秘密，倘若我不说，这便成了另一个秘密。

伪装，这本来就是人类的一种天性。就算顾启扬看穿一切，亦没甚特别。因为我并不在乎他理解与否，说得更刻薄一点，从12岁那年，我就不稀罕在这个家的地位了。因为我最在乎的人已经离去了。和韩溯牵手，在某种意义上说，我不过是念及养育之情偿还养育之恩，就当为了完成一个即将离世的老人的最后夙愿。

"你心中有事？"韩溯的声音打断了我的思绪，"似乎没怎么听我说话。"

"这就像你的口头禅，你好像随时都觉得我心中有事，是不是职业病?"我淡淡说着,几分揶揄。

"我说过许多次。假若你能正儿八经地回答一次,我就不问了。"他轻笑一下,语气仍旧随意,"不过,你今天的困扰好像是不同于往日?心事甚重……"

"是你想太多。"我打断他的话,转过头去看窗外,"我又不是你的病人。"

我们都不再说话。

我不免为自己刚刚语气的迫切之感后悔,因为我回答得太刻意了,刻意尽显心虚,而事实,他的确是看出了端倪——我心内正滋生的东西,一种欲去抑制,却又无法自抑正随着时间点滴膨胀的东西。

这是一种什么感觉?是渴望得知答案的迫切,却又是无从得知答案的恐惧?

如此这般,濒临边缘,只因那个名字——唐音音。

10天了,在这一星期里,在睁眼闭眼间,我相信就算在这今天以后的明天里,那一幕亦会无所不在地在我脑海里重复,那个名字,它已然成为一世噩梦。

没人可以明白,包括我最好的姐妹岑之凉。我很清楚,如果说童年时候所看到的东西影响着我的生活,那么10天前这场亲身经历的惊魂一刻,足以让我一生不得安宁,倘若获知不了真实答案的话。

其实,我与唐音音认识不到一个月。唐音音不过是公司新进职员,却与我是不同部门。除了公事,我们甚少聊天,每次她拿文件到这边来,放下便走,从无多话。在公司里,众人对她的印象皆不错,话虽不多,但斯文秀雅的样子,很懂礼貌。有几次,我们在楼下的餐厅遇到,于是坐在一起吃饭,也就客套地聊了几句,还有几次,我们坐在休息室里,我们谈到了爱好,我说我喜欢蓝色,她欣喜地说她也喜欢蓝色,我就玩笑说:"很少见你穿蓝色的衣服,瞧见你穿白色倒多些。"她就轻轻地靠近我说:"爱是海洋,所以蓝色的海洋,是我的全部。"

待她说完后,我硬是没弄懂这话的意思,不过,她曾提过她以前是学汉语言文学的,我估摸学文学的都容易感性,个人认为,过于感性的人难免会有些神经质。

除此,我和她没甚过多交集,若硬要套上一点联系的话,就是我们都有遮掩不了的黑眼圈。所以我想,大概我们都有一个共同的特点——熬夜。当然,也有可能,我是喜欢熬夜,她则是容易失眠。

10天前,恰好星期六,天晴风清,就若今日。

因为是周末,大家都早早下班,我却不得不为赶一个报告加班。

临近6点,我终于做完手头上的工作,快速地整理好资料,我走到休息间打开柜子,拿出外套,刚转过身,就被立于门口的身影吓得倒退一步。

"尘朵。"她轻声唤我,向我徐徐走近。

"音音,怎么是你?"我细看,吁出一口气,"吓了我一跳。"

她看着我,并未说话。

我自顾自地穿上外套:"你也在加班?你到这边来是找什么资料的么?需不需要我帮忙?"

"尘朵。"她仍旧叫了声我的名字,声音很轻。

我不由抬眼看她,灯光里,黑亮的长发下,尖尖小小的脸庞,宛如阳光里的初露,美丽得那般稍纵即逝。

朱丽叶的秘密

一种极不真实之感，不知是不是因为头顶的灯光有些晃眼，还是因为之前盯着电脑时间长了点，竟让我一瞬恍惚。

我不由用手轻按了下太阳穴："音音，没什么事的话，我先走了。"

说罢，我迈开步，不料，她的手立时搭下来，拉住了我的衣袖。

我扭头不解地看着她。

"能不能帮我复印一份上星期南星区传过来的季度销售报告……"她注视着我，唇角泛开一点笑意，"我做合计需要用一下，麻烦你了。"

"哦。"见她唯唯诺诺的样子，想必是见我下班了不好意思给我添麻烦，我不由笑着道，"客气什么，我这便给你找去。"

见她微笑，跟着我到了办公间。

隐约是感觉她站在门口等待，我也不曾在意，便埋头翻动着文件夹里找着那张单子。

不多会儿终是找到，我笑起拿着它："我马上给你复印。"

说罢，转过身去看她，却不见了她人影。

"音音？"我唤着她，转头寻她。

仍旧不见她，我暗自困惑，难道是临时有事离开了？

我思量着该不该把文件复印。

霍然，电话响起。

我拿起话筒："你好，EU客户服务部。"

"尘朵。"

对方叫出我的名字，我听出是唐音音的声音。

"音音，你到哪里去了，我找到文件，却不见你。"

"我在天台。"

"天台？"

"是的，这栋大厦的天台。"

"你怎地突然去了那里？"我不解地问，"文件还需要复印吗？"

"尘朵，你来一下，我有话要告诉你。"

"什么话？"

"很重要的话，只想对你说。"她轻轻地重复，"只想对你说这些话。"

她的声音徐缓，却隐隐带着不明的力量，让我没法拒绝。

似乎没有迟疑地，我去了天台。

淡蓝的天空下，唐音音凭栏而望，风吹动她的长发和她崭新的蓝色衣衫。

见此，我向她急急走去："音音，你在做什么？那边很危险。"

唐音音侧首看我，浅浅笑起："不用担心我，我不过是吹吹风。"

"那你赶紧过来吧。"我松了心境。

"你很善良。"她微笑，转过身，"对着一个陌生人都这般关心。"

她的话让我大惑不解，本以为是客套赞美之语，又听她说得诚恳，倒似有什么敲于我心坎，让我发了怔。

正待我失神间，她缓步走近我，拉起我的手来："尘朵，我真想……真想把心中所有事情都说给你听。"

"什么事情？"见她这般支吾，眼里已是明显有泪，于是我禁不住诚心道，"你到底怎么了？有烦心的事就说出来好了，我不会对别人说。"

朱丽叶的秘密

我猜，她定有什么苦楚，藏在心头，极其矛盾，抑或她想说，却又忌讳着，怕我会口无遮拦。

她微微抬头吸气，似要抑制将要掉下的泪珠："你的手真温暖，这种温暖，让人觉得幸福。你知道吗……我的父母去世得早，你对人这么好，要是我有这么一个亲人爱着我，人生也应该没什么遗憾了。"

我仍旧困惑，我对她怎会谈得上好？我与她之间，不过只是同事间该打的交道而已。

但亲人这字眼霍地让我心头一震，往事波顷，那种万般抑制在灵魂深处的东西骤然浮现。

亲人，是亲人就一定会感觉到一种温暖与幸福？或许，恰恰相反。

想到这里，善良二字让我生厌。我从未认为自己有多么善良，不，我不是个善良的人，在我的意识中，现世迷城，物欲横流，万事万物绝非非你不可，皆由能力者可得。掠之得之，这是强者的表现，亦只有强者才能真正固守，然则善良，从某种角度而言，它就是一种柔弱。柔弱，柔弱者最为有机可乘。

"若不想说就不说。那我先回去了，文件在我桌上，若有需要你就自己复印吧。"我猛觉自己是多事，常言多一事不如少一事，我不是圣贤，繁琐事多，我亦是困扰，哪里得闲去管人家的？

言毕，我礼貌一笑，举步欲离。

不料刚迈步，却闻得身后的她道："我厌恶世俗，世俗总会摧毁一切单纯的美好，你说，是不是？"

我不由站定，转身看她，见她淡淡地笑，双眸似波光潋滟。

虽然她的话我听得发懵，但她眼里顿生的晶莹却突地叫人心紧，我不由蹙眉道："每个人，都会遇上不顺心的事儿……"

朱丽叶的秘密

话未完，却被她突然打断，"世俗刻薄的目光就是尖锐之刺，这才是罪恶之源。"

她的话是在暗示什么？

我猜不出，所以我只得坦率讲出自己的看法："如果世俗认定一样事物并非美好，它的存在，势必有引人非议的瑕疵。是非因果，规律形成，这是自然而然的轨迹。世俗生成的感观不一定正确，但是音音，你又如何判断一样事物的存在就是美好？你又如何认定摧毁它就是一件坏事？"

一瞬，她不出声，只是静静地看我。

她的眼神流动着一些复杂的东西，似切忾、似踌躇、似憧憬，尚还有些特别的意味，是我说不上来的。

不管她的眼神里有什么，我都料不到接下来发生的事。

后来，后来我还会拼命地去忆起她的眼神与表情，可是脑海呈现分明的仍是她唇边从容的微笑，她的眼神里，绝未有一丝绝望怨怼，甚至，在最后一秒，都不是纵身狂澜的惊恐，却是，日归落晖的舒心。

"不，尘朵，你不懂，你看不清楚，是因为你本在这世俗圈内，它早已潜移默化得让你失去本应纯净的灵魂。"她边说边朝护栏旁走，缓步而行，动作从容，"我相信，最初，你不应该也是那样的。"

"那我又应该是怎样的？"我不由自主地反问，"人一旦降临于这个尘世，那么注定会受到世俗观念的洗涤，我们不过凡夫俗子，没有精雕细琢的完美。那些所期望的极致，没人做得到，尽力就好。音音，你要懂得，我们毕竟不是天使。尘世之间，没有天使。"

她并未看我，微微抬首看向天际："是的，所以我要远离，要

朱丽叶的秘密

远离。你懂吗？要彻彻底底地远离它。我相信世俗之外有灵魂喘息之地，那片净地，是最完美的天使之城，我要在那里重生，等待我的羽翼逐丰。"

"你在说什么，音音？"她的此番话似乎潜藏着某种危机，我猛然有所领悟，"人的一生难免遇到不顺，你别太过偏执……"

"偏执，别跟我说偏执，这些罪过不是我造成的。"她的声调忽地控制不了地颤抖。

我不知道这话有何不妥，但很明显，她十分反感我的措辞。

可是，我依旧茫然，但我想，我应该让她和我一起离开天台，这样妥当些。

"良人之约，执手同赴。"

"音音，你在说什么我没听清楚，你到底发生了什么事？你告诉我，我们好好谈谈，好不好……"见她略有所思，我朝她缓缓走近，"先别说这些了，我肚子有些饿了。我们一起去吃晚饭，边吃边聊。"

"你别过来。"她忽然扭头盯着我扬声道。

"音音，你怎么了？"她异常的举动让我彻底骇然，我竟站在那里，不知所措道，"唐音音……音音你别吓我。"

"不要叫我的名字……"她忽然抬手，捂住耳朵，"不要叫我的名字。你们，都不要叫我的名字……"

"我们？我听不懂你的话，你告诉我，我陪你谈谈，你别再往边上走了，音音……"

"敬爱的神明，我没法告诉你我叫什么名字，敬爱的神明，我痛恨我自己的名字，因为它是你的仇敌；要是把它写在纸上，我一定把这几个字撕成粉碎，撕成粉碎……"她抬头，泪水顺势滑落，而表情依然无异，只是口里不断念叨这段话，"我没法告诉你我叫什么名字,敬爱的神明,我痛恨我自己的名字……"

"音音,我们好好聊聊,你过来好吗……"

我已然着急,探出手,缓缓靠近她。

她再次侧首看我,挂满泪水的脸上绽放出最后一点笑意。

安静地笑。

只在刹那,蓝衣一晃。

风中一点声响,眼前的身影,竟凭空而失。

空留余香。

是错觉吗?

我甚至以为一切是我的错觉。

她跳了下去。

唐音音从这幢28层的大厦跳了下去。

我不敢相信这是真的。

但是,但是当我定睛看向空荡荡的护栏,我知,眼前的一切,确是真实。

瞬时,头脑轰隆,我不由伸手捂嘴,而手指连同我的身体因惊惧而止不了地颤抖、控制不了地颤抖着。

那个一脸恬静可人的女孩,她从这幢高楼纵身一跃。

那张清秀的面孔,注定不复存在。

"唐音音……"我倒退几步,差点跌倒。

我不敢再向前走一步,不敢去俯瞰。

当思绪清醒的瞬间,我拔腿向着楼下奔去。

听着自己急促的呼吸,额上却是冷汗淋漓。

惊恐的我扶着扶手循梯而下。

我是这般拼命地想要到她的身边。我想,就算未有奇迹,我也该去看看她。

只是，当思绪渐生清晰，脚步却渐生缓下。

我问着自己："我该告诉别人真相吗？告诉别人，她是自己跳下去的。"

然而我的话在他们眼中，会有多少可信度？

那些人，那些公司同事，那些我所认识的唐音音所认识的人，还有，还有警察，他们定会怀疑，他们不会相信我的话。

是的，他们会这样想："唐音音怎么会独独叫了尘朵去天台？她们本是两个不相干的陌生人，她怎么会对尘朵说出那些莫名其妙的话？她又怎么会选择在尘朵的跟前一跃而下？如果寻不到答案，就只有一个可能，那便是，尘朵是在说谎。"

我的话，毕竟，无据可考。

于是下一步，警察会对我展开诸多调查。那么最后的最后，我会不会真的被他们就认定为——杀人凶手。

不。

我不能被冠上这莫须有的罪名，我不能从此在别人异样的眼光下生活。

绝不。

我终跌坐在楼梯口。思绪矛盾芜杂，而心内，一种前所未有的恐惧感迎面袭来，浓重得欲掠魂摄魄。

我抱着膝盖，浑身不由地发颤，发颤，愈来愈厉害。

我咬着唇，泪水冲出眼眶，恣意到失控，无法遏止。

与此同时，灵魂中似有另个自己提醒着我、不断提醒着我：冷静。顾尘朵，顾尘朵你必须立刻冷静来下。

深深吸气，我抓住扶手，终是站起，抬手重重抹去了眼泪。

我有了决定。

我没有转回公司，更没选择乘坐电梯。我以最快的速度离开了

朱丽叶的秘密

这栋大楼，因为我明白，我必须在警察到达这里之前离开。

但我却未有走远。

20分钟后，我站在街头一隅伫望，望着不远处的大厦前拉着一圈警戒线。

那里人很多，有警察，法医，还有窃窃私议的围观路人。

我听不到他们说什么，但我知道，他们在惊愕之余，一定惋惜着，为这个从高空一跃而下的蓝衣女子惋惜着，因为她年轻而美丽，他们更会困惑，在这样朝华锦年，会有什么事情值得用最美的时光去交换？所以我相信，他们除了惋惜，还有一份诅咒，诅咒着他们认为蓄意谋害她的人——他们会认为，谋杀，这才是事实的真相。

缓步走近，人群喧嚣，透过其间缝隙，我静静看向躺地的伊人。

白布之下，天人两隔。

我似目盲。

我看不见其他。

看不见其他，一切事物在我眼里都变得模糊，唯有白布下，白布下那抹已然遮掩不住飞溅开来的红。这抹鲜艳的红，如一滴红色墨汁滴落于我的双眸，洇湿我的瞳孔，蔓延，扩张；浓烈，明晰；触目，惊心。

时至今日，一切情景，历历在现。

每每想起，恐惧之余，更多的是懊悔。是的，我懊恼没有能再靠近一些，后悔没有能一把抓牢她的手，倘若可以抓牢她的手，是不是，一切结局皆可扭转？

她的名字总会无时无刻地窜进我的脑海，就算是睡梦里，她的身影亦是频繁出现——她站在悬崖上，长发拂动，衣袂飘然，我向着她一步步走近，探出手，她侧首对着我绽放最绚烂的笑，继而，纵身一跃，我试图抓住她，最终，蓝色衣衫从我指缝滑过……我伏望，张口想要大喊，却突然发不出声音，只得眼睁睁看着她宛若一只蓝色蝴蝶飘向无尽黑暗。渐渐，我渐渐看不见她，然而她的声音却随着她消失的面孔愈来愈明显，宛若钟鸣，一声，又一声，永无休止地响彻在我的耳畔："敬爱的神明，我痛恨我自己的名字；敬爱的神明，我痛恨我自己的名字；我痛恨我自己的名字……"

我痛恨，我自己的名字。

"尘朵，尘朵……"

耳旁有人唤着我。

是梦么？它为何这般真实？

渐渐，我听得清晰，这个声音极为熟悉，是韩溯。

我缓缓睁眼。

"你竟睡着了。真不忍心叫醒你。"他侧首看着我浅笑，"看来这段时间很累吧，你看你，黑眼圈又严重了。"

我探手揉了下太阳穴，侧眼一看，原来，已经到甄姨的公寓了。

"别拿我的黑眼圈说事，这本是我的硬伤，待哪天我这黑眼圈彻底没了……"我故作平静应道，伸手解开安全带，"不过，这好像是不可能的事，从你认识我开始，你就知道，它一直跟着我。"

这句话，我似玩笑，但却是掩饰，我不想任何人看出我心内的不安。

这种惶惶不安已成无形折磨，而这种折磨宛若一个停不了的陀螺，我的思想受制于它，旋转不停，旋转不停，睁眼闭眼，闭眼睁眼，无时无刻，不得解脱。

而事实，从唐音音死亡的那天起，我就未有过一宿好梦。

当一个人站在一片茫然黑暗中，若不想被恐惧吞噬所有意识，除了找到出口重见光明，便再无其他办法。

　　找到出口，这是灵魂得以喘息的唯一机会。

　　在现下这片境地里，寻觅唐音音死亡的答案，这，就是出口。

　　我唯一的出口。

第四章

　　眼前的2层楼房是典型的欧式别墅。

　　走在草坪中的石板路上，我抬首望着眼前的两层楼房。

　　暗红的屋顶，浅灰的墙面，透明的落地窗，上漆的雕花铁栏杆。房屋正面有绿色的草坪，背面有个小小湖泊，曾经，湖泊旁停靠着一只自用的小船。

　　那艘小小木船，载满我童年的记忆，那些记忆，宛如湖泊里的潺潺湖水，通透美好，闭起眼，像是能感受到湖泊波光闪烁，而波光里，闪烁的全是父亲的笑脸，父亲温暖的眼睛。

　　虽有好久没来过甄姨的别墅，然此处一草一木，于我而言，仍旧这般熟悉，熟悉到不需要用眼睛去看。

　　这儿，真像一座城堡，只可惜，这里没有公主，只有公主梦，这个公主梦的主角不是我，却是这里的女主人，甄一娜。

　　甄一娜，一个让人难以捉摸的女人。我这么说，并非我的不尊重，事实如此，我曾以为她极爱我的父亲顾宇，所以彼时才会不顾一切地买下这里，只为能像童话里的公主一样，与良人共筑一个浪漫之居。

　　而那时的顾与甄，皆有像童话故事中王子与公主的傲人之态。

　　谁引众人仰止叹，夫为顾来妇为甄。

　　曾听离职的佣人言及，最初这对感情极好的璧人，不知羡煞多少旁人。

　　只是，这熠烁的火光才多久的光景？

在我的记忆里，从我记事起，也就在他们婚后的第5年，便是没了往昔携手看星光的温馨，存于两人之间，唯剩不见硝烟的战争。

7年之痒？已属万幸。其实，现世之下，很多夫妇，都熬不过7年便分道扬镳，真到那种地步，分道扬镳算是好事，怕的是情愿无休止地折磨对方不放手，只要得幸你是死在吾人之手，哪怕落个鱼死网破亦是甘心。多可怕。

精神折磨，本是无形的杀人之刃，直刺点是灵魂，消亡的不是生命，却是让你体味生不如死的苦与痛。

正如，当年的甄一娜对父亲一样。

在我看来，甄一娜的任性皆源于这份显赫的家世。

可是，就算你是公主，公主的任性亦该适可而止。

一切结果，父亲的离世，皆归于她一手造成。而今，我唯有等待，等待她的闭眼，只有她生命的结束，来让我心内的一切不平、一切怨怼、一切仇恨，尘埃落定。

我相信，这一天，已不远。

每每这样想着，我甚觉心头异常舒畅，就如此刻，想到命不久矣的甄一娜，走入这扇大门的我唇边泛了一点笑。

让人不易察觉的微笑。

走进客厅，只见忠叔坐在沙发上看报纸。

他告知我们甄姨此时在睡觉，说甄姨之前曾说过待我们来了便去叫醒她。

听他这般言及，我便说我与韩溯直接去卧室叫醒她，他点头赞同，随即招手吩咐淑雯去准备晚餐。

我想到什么，本想问忠叔顾启扬是否在甄姨的房间，随之又想反正也是要去，就不多此一问。

我与韩溯径自上楼到甄姨房间，出乎意料地，顾启扬不在那里。

甄姨正在熟睡，我与韩溯对视一眼，没做打搅，从房里退了出来。

我让韩溯到客厅里去等着，我则去找顾启扬。缓步到走廊的尽头，最后一间房就是他的卧室。

敲了敲门，不见回应，我开门走了进去。

里面整整洁洁，纤尘不染。桌上透明的花瓶里什么花都未插，却盛满半瓶水，水里放了些小石子，也不知道哪里拾来的。

顾启扬做事虽是谨严，但生活中却几多情趣，这一点，与我恰恰相反。

我想大抵是因他从小在国外生活的缘故。

父亲与甄姨结婚后的第二年有了顾启扬。尔后，不满1岁的启扬被甄姨带到了澳洲，由定居那边的外婆一手养大。我见过外婆一次，就在甄姨与父亲结婚时，这些年里，她也只回了这么一次国。记忆中，她笑容可掬，可我明白她并不在乎我，当然其后我在她心中的位置更是远远不如启扬。不过没关系，对于甄家的人，我也谈不上喜欢。我知她是个凡事讲究的妇人，顾启扬跟着她生活，很多习惯难免上行下效，除了生活上的，他在工作上亦是甚多原则，难怪公司有些股东对他极其不满。去年有位公司元老还找到甄姨大吐苦水，说工作上的启扬太不懂贯通，公司很多员工都反映吃不消。

坦白讲，启扬并非不够灵智，却是个性较为固执，至于这种固执，我亦然。

不过，我们这种个性在甄姨眼里，前者是优点，后者是缺点。

记得两年前甄姨把公司交给顾启扬时，忠叔曾忧心忡忡地问她这样放手地全权让启扬去做，会不会轻率了点？甄姨应答对于这点她很是放心，说经营之道不能一味退让妥协求稳，面子问题反而会是绊脚石，况且顾启扬一直念的就是管理学，她对他信心百倍。

这番话被路过门外的我无意听到。

公司由顾启扬接手，这消息并未带给我多大意外。

甄家世代经商，早期以买办为职，直至甄姨的祖父忽然对酒类产生浓厚兴趣，故此专做酒类进出口代理，一直延续至今。

甄家代理的酒类，全是名不见经传的牌子。别看牌子不响亮，价格却不菲，最不可思议的是，合作商皆像服了定心丸，让甄家作为独家代理。

说来奇怪，甄姨并不喝酒，却亦能将此事做得得心应手，看来她的社交能力甚强，这是否借助于交际圈里"朋友"们的缘故？比如现任丈夫杨其忠就是圈内名人，他曾是某品牌红酒的区域经销商。

与甄姨相反，品尝各种滋味的美酒，这是顾启扬最大的喜好。套用他的话，爱酒多过爱人。难怪之凉会说，酒才是顾启扬真正的情人。或许，于男人而言，酒是除却女人之外的最佳情人，有时，男人对它的欲望甚至比前者更甚。

我抬眼看着墙角酒柜里摆放着的琳琅满目的酒，不由忆起在去年岑之凉的生日宴会上，这位喝过无数香醇美酒的顾大少爷说："我一直在寻找一种酒，它能让我迷恋到舍不得用唇瓣沾染一滴，只要一嗅，便足以醉生梦死。"

世上，会否真有这么一种酒？

不管有没有，至少，顾大少爷现在还未有寻到，否则，窗台上那只酒杯就不会那么空空地摆放在那里了。靠在窗边喝酒，这是他的习惯，就如我喜欢盘腿坐在沙发上静静抽烟一样，说到底，我们

朱丽叶的秘密

都是极度渴望自我空间的人,只是,这空间所贮藏的东西,旁人皆是无法洞悉。那么,顾启扬到底想要什么?事业?金钱?女人?于他而言,像是种种不缺,莫非,他真想找那么一种能让他醉生梦死的酒?

我嘲弄一笑,不由缓缓走至窗口,探手拿起了窗台上的空酒杯。想起深爱他的岑之凉,真真是替她惋惜慨叹。世间好男儿那么多,以她的条件,大可挑优择良,她却以劣相逐,偏偏中意这么一个自以为是的狂人,依我看来,就顾启扬那我行我素的脾性,纵然岑之凉使尽千般招数,恐怕亦极难驾驭。

站在朋友的位置,就此事我是竭力劝过许多次,就算有朝一日她受尽伤心,也怪不得我了。

凭窗望去,我看到了屋后那个碧水涟漪的小小湖泊,夕阳余晖中,一个人正独坐湖畔草地上。

难怪屋里不见他,原来他在那里。

踩在青幽幽的草地上,我缓步走到他的身旁。

他盘着腿坐在草地上望着湖面,似乎并不在意旁边多了一个我。

我抬头看向湖面,它波光潋滟,仿若繁星闪动。

那艘曾经漂于湖畔的小船,曾几何时,它离岸消失?

我又想到了满脸伪善的甄一娜,不再过问生意上的事时,她笑着说了多少次,她要的生活,只是一种安宁。

安宁?

当你废弃了所有承诺,当你扼杀了所有幸福,你又如何从自我造就的万波顷荡中洗去一身淤浊还复一世安宁,这种妄自获取的安宁,永远只是存于姿态的假象,而灵魂,却早已耻笑这种自欺的掩耳盗铃。

为什么，到了这种时候，你却还想要一种安宁？

我不由叹息。

"什么时候，你才可以让我感觉到，我不会带给你沉重感？"听着我的叹息，顾启扬开口。

我不做回答，只道："没想到你会在这里。"

"自你走后，我常来这里，倒是你，已经许久没来过了。"

顾启扬的话让我听着可笑，这小小乐园，父亲留给我的记忆定是远远多过偶尔回国的他吧。

我晓得他话里有话，他是暗示我应该多在乎这个家一点，他一直对我搬出去的做法不满意，觉得我这个姐姐是太薄情寡义了。

薄情寡义，这个词叫人啼笑皆非。"那艘小船去了哪里你知道了吗？"

"我知道。"他应道。

对于他不假思索的回答，我不感觉意外，就算他知道了很多，那也是他自己的片面想法，而往昔所发生的一切，那些存在的问题，他不会真的寻到答案，因为没人会告诉他真话。

见我未说话，他继续道："那年你走的时候留给我这个问题，却似乎并不是要我告诉你答案……"

顾启扬的话让我忆起4年前我离开这里时，看着生气将行李收拾的我，他似忍无可忍地伸手按住我的皮箱道："就因为与忠叔吵了一架，就这么离家出走？为什么你不等妈回来再走？"

他的话让我发了个怔。

或许和忠叔这场争执我太小题大做了点，抑或者是我生气生得太过夸张，作为旁观者的他看出了这其中的端倪。但是，无论如何，我太渴望离开这个地方，所以对于他的质问我不愿多做解释，回过神来，我一把撩开他的手，胡乱地将衣物塞进行李箱里。

"你也老大不小了，怎么还玩儿这么幼稚的小女生把戏？"他扬声呵斥。

"就因为我不再幼稚，我才走这么一步。"我将行李箱拉上，抬头注视他道，"有足够的能力做自己想要做的，是我一直以来所期望的事。"

"一直以来期望的事？"他冷冷一笑，"你终于承认你是借题发挥了？"

"随你怎么看。"我不想多费口舌，提起行李箱，欲迈步离开。

"到底发生了什么事？"他跨步于我跟前，挡住我的去路，"你好像刻意瞒着什么事，对吧？"

听着他的质问，我抬头看他。从来，他给我的感觉就如同他的母亲一样，虽然漂亮，骨子里却有种阴冷之感，不可靠近。

"你就自己去找答案好了。"我简单应道，语气淡漠。

"顾尘朵，为什么你总是这样对我？"他已然怒道，"这些年，不管我们有没有共同生活，不管我们的母亲是不是一个人，我们终究是有血缘的。就算你不喜欢我的母亲，我亦是可以理解，只是，为什么你也像讨厌她一样讨厌我？"

凭依其心，我对顾启扬确实不喜欢，兴许是屋乌之恨使然，甚至于心下对他亦是暗自仇视的。

但又说开来，这些年，他不过偶尔回回国，抑或父亲和甄一娜去澳洲看他，说到我和他这个弟弟相处的时间，真是少之又少，要得以亲人间那种毫无隔膜的熟悉感觉，不是我所愿或是他所望，便能达到的。

朱丽叶的秘密

"屋后的湖泊有一艘小船,你可还记得?"我略有所思,继而开口问,"你从国外回来时没发觉它不见了吗?"

他没出声,只是蹙了蹙眉。

"看来,你连那艘小船也忘记了……"

"我记得。"他打断我的话,"只是,没了它也很稀松平常,不过一艘木船而已,或许时间久了船身腐朽便将它拆掉了。"

"不过一艘平常无奇的木船而已。"重复着他的话,我不由嘲弄道,"只是它于你是不重要的东西,你当然不会在意。不要觉得我说的与做的都莫名其妙,你在这里住了多久?你又有多了解你的父母亲?你甚至不知道那艘木船是爸买来的,他还在上面刻着名字,刻了顾宇、甄一娜、尘朵,还有启扬……"

说到这里,我的喉咙有些发哽,在我眼里,他完全和甄一娜一样,虚伪,自私。他能感觉到的只是于他有利的东西,他所想要的东西,而那些东西,于我而言,都是完全可以忽略的。

我微微吸气,看着突然沉默的顾启扬,我提起行李箱,从他面前走过。

"其实这些都是借口吧?"他未有再阻止我,只是在我身后冷言:"你认为,不管爸去世了多久,妈仍旧应该惦着往日情,不该再嫁忠叔,这才是存于你心中一直的疙瘩。"

我的心中确有疙瘩,我并不否认。只不过,他终究猜不到这疙瘩是什么。

繁华若梦,唯有真情是永恒,毫无生气的金钱名利,热的只能是追逐的脚步,暖不了孤单的灵魂,如果甄一娜给不了他什么,他是否会发觉父亲走得多么蹊跷?

不过,我想,就算他真的认识到这其中蹊跷,他亦不会敢与甄一娜对立吧。

站在湖边，正待我这般思量间，身旁的他陡然站起，弯腰拾起一粒小石，随即将它扔进湖里。

叮咚声后，湖面荡开圈圈圆形水波。

他转过身来，拍去手上的尘土："你看这湖面的平静，不过一颗小石子就可以将它打破。人心不也一样，本是无波无痕，结果往往被些许无关紧要的东西乱了它的状态。"

我不语，我知道接下来他想说的是什么。

"其实在你走后不久，我就问了妈这件事，原来，木船是被她一把火烧掉了。"

我仍旧不感觉意外："她一定给了你一个最好的理由。"

"别说得这么刻薄。"顾启扬语气低缓地说，"说真的，她告诉我的时候亦有悔意，妈说这件事给你的伤害太大，毕竟那时你才几岁，而且是当着你的面放的火……"

我仍旧未出声，只是注视着眼前的湖水，静静听他说话。

"我们都会犯错，所以要懂得宽恕。从某种意义上说，宽恕别人，就是宽恕自己。"他继续道，明是语气闲淡，实则字字尖锐，"每一对夫妇都会争执，在气头上，除了吵或骂，当然还会做出其他事情来，在澳洲时就闻得外婆常说女儿有多任性，你就当那时你的甄姨是年轻气盛做事太过冲动，况且再怎么说她都是长辈，不至于为了这么一件事记恨一辈子吧？"

宽恕别人，就是宽恕自己？这是多么堂皇的理由。

顾启扬的话让我暗自好笑，这个人如不是他的母亲，他能否说出这番高尚的话来？

这些也不无意外，我早已料到，无论发生了什么事，他相信的，始终是他的母亲。

我想甄姨早就应该猜到有一天我会告诉顾启扬木船的事，但她不会想到，我所知道的比她预料中的更多。

其实，我和顾启扬的性格极其相似，我们对事物的认知有一种深与重的坚持。

他愿意相信他的认知，我亦然。

既然这般，能告诉启扬的，就只能仅此而已。

人非圣贤，爱若寸草，恨犹不死。

你要是真正恨过你便能明白，要原谅一个人，远远比喜欢一个人困难得多。

顾启扬注视着我，他的眼神里有着某种询问。

"你是想多了。"见此，我淡淡道，"启扬，你怎么会认为我讨厌甄姨呢？那次和忠叔争了几句才负气离家，其实也是一种任性。"

他似乎有些意外，但没再多言，不过牵扯唇角一笑。

"说了很久，肚子真饿。"我侧头看了看天色，"走吧，回屋了。"

餐桌前，甄一娜微笑着看韩溯替我夹菜。

我回敬似的也给他夹菜放入碗里，心下却暗想着怎么甄姨已可以下楼来，莫非病情有所好转？

"不是因为馨苑隔得较远，我是想过去看看的。"甄姨道。看来我与韩溯这种相敬如宾，于她来说应是满意，或许她以为不多时，我和韩溯就能真正去领那一纸婚书。

"改日我将我们在馨苑照的照片带过来给你看。"韩溯接口道，"或者待你身体康复了我们来接你去玩儿。"

韩溯的话让我骤然一怔，他倒挺会哄甄一娜开心的。我连馨苑一共有几个房间都不知，更别说还在那儿和它的主人一起秀恩爱拍照。

"你们对我这个病人总是太小心翼翼。"甄姨轻叹，"今晚若非其忠来叫醒我，恐怕你们又不声不响地走了。"

听她这样说，我不禁纳闷，何谓又不声不响？想想，我已是许久没来这里了。常来的人，难道是韩溯？

"妈，那次韩溯是真有事……"顾启扬嚼着菜不紧不慢地说，"他才刚来，就接到诊所电话只得回去。"

顾启扬的话说得极为刻意，虽然他没朝我看，我却感觉得到，他这话其实是说给我听的。他无非是要告诉我，韩溯比我更关心甄姨，我这个"女儿"还不如一个外人。不过，有几次韩溯约我来此看甄姨，我都借故推脱，难道他一个人来这儿了？真不懂韩溯为什么要替我关心甄姨。他未免入戏太深了吧。

不知为何，我忽然想起他曾说过的那句眼睛和耳朵亦是会骗人的话来。

不无道理。

眼前的这幅画面，真是温馨。

傅粉妆饰，戏如人生，我们的眼睛，无论看得多透彻，终是识不清、也辨不了我们渴望探知的人心。

一张餐桌，5个人，面具下的真实眼睛所能看到的却只是面具上的虚假表情。

晚餐后，韩溯陪着甄姨和忠叔闲侃，我听他扯东扯西，心下极是不耐烦。

我的眼角扫过顾启扬，他亦是饶有兴趣地看他们聊天。

之前我听过忠叔赞启扬，说他自甄姨生病以来，就甚少出去玩儿，没事就陪着甄姨。真是孝子，看来对待自己的母亲就是不一样，只是，为什么他对父亲却不一样？

朱丽叶的秘密

十多年前父亲去世，他从澳洲回来参加葬礼，我见他温声细语安慰着甄姨，自始至终，我都看不出他有多伤心。也难怪，他差不多忘记了那艘木船。明明每次他从国外回来，父亲都会带着我们一起去湖边划船玩儿……何以这些往事，他都可以忽略不记，就算甄姨作为母亲对他有千般爱，为什么他却忘记父亲对自己曾经的万分好了呢？

一想到这些，恨意炽盛。

正待我想着编个什么理由可快些离开，包里的手机铃声响起。

是岑之凉的电话。

我神色寻常地走到一旁去讲电话。

电话里，之凉提醒我答应过明天陪她逛街的事。

我低声应"是"，简单说了几句后挂了电话，随即，我走到沙发前提起挎包。

"一朋友在外面出了点事，我得立马去看下。"说着，我看了看韩溯，"你在这儿多陪下甄姨吧。"

"我同你去。"韩溯看了下腕表，"反正时间也不早了。"

听韩溯如此说，我也不好拒绝。

甄姨忽然叫住我。

我侧首看她。

"有时间的话……"她注视着我，柔声说道，"记得多回来，常来看看我。"

看着她有些惨白的脸上带着好似真心的笑容，我微微点头，并未说话。

可是，为何这瞬在听见甄一娜的话后，我的心内会油然生起一阵酸楚？

是怜悯么？

雾里看花，亦真亦假，纵有怜悯之心，亦不该任意施舍，更何况，她是甄一娜。

想到这些，我挎着包快步离开，没有再扭头去看身后的他们。我似乎能想象得到顾启扬的表情，他定是不大喜悦的样子，兴许又会怀疑我故意寻了借口离去。

坐在车内，韩溯问我："你朋友在哪里？我送你过去。"

"在下个路口放我下车好了。"我简单道，"我自己去。"

韩溯淡淡一笑："你总这么喜欢说谎吗？"

我侧头看窗外，不应他，然而他的话让我突然意识到，我的借故离开，似乎不是第一次。

他的猜测是对的，所以很多东西，纵然我极力掩饰，他早已看出端倪。

"你和甄姨之间，是否……"他果然想问这个。

"人人都会说谎。"我打断他的话，"就如，人人都会猜疑。我没撒谎，是你想得多了。"

他似乎听出我这话是针对他而言。

"人性使然。"他应道，"而且，我不认为懂得说谎与猜疑就一定是坏事。"

"小人与君子的认知，从来就不会是一样。"

"我坦然接受你对我的暗讽，不过我要纠正一下，这不是猜疑，而是好奇。"韩溯语气如常，唇边有笑。

其实，就算他不问，我也知他好奇什么。他会想既然我是这么不喜欢甄一娜，为何又要顺从她的意思和他订婚？

"你好像极不喜欢和我待在一起。"他突然说道。

他猜得不错，我确实不喜欢和他待在一起。

朱丽叶的秘密

我讨厌他，不仅仅是因为他明明身为多情种处处留情，面上又非要装出一副谦谦君子的模样。最重要的是我始终觉得他话中玄机甚多，好像暗示我的人生需要端正态度，莫非我亦是需要接受心理治疗的病人吗？

这叫关心？不尽然是。想来可笑，他是我的谁？父亲早不在了，这个世界，我能相信的唯有自己。是的，无人可依，那么就依靠自己。

我不会像走进他诊所的那些病人一样选择向他倾诉。

人人都有伤口，我为什么要将它们暴露于他的眼下？我情愿将它隐匿于黑夜，也不要显露在明空；我情愿让它风化在属于我的时光中，也不愿被别的眼睛一览无余。

"我怕你把我看做是病人。或者，在你眼里，我本身就有病。"我淡淡一笑，直言说道，"或者放眼世界，皆是病态，我们一样。"

"倘若背向阳光，眼睛所看到的，只能是阴影下的暗。"韩溯并不反驳我的话，徐徐道，"很多事情并未有想象中的那么悲观。有时候，心态决定一切。"

"你真把我当做你的病人了吧？"

"当然没有。你说过我们从朋友做起，既然如此，你不用对我太过敌意，亦是因为站在朋友的位置，我才想说，武断的结论往往过早，悲观与敏感，只会抵御关心你的人，还有……"他稍作停顿，再道，"爱情。"

"爱情？"我忍不住揶揄，"你爱过吗？或者真正去爱一个人？"

谁对我好谁对我不好，我自然会分辨。至于爱情，听到这两个字从他口中而出，我真想笑出来。整日招蜂引蝶的他，衷情归谁

朱丽叶的秘密

寄？他竟讲出这两个字来，我真想直接问他懂得何谓爱情么？

韩溯虽是仍旧注视前方，却明显有所思量，最终没直面回答我，只是说："最好的年华，用来书写最美的故事，不要荒废它。"

我忍不住一笑："这个回答真是给了多情种一个绝好的借口。"

听着我的话，他笑了笑，不生气，亦不置可否。随手开了车内音乐，不再说话。

韩溯将车开到了我住的小区外，我下了车，我以为他会和前几次一样，不多话，掉头离去。

打开安全带，我正准备下车，他像是想到什么，侧首看我："对了，唐音音是……你的朋友？"

他的话让我当下一愣，我警觉地看他，他怎么会知道这个名字？

"你去甄姨家之前在车上睡着了，像是做了什么梦，你嘀咕着一个名字，看你眉头紧锁，我猜，它定是个不好的梦。"

他注视着我说，似乎是在细察我的表情。

"最近常加班，压力大了点，做了噩梦……"

我颇为慌乱地找了个不像理由的理由，频繁眨眼间，想起他说过，撒谎的人眼睛骗不了人。

想罢，不由垂了眼目，匆匆抛下一句有空再联络，我迅速下车，头也不回地朝小区里走去。

待他开车离去，我这才转了头去看。

这种洞悉力，真叫人恐怖。稍不留神，心下的东西就被他窥探了去。

我舒了口气。

他几次送我回来，我都未有招呼他上楼去喝杯茶。

或许他送别的女人回家，她们会邀他去家坐坐。

这些亲近，想想，是无必要。

我们之间，交集不过片刻。一瞬的擦肩，终归成陌路。

这般想来，心下释然。

朝所住的那幢楼房走去，临近楼梯口，忽觉身后有脚步声，我下意识地转头去看，却不见任何人影。

难道附近的那几颗树后有人？

我侧身去看，路灯昏暗，看不太清。

突然地，我想起了唐音音。

这样一想，心生恐惧，我连忙加快步履上了楼。

第五章

餐厅里。

岑之凉将菜单推至我的眼下:"看看吃什么。"

"随便,你点吧。"

听着我的话,她忽然说:"不如我们去隔壁街吃肯德基?"

我一怔:"不会吧。"

见我发懵的模样,她抿唇轻笑,露出好看的酒窝:"不是说随便吗?怎么又嫌我折腾了?"

我笑笑,无奈地翻起了菜单。

胡乱地点了几道菜,将它递给了服务生。

她托腮看我:"怎么无精打采的,和韩溯吵架了?"

"你又不是不知道,一个星期能见几次,想吵也吵不起来吧。"

对于我和韩溯之间的事,之凉一清二楚。

"那到底是怎么了,你憔悴了许多,不会是为了挣点加班费吧。"

"心力憔悴,没听过么?"

"噢?"之凉笑笑,"莫非是背着韩溯在谈恋爱?"

"真叫人笑掉大牙了,就算是谈恋爱,我怕他干吗?"我用手挠挠头发,"最近遇到一件恐怖的事,我们公司有个女孩自杀了。"

"什么,竟有这种事?"之凉吓到花容失色,"真叫人恐怖,

朱丽叶的秘密

她怎么会自杀？为感情还是为工作？"

"我也很想知道，她……"言及此处，我有所犹豫，最终决定不能对任何人说起我们在天台的事情，"她很年轻。发生这样的事后，你不知道，上班时老感觉公司里阴森森的，不仅仅是我，公司上上下下的人皆有惶惶之感，你想想，做事的时候老心不在焉地看四周，那种感觉能不叫人憔悴吗？好了，别说这个了，愈说愈恐怖。"

之凉连忙点头："前些时候，启扬还问起韩溯与你的事来，我如实说了。"

"如实说了？"我愕然，"你怎么能什么都告诉他。"

"就算我不说，他也能打听得到吧，所以我直言了。"

"完了，前功尽弃。"我有些生气，"难怪爱情中的女人智商为零。"

见我这么说，之凉仍旧笑眯眯地看我："谁说爱情中的女人智商为零，有时候恰恰相反，爱情会使女人的智商提高。"

"智商是高是低我不清楚，我只是觉得，爱情会使女人变得分外敏感。"我吁出一口气，不由想起身边的人。

"管它的，总之一切败在心甘情愿。"

"总之……"我不由责怪："总之你真会添乱，万一被韩溯知道就麻烦了，我到底是在利用他，还口口声声说从朋友做起……"

"瞧你急成这样。"她笑意更深，"你放一百二十个心，你的如意算盘是不会落空的。我又没对启扬说你的打算，他不知道你在敷衍甄姨。我只是如实告诉他韩溯这个人比较滥情，曾经还和我们一姐妹的堂姐走得近，所以你才会特别反感他。不过我也说了那都是以前的事了，现在他对你很好，而你对他的看法亦有改观。"

之凉虽这样说，但我还是担心。以顾启扬的性格，绝不会相信

朱丽叶的秘密

我真的会顺了甄姨的意。

不过转念一想，他就算知道我真是敷衍又如何，他总不可能在生病的母亲面前去说穿这个事，待到甄一娜离世后，我自然按照自己的想法去做，各自生活，不在同一屋檐下，谁还管他与忠叔怎么看。

"尘朵，我真想回到恋爱大过天的年纪，不知天高地厚，敢爱亦敢恨。"

"所以说，少年恋事都只能成追忆，成熟男女才知道爱一个人是需要方式的，一味地向前冲可不行。"

"那倒是。"之凉微微叹气，"启扬说，女子似酒，好酒会让人流连忘返，哪怕浅尝，哪怕仅仅一次，那种味道，亦是一辈子不会忘记。你说假如真让他寻到这么一种酒，爱上它之后，他会否只记得这种酒的芳香，甘愿为其醉生梦死，自此不会再迷恋上别的味道？"

"你应该知道，启扬是典型的完美主义者，很多东西不切实际，和这样的人相处是很困难，耐性必不可缺。"听她这样说，我淡淡一笑，"他的那些话，听过就算了，没必要深究。"

"我了解他，所以我不生气。"她做出一个轻松的表情，"要和他计较，气死得了。"

其实，我知道他们经常见面，我已经不止一次地提醒之凉，最好和他保持一些距离，免得自己受伤。

我看出，每次那样说了以后，之凉都有些不高兴。我怕自己说得太多，倒让她误会我别有用心。

之凉知道甄姨不是我的亲生母亲，却不知道我心中藏有的秘密。所以，我对那个家感情不深可以被人理解，但启扬终究是我弟，而她又是我的朋友，我要是从中作梗就显得过分了。

朱丽叶的秘密

虽然我不知道启扬在国外恋爱过没有，亦不知哪种女子会吸引他，但我隐隐感觉，之凉不会是他迷恋的那种酒，他不爱她，亦不会爱上她。甚至有一次，他当着我的面拒接了之凉的电话，关机后还故意对我说看来得换个号码了。我认为他这么做是想借我的口告诉之凉他们并无可能，不久之后，我在之凉面前提起这个事来，未曾料想，之凉会满脸歉意地自责，说她因为之前听我讲过启扬在国外喜欢溜冰的事，她就硬要启扬陪她去溜冰，启扬已说过多次不去了，她还一直缠着他，难怪他要生气了。

我在心下叹息着，之凉在我眼里，美丽，果敢，独立。

然而，优点多多又如何？爱情就是这么没有逻辑可寻，他不爱你，纵然你有再多的优点，也不足以成为吸引他的亮点。

我打心里后悔着，后悔那次离家之后，不该让之凉陪着我回去拿落下的东西。如此举动，本是为了让甄家的人顾忌到有外人在，不会对我离家的事过多谴责，没想到，之凉看到一脸冰霜的顾启扬，不仅不反感，竟上了心。

和之凉分了手，我没有回家，我在街上漫无目的地走。

街上人来人往。

喧嚣不停。

你在笑，他在笑。

这些表情，与我无关；这个世界有多热闹，都与我无关。

我站在行走的人群里，偏偏是这种喧嚣，提醒着我有多孤单。

路过一家服装店的橱窗前，我停了下来。

注视着橱窗里的白色布衣裙，我想起之前对之凉说的那句话来。

少年恋事，只能成追忆。

我没有经历过之凉那种敢爱敢恨的情事，我的初恋，不过是一段无疾而终的故事。

　　他比我高一个年级,阳光少年,篮球打得好,歌也唱得好。就这两样,最能引得女孩垂青。

　　闲暇休息的时候,我喜欢趴在栏杆上,远远地凝望操场上那个瘦瘦高高的身影。

　　就这样看着,看阳光照在奔跑着的少年身上,却亦像投射在我的心上,暖暖的。

　　有一天,我在走廊遇到他,他像是在等谁,我低头从他眼前走过去,却听到他叫我的名字,我诧异地抬头,看到他明亮的眼睛。

　　那个夜里,我躺在床上,睡不着,傻傻地笑。

　　恋爱原来是这样的感觉,醉在一个人的眼里,万物皆空,仿佛这个人就是全世界,而全世界,却不过沦为陪衬。

　　在后来的日子里,我们一起去吃路边摊的羊肉串,一起去公园里划船,一起在站牌下等公车……

　　一次在音像店里,我陪他挑选CD,他看着屏幕上播放着的MV,认真地说若我穿上画面里那种白色布衣裙,一定很好看……

　　我不喜欢穿裙子,但是我告诉自己,在他毕业之前,我会为他穿一次裙子——白色布衣裙。

　　只是遗憾,就在第二个月,他因为父亲工作的关系,必须转校去他乡。

　　临走之前的那个下午,我们沉默地坐着,我看到他从兜里拿出一张纸币来折着什么。之后,他走过来拉住我的手,将折好的东西放入我手心,原来是用纸币折的一枚戒指。他轻轻说,"等我,等着我将来会送你一枚真的戒指。"注视着他的眼睛,我的泪水掉下来,我却微笑着,不住地点头,点头……

　　在这一瞬,手中的纸戒指已是胜过全天下最贵重的宝石。

朱丽叶的秘密

这算是一个承诺吧,至少,24岁之前,我是一直相信它,相信有一个少年,他会拿着一枚戒指出现在我面前,说:"尘朵,我回来了。"

白色裙子,是一个梦,而那枚戒指,亦是一样。

永远有多远,将来在哪里?那些对于明天的期望,不是我不想要,只是我知道,明天,我们再也到不了。

时间不止,承诺犹如一捧沙子,从指缝里一点一点流失,直至全无。这一刻,两手空空,却是真实存在着的现状,而那些过去俨然幻象,已成握不住的沙子。

或许,那时的我们并不懂得,承诺是一种勇气,亦是一种负重。年少的我们有足够的勇气,只是没有能力去担当,我们把兑现承诺的能力寄予在将来,却不知道,时间是这么可怕,它销蚀了年少的勇气,却附加给我们深入骨髓的懦弱。

抑或者,今日此时的他已然认定,现世之下,要誓言在唇边绽放光彩,绝非用一枚纸戒指就可实现。

思绪飘远间,行人手机铃声大响,一句歇斯底里的"死了都要爱",将我拉回到现实。

自嘲一笑,再不作他想,我准备就此离开,只是不由地,再次看了一眼橱窗。

这一眼,当下让我心头一紧。

橱窗上,像是映着一个男子的身影。

背后行人陆陆续续走过,唯有他,是一直定身不动。

我惊觉地转过身。

背后几米外,一个男人站在那里,注视着我。

他的目光让我心头一颤。

那种感觉,宛若在看一个仇人。

朱丽叶的秘密

我不由恐惧，这个人是谁？他为何这么仇视着我？

我看着他，渐渐锁了眉头。

他的样子似曾相识。

微长的头发，清癯的面庞，胡渣扎眼，神色漠然。

我在哪里见过他？

我不由去想，终是想到，在张老太的公寓外的小巷子里。

那么，现在他的出现，绝非是一种无意了。

这种意识让我变得不安。

我连忙迈步。

走了一段路后，我再次回头去看，他却没了踪影。

回到住所，已是傍晚。

打开灯，走进客厅，把包扔沙发上，我顺势倒进沙发，疲倦地闭起眼来。

思绪不让人休息，脑海里顷刻又是唐音音的脸。

我不由睁眼，起身坐起，困扰地直挠头发，我在心头狠狠地诅咒，为何总让我遇到这种事？是我的世界让我疯癫，还是这个世界让我疯癫？

趿上拖鞋，走进卧室，我从床头桌上拿起《罗密欧与朱丽叶》，再回到客厅。

盘腿坐在沙发上，我再次拿出这张纸片看，发觉两者字迹颜色稍有不同，显然不是一个时间留下的。

而且两段文字也不像是同一个人所写，字迹不一样。

从文字看来，倘若音音就是朱丽叶，那么势必有一个罗密欧。

他们爱得这么痛苦，除了死亡，别无选择。

但这会是真的吗？我可以揣摩她当时的心情，但却无法相信这种爱情。

她爱上的到底是怎样一个人？

张老太明明说音音从来是独来独往，未曾见友与之作伴。

就算现在知道音音有爱人，但又从哪里入手查寻这个人呢？

这般想着，一时烦闷不堪。

将书放置茶几上，我顺手取过香烟，抽出一支点燃。

四下极静，静得连呼吸亦似虚无。

然而，墙上时钟，滴答作响。

时间，证明着一切的存在。

盯着桌上的《罗密欧与朱丽叶》，我不由微微蹙眉。

下一步，我该怎么做？

抽着烟，我认真地回想，欲将思绪重新梳理。

唐音音的家乡洛安县离苏州不远，从那里到这里，不过几个小时路程，可按照张老太所言，逢年过节，除了清明，音音从没回去过。而这么久以来也并未有人来看望过她，这也表示，音音对我说的并不假，她说过3岁时父母在一场车祸中去世了，后来她跟着外婆一起生活了许多年。

对了，音音的外婆。

我可以找到她，看看能否从她那里得到些许线索。至少可以知道，音音这些年，和谁走得最近。

只是，我该去哪里找她呢？洛安县说大不大，说小也不小，我怎么找呢？况且，也不知道老人家尚在人世否。

或许，我还应去张老太那里再问一问。

思索间，门铃响起。

我看了看钟，快到8点，谁会在这个时候来，莫非又是卫生间漏水了，楼下的住户找上门来。

还是之凉说得对，房租便宜，就一定有便宜的弊病。

谁叫我贪这便宜。

无奈吁气，捻灭手中烟，我朝门口走去。

打开门，定睛于眼前人的一瞬，我不由大惊失色，继而回辙关门。

显然，我的反应比起门外的他慢了些许，正待我有所动作刹那，他已然伸手按住门，着力一把推开。

他这一动作使得我心下骤然产生一种危机感。注视着他，惶惶看着这双仇视着我的眼睛，我不由退去。

一步一步。

就是他，这个人一直在跟踪我，他的眼神叫人可怕。

心悸之感加重，我转身向里跑，试图以最快的速度找到一件防卫之物。

然而，他敏捷地窜到我的身旁，一把拉住我的衣袖。

我拼命挣脱，乱了方寸。

只是我怎么也摆脱不了他的手。

"你怕什么？"

这阴森森的语气让我更加不安，我不看他，只是失控地动着手臂，一个劲地想要甩掉他的手。

拉扯间，猛觉膝盖硌得一疼，原来碰到了茶几一角。

朝着茶几瞥了一眼，目光触到了水果盘里的水果刀。

未及犹豫，我伸手拿起它，随即就对着他的手背狠狠划去。

他吃痛，随即松手。

与此同时，我已朝外跑。

突然，身后的他扬声道："是你杀了唐音音。"

我站住，脚似灌铅，再迈不动。

"怎么也想不到吧？你原本以为，无人知晓。"他说着，缓缓走近我，"你以为，那些真相已随着她烧成灰化作尘，无痕无迹？"

这些话，铿锵有力，掷地有声。

"她不是自杀。"不容我开口，他已走至我身侧。他盯着我，在我耳旁一字一字地说："我知道，凶手是你。"

听到这几个字，我再也按捺不住："我不是凶手，不是的……"

我的话不过换得他一声冷哼："你打听着音音的事，这些我全都知道。"

我侧首看他，惶惶之中，疑问不断：他到底是谁？他为什么要跟踪我？他怎么认定我是杀害音音的凶手呢？

他似乎不再担心我会离开，他捂住手上的伤口重新朝里走，在沙发上坐下："在想着如何蒙混过关？然而事实……"

"什么是事实？"我打断他的话。壮胆说，"你凭什么说她是我杀的，你凭什么跟踪我，凭什么闯进我家？"

"就凭她发给我的一封电邮。否则我怎会找到你？"

他的话让我当下一愣，音音发给他的电邮？这么说，他和音音是认识的，而且关系非同一般。

莫非他就是"罗密欧"？不对，看他的样子，比我更甚困惑，如果是他，如果他知道她的死因，也就不会跟踪我且胡乱猜测我是凶手了。虽然我不知道音音为什么要对我说那些话，但从音音自杀的情景看，她绝对不会是为了嫁祸给我，否则她也不会留有遗书。

那么，他是音音的什么人？她在邮件里说了些什么？

虽然此刻有诸多疑问，但我至少想清楚了一点，他说这些话是趋于心机。

他怀疑我,但并不认定。否则,他大可报警,不用自己找上门来。

他的目的是要引得我慌乱,要我自己露出马脚。

想起他进屋时的那句"你怕什么",确实如此,她又不是我推下去的,我有什么好怕的。

没做过当然不用心虚,我不能这么被动。

"你如果不离开我家,我会报警。"

"那就报警。"他挑着眼角看我,言下之意是说:"你敢吗?"

他的判断是对的,我着实不愿惹麻烦。

"唐音音确是自杀的。"

"是吗?"

"不管她给你发过什么邮件,但我没撒谎。她办公桌上留有遗书,言简意赅,一句了然。"

"你知道写的什么?"

"听经理说,遗书在文件夹里,只有一句'我眷恋的,是生命的另一端,黑与明的交替,死亡意味新生。'"

"黑与明的交替,死亡意味新生……"他微蹙眉头,待我话语刚落下,他便一字一字地接口道,"死亡意味新生,而我所有遗憾,早在见到一双眼睛时销蚀无痕,所以不用难过,因为会有这么一个人替我完成未完的人生。顾尘朵,我知你会替我看未知的风景,感受四季轮回,继续人生前行。"

"你……"听着他的话,我万般诧异。

"这就是她给我的邮件内容,她留在公司的遗书其实只有一半,而后面的话,就是我所念的。那封邮件我看过数次,早已记在了心上。"

"她怎么这样说？我们不过泛泛之交。"我再次愕然。

他微微摇头："我也很困惑，邮件本是5号发的，只是很遗憾，我9号才看到它。当看到它，我就有种不好的预感，但也隐隐感觉，我已是来不及阻止她想做的事。我想着，既然她会这样说，那么这个人就一定和她有什么关联，所以我赶回来并在她所在的公司打听到她果然出事了，而且她有一个同事就叫顾尘朵……"

"这……这样去提我的名字……真叫人费解，难怪你会怀疑我。"

"若你所言当真，那么她留下的话看起来确实是令人莫名其妙。"唐亦翔言及此处，悲恸之感深重，"但它一定是有意义的，这毕竟是……她的遗言。"

我没有反驳他的话，我想他说的也在理。

"唐音音，大概是深爱着某个人，但这份爱，注定让人殒灭。"

"为什么这么说？"

"因为她所写类同于所言，以及，她说话时给人的感觉，崇信某种东西，虔诚得不得了。"

"所言？她说过什么？你这么肯定。"

他的问题多起来，眼神迫切。

是时候交换了。

我走至他的旁侧，坐下来，稳了下情绪，拿着香烟点燃。"现在，我得先弄清一些东西，不然，我不会告诉你。"我说道。

"我为什么要相信你？"

"因为，我是最后一个见她的人。"我吐出一口烟，低低道，"最后发生的事情，除了我，没人知道。说谎与否，待我全盘托出，你自知真假。你再想想，现在连警察也确认她是自杀，假若音

朱丽叶的秘密

音是我杀的,面对这样的结果,我应乐得逍遥不是,干吗不避嫌地去她住所或者过多打听她的事情,那样倒自找麻烦。"

听着我的话,他略有所思。

"如果不是心中有鬼,你就不该这么害怕了。"他突然说。

"你之前跟踪我,现在又这样闯进我家,而且此时又是晚上,我当然害怕。"我应道,"况且,横看竖看,你这样子,也……该提高警惕。"

"你没听过知人知面不知心?"他听出我的弦外之音,望了一眼地上的水果刀后便嘲弄似的道,"你这种行为,我是否也可以认为好不到哪里去?"

他的话让我有些心疼,不问青红皂白就伤了他,是我不对。

我低眼看了看他的手,"我去拿纱布,给你包扎一下。"

拿出药箱,我坐在身旁,小心翼翼地用盐水将他手上的伤口消毒,再用纱布包扎。

没想到我下手还不轻。

"那你为何要去打听她的事?"他注视着我又问。

"我自会告诉你。"我坦诚应道,"但我得先知道你是谁,以及你和音音的关系。"

"乔义达。"他说。

"乔义达……"我一怔,"义达。"

这个名字让我想到某个广告。

"我知道你想到什么。你叫我唐亦翔吧,这是我另一个名字,熟知我的人喜欢唤我亦翔。"

他的说法再次让我一怔,唐亦翔,好像在哪儿看到过。

"我在洺安县住过几年,我父亲和音音的父亲是生意上的朋友,我比音音大5岁,小时候我常常带着音音玩儿,后来她父亲收

朱丽叶的秘密

我作了干儿子，洛安有习俗，拜干亲的仪式中，干爹会给干儿子取个名字，所以我有了唐亦翔这个名字。后来大家都唤我亦翔，连音音也叫我亦翔哥哥，从小到大，我都非常喜欢这个名字，我希望自己也可以有一对翅膀自由翱翔。"

听着他的话，我恍悟。

唐亦翔。我想起来了，那天我在相册里见到过他与音音的相片，我当时还误以为他是音音的哥哥。

若他只比音音大5岁，那么现在也就28岁，但他的身上却透着很重的沧桑感。

"干爹将音音视为掌上明珠。"

"那音音的父母是怎么出的车祸？详细的情况是怎样的？"

"这个我不太清楚，只知是干爹开车坠下了崖，当时干妈也在车上，可能是因为夜晚的缘故吧，虽然从洛安过来是不远，但还是有一段山路。"

"你是说他们是来苏州？"

"也有可能是从苏州返回洛安。这些还是后来我爸告诉我的，因为干爹出事那年我们全家刚搬离洛安，后来我爸带着我回去参加了干爹的葬礼，之后我爸每年回洛安，有时候会带上我，有时寒暑假还会把音音接到我家玩儿。"

"原来是这样。"我能想象得到音音父亲对她的宠爱，也能想象音音在失去父母时的痛苦。

父母本是将子女视为手心里的宝。他们是子女最为坚固的后盾，因为没人会像他们那样不求回报地付出，以及无限地宽容。或许，因为置身其中，我们便会对这种关怀习以为常，继而忽略掉了它的意义。一旦失去它的庇护，我们才能真正懂得，父母的爱所带给你的是世上唯一的、再也无法重复得了的感受。

朱丽叶的秘密

就像我怀念着那个敲门声,父亲在外面唤我:"朵朵,还不起床,快点起来吃饭了。"

别待失去后,才有所意识,原来有人曾视我如珍宝。

"你怎么了?"他察觉到我的异样。

"没事。"我未有多言,刚好包扎完毕,我将药箱提回了卧室,趁机调整了一下情绪。

待我走出来,我说道:"你从哪里来?"

"西藏。"他应道,"在西藏待了差不多两年了,不是音音出事,我不会这么快离开。"

"你在西藏工作?"

"差不多吧。西藏美丽而神秘,除了拍照,我也把自己当做流浪驱寂的旅人。"

"原来你是摄影师。"

"在摄影中寻觅一种恒久,而每每当你用心捕捉到一个瞬间,你便能体味一种最真实的感受——对生命的感受。"

"四处奔波,不会疲累?"

"恰恰相反,我享受这种过程。"

"一张绝美的图片,来之不易。他们捕捉某些镜头,有如走在刀尖悬崖,那种热爱,让人崇敬。"

"那是艺术家,我不是。我爱摄影,但也靠它们来养活我自己。"

"每个人,生存是首位,造就艺术亦需建立在生活之上,衣食本是奠基石。"

"对。说到底,我们还是凡夫俗子。既然在世为人,先以生存为己任吧,其他,方可顺其自然。"

"要是音音能这样想就好了。"我叹道,"我也是这样给她说的，但她已听不进去。"

"你现在可否告诉我，那天到底是怎么回事？"

"那天，是星期六，我在加班，所以走得最晚……"我重新点燃一支烟，开始给他讲起那个下午突如其来发生的一切。

我竭力回忆着每个细节。

听我讲述中，他始终未发一语。不知是因为悲伤，还是因为认真地斟酌着真假。

"虽然跟音音一起吃过饭聊过天，但说到底，我们交往不深，我不知道，她为什么偏偏让我直视她的死亡……我承认，面对这突如其来的一切，我不知所措，我更害怕……只得胆怯逃离现场，更不敢告诉任何人……不敢……"

我的声音低下来，喉咙哽咽。

纵事过境迁，心悸感依然。

唐亦翔微微闭目，克制着伤绪，再看着我轻声道："她是有所准备。做这一切，除了决心已定，必然思前想后。"

"如果她的自杀是必然，那么，让我看到这一切，又是不是偶然？"我思索道，"这是我最大的困惑。"

"你说……"唐亦翔忽然道，"她说过，她真想告诉你一切，对吧？"

"嗯。她是这样说，欲言又止，我以为……"我吸了吸鼻子，"我以为她是遇到什么工作上的难事，一时纠结想不通，毕竟我们的交往仅限于工作，她拉住我的手，说我的手让她感觉到温暖，她还说，她的父母去世得早，她已没什么亲人，我对她这么好，她要是有这么一个亲人，人生也应该没什么遗憾。"

"音音的命运多舛，所以造就她内向孤僻的性格，她之前曾换过两份工作，皆因交际成绊脚石。她曾在电话里说起工作不顺，我告诉她工作不是累赘，如果不开心可以换掉。我知她性情，所以不想让她再过多地烦恼。但这份工作，她从未说过有不开心之类的话。"

"她话虽不多，但对人很友好。"

"那有些奇怪，交际于她可是大问题，你说她对人很友好，这是你的看法，还是公司其他人的看法？"

"我是这样认为的。"我如实道，"至少她对我很友好，拿资料来或者在电梯遇到，她都对我热情打招呼，还会主动找话题说点什么。"

听我这样说，唐亦翔有些意外，他略有所思地说："不管怎样，她应是把你当做朋友的，或许正因如此，她才叫你上了天台。现在回顾发生的一切，她在天台上对你所言，是话里有话。"他思索了一下再道，"可以假设，她本想在自杀前告诉你一些事情，但她一直很矛盾，所以她在犹豫，或者是有所顾虑，而最终，她没说出口。"

"那她在顾虑什么呢？既然已经让我染指此事，却又选择不说……"

"还有……"他沉思道，"你还说她最后在反复地说着我痛恨我自己的名字？"

"是的，就像……就像是在背诵一样。"我不由轻叹，"前些时候我甚至怀疑过她是否被邪教所迷，我曾看过一些报道，有那种宗教，利用教徒的单纯与虔诚，甚至使之达到自我毁灭的程度。"

"这不无可能。"

"但那只是我一度的猜想，先撇开是与否，至少我现在能肯定，音音深爱着一个人，而她的死，是和他有关的。"

他一怔，问道："他是谁？"

"罗密欧。"

"罗密欧？"唐亦翔诧异地看我。

"爱真是无所不能，它可以是拯救，也可以是毁灭。"我说着从茶几上拿起书，递给他："这本书是在音音的住所找到的。里面夹着一张纸片正反两面，均有一段暗示死亡的言辞，这两段话虽然不是一个时间写的，但很明显表现出了同一种心情，而且里面各自提到了一个罗密欧，一个朱丽叶。"

听我这么说，他赶紧拿出纸片查看。

继而，再重复看了一次，仍旧迷惑不解。

"这不过是一些文字而已。"他质疑道，"或者她只是从哪里抄录下来，抑或者被小说中的某些情节打动，就像……"

"你认为就像读后感那么简单？"我接过他的话，"这未免也入戏太深了吧。况且最后的那些话已然表示出去意已决。所谓的凌空舞蹈，不就暗示出她选择离开的方式吗？"

他稍作沉默，再道："她为何要将自己与那人冠以朱丽叶、罗密欧之名？"

"我也很想知道。我想，不会是单纯的因为喜欢这个故事这么简单。"

"这本书是英汉对照版。"他说。

"是的。"我看着他问，"你觉得有什么问题？"

"没什么。"他想想说，"我只是记得音音念书时说最讨厌英文，怎么不直接买汉语的，却买这个版本的。"

"也许是随意。"

"嗯。"他点头，"接下来，你准备怎么做？"

"我听音音提过她有个外婆，我想从她那里打听一下，这些年里，有谁和音音走得近。毕竟，外婆是她最亲的人了。只是我正愁不晓得她外婆在洛安县哪里,你是否知道?"

"我是知道。"他说,"但……"

"但是什么?"看着他悲伤地欲言又止,我忍不住反问。

"外婆前年进了养老院,是我和音音一起送她去的,因为怕她走失,所以才送去的。"

"怕她走失……"我一愣,"你是说她有……"

"是的,而且常常犯病,估计我们很难问出什么。"

听他这样说,我一时沉默,陡然有了挫败感。

"不过我也该去看看她了。你是否要一起去?"

"也好。不管如何,试试也好。"

他赞同,接着拿出手机,彼此留了个联系电话。

保存了号码,他站起来道:"那我先走了,这本书我带去看看,因为我还有些事情要做,所以去养老院的时间,我们再约。"

我点头说"好"。

第六章

露天咖啡厅里,我看到韩溯向我招手示意。

我本在上班。就在这之前,我接到韩溯发来的信息,让我速速赶到此处,切勿耽误片刻。

见他说得急迫,我便刻不容缓地赶来,连工作服都未换,所幸这里离公司不远,不然这短裙与高跟鞋,会让我有罪受了。

急匆匆赶来,却见他正闲坐于此,而旁边,还有一打扮时髦的妇人。

我这才猛然意识到韩溯是何用意。这种伎俩,就在我们订婚不久,他已使过一次。

本是处处留情人,却会烦忧蜂围蝶阵乱纷纷,真叫人啼笑皆非。

随着韩溯招手的动作,一旁的女子顺着他的目光朝我望了过来。

我走过去,在一旁坐下。我抬眼看她,目光并无敌意,但她的笑容立时变得僵硬,不待我出声,这女人客套了几句,继而知趣离开。

我在心内发笑,名分真是个好东西,成王败寇,一纸分晓。

韩溯看着我,眼含笑意。

我知道他是在笑我穿工作装的样子。

韩溯替我叫了杯喝的。

我把玩着杯子,看着桌前那团形状不规则的光影。

阳光是这么柔和，它透过一旁大树的叶缝流泻于桌面，光影随风微动。

云淡风轻，闲谈慢饮，自是美事一桩。

只可惜，对面的他不是那个对的人，否则，就算是一杯咖啡，也足以叫人沉醉。

回过神，我抬腕看了看表。

"浮生偷得半日闲。"见此，韩溯慢条斯理地说。

我不免火气顿生："我却想起狼来了的故事。"

他听出我的弦外之音。"就算你不认为我是诚心约你，但处理这些事情理所当然是太太的分内事？除非……"言及此处，稍作一顿继而目光如炬地看着我接着道，"你压根未有想过做韩太太。"

他的话落在我的心坎上，我确实从未想过到那一步。就算现在这种所谓的名正言顺，也不是我真心想要的。

我说不出话来，只得端起杯子喝了口饮料。

他看着我，摇头轻笑道："就算是假象，也应竭力做到毫无破绽的假，你太懒了，连敷衍也不会。"

我未曾想到他会说出此番话。其实他说得很对，好歹我们是订了婚的，未婚妻连过多地见未婚夫都不愿意，这意味着什么？

现在还不是时候与他翻脸。

我故意端详他的眼睛说："我怎么看，你的眼睛也只是普通人的眼睛，你怎么看得到我心内的东西？"

他看着我，却没有移开目光，渐渐，唇边的笑意隐去。

我猛觉尴尬，垂了眼帘，赶紧将目光转向别处。

见我此般模样，他又忍不住笑起说："在EU公司做得这么辛苦，怎么不去自家的公司，你跟启扬一说，他自然给你好差事。"

"我不会去他们的公司……"我淡淡说着，猛觉说法不妥，于是再道,"我什么都不懂,去了倒是累赘。我现在工作得挺好,EU是做小家电的,淡季轻松得很,旺季累点亦是吃得消。"

听我这么说,他便不再问,只是忽然转了话题。

"前次与启扬谈起你,他竟直问我对你可是真心。"他的目光再次落在我脸上,"其实我一直想要问你,若不是与徐蜜交往过,你对我的印象会否好得多?"

我闭唇不语。

"或许,这中间有甚误会?"他端起咖啡,啜饮小口。

"那都是过去的事情了。"我简单回应。

"徐蜜是徐娅的堂姐,关于我与徐蜜发生过什么,你应该是从她那里听到的吧。"他将杯子放在桌前,似自嘲一笑道,"常言道唯女子与小人难养也。没想到,女人当真是得罪不起的。"

"还是不要说这种话吧。"我压抑着心内的不平,"至少,我相信你在那时是喜欢过徐蜜的,后来你对她造成的伤害那么深,她也没向你讨要说法,而今你在背后却这样说人家,又岂是君子之为?若你能专心经营一段爱情,于人于己都是好事。"

"对待每一段感情,我都很用心。我对爱极为苛刻,绝不放纵它。"

他的话好像别有用意。

他是在暗示他和徐蜜之间不是我所听到的那样?

正欲琢磨间,闻得他又微微一笑道:"看来,果真是那徐娅与你说过什么了。"

听他这样一说,我才顿悟上了他的当,我刚才那几句,不就等于告诉他徐娅的确是对我说过什么吗?

如此这般,我心内火气更甚。

不知道是因为职业的缘故,还是他这个人性情生就如此,连说

朱丽叶的秘密

话也像是种部署。"

或许,这就是我不想和他多做言谈的原因。

现实中就是有这样一种人,主控权永远在他手里,你不会知道他的话里哪句是有意,哪句是无心,万事须得这般小心翼翼。和这种人在一起,就算他能给你整片天空,你也不过终为囚鸟。

"我一直很喜欢这里。"他又说道,"你上次约我到这里来,我好像提过。"

他一说我便记起了。

"真难得我们有这个共同点。"

听他这样说我有些不明白,我们只来过一次,他怎么知道我也喜欢这家咖啡厅呢?

但是我确实喜欢这里。

这家露天咖啡厅叫旅人的月亮。

它在这里已有数年。最初它的老板是一个清瘦的女子,听人说过,她不是本地人,好像是为了一个人她才到了这里。

她是个有故事的女子,然而没人真正知道她有怎样的故事,我记得她的样子,她有长长的头发,面容清丽,眼神却很坚毅。

后来有一次我来到这里,才知道已换了老板。

她去了哪里,无人知晓。

短暂的停留,终归各行一方。

或许这便是她取这名字的原因。在人生这段旅程里,其实我们都是旅人,月光伴随我们的步履,夜中的灵魂才能敢于真实。

旅程中的我们,行于月下,或悲伤,或喜悦,用带着情感的眼睛去看头顶的它,其实看到的不再是它原本纯净的模样,却是我们这一秒的心情。

一个人的旅程,月光那么凉,孤单地走,会不会害怕?在人生的旅途中，希望能找到一个人，相伴而行，读懂月亮的语言，感受月光的美好。

执手之行，不要追问永远有多远，永恒在哪里。

与其讨要一种虚妄的定义，不如珍惜现在。

你看，在时光中，我们的脚步不停，我们的情意不泯，我们的怀念不逝，这是否亦是恒之定义？每人心间这种情感的存在，似如星月，应是永恒。

"其实，夜晚这里才是最美的。"韩溯忽又道。

他的话将我的思绪拉回。

"你来过？"我问。

"是的。"他应道，"你也来过。"

我本是随意一问，却未料想他这样说。

他是在反问我，还是知道我来过？虽然有些不明白，但我没有去问他。

我当然知道这里的夜晚很美。

那时候，送我纸戒指的他，我们一起曾到这里，坐在栅栏旁的那棵大树边，要了最便宜的果汁，听耳畔虫儿吟唱，看头顶月光纯净。

也是在那样一个月色柔美的夜里，我抱着课本，拿着纸戒指，握着笔反复地写着"梦想成真"，稚气的自己以为对着月亮写一百次就真的会梦想成真。所以很认真地写，一遍又一遍、一遍又一遍地写。而现实里，那个梦想终究如月遥望。

还有4年前的那个夜晚，我拖着大大的行李箱离开甄家，独自来到这里，仍旧坐在那棵大树下，点了最便宜的果汁，却一口没喝，坐在那个角落，任由自己的眼泪在夜里放肆嚣张。

以前没事便来坐坐，直到剪去长发后，我就没怎么来了。

越是眷恋的回忆，越是离现实最遥远。

遗忘为好。

"你又在想什么？"韩溯问。

"没什么，我该回公司了。"

"等一下，我还有事情说。"

"什么事？"

"你看你什么时候有时间，我们一起去趟馨苑。上次甄姨说想看看我们拍的照片。"

"到时候再说吧。"我敷衍地应道。

"就算做做样子，也不能让她失望。"他看着我说，"失望的滋味很不好受。"

"我的意思是甄姨的病情比较稳定了，而这段时间我确实比较忙……"

我想找借口搪塞，手机铃声突然响起。

我从包里掏出手机，来电显示是唐亦翔，颇为意外，我不由一怔。

微微抬眼，我见韩溯正端着咖啡杯侧头看向另一方。

我接听了电话。

"你现在能抽出身来吗？"

"怎么了？"

"电话里说不清楚，我在燧海路，你现在马上过来，我在第一个路口边等你。20分钟能到不？"

"应该可以……"

"不要说得这么模棱两可，如果到不了，我就自己去。"

"知道了，你等我。"

挂了电话，我迅速地挎上包，刚站起来，发现对面的韩溯正看着我。

"我先走了。"

"公司有事?"

我微微点头,并未正面作答,就此匆匆离开。

一出咖啡厅,我叫了辆计程车,直去燧海路。

远远地看到唐亦翔的身影。

刚叫司机把车向那方行驶过去,结果路口红灯亮起。

只得等着。

我透过车窗看向站在那里的唐亦翔,但见他斜挎着包,长袖衬衫随意敞开,里面露着浅色的T恤,此时双手揣在裤兜里,愈发显得吊儿郎当。

想起韩溯那慢条斯理的样子,一样是散漫,但两人给人的感觉却完全不同。

红灯未过,他忽然掏出手机,像是看了下时间,然后扭身便走。

坏了,他是要走。

我赶紧付了车钱,不顾司机反对,提着包下车追了过去。

"唐亦翔……"我边跑边叫他,又不得不注意别崴到脚。

这短裙和高跟鞋的确很碍事。

他停住,转过身来。

待我跑到他跟前儿,他盯着我打量了一下,目光落在了我的高跟鞋上。

"我该给你留点时间换双鞋子?"

听着他的话,我低头看了一眼鞋子,不由蹙了蹙眉头,莫非要走很远?

不考虑那么多了,我开口直接问道,"到底怎么回事?我们去哪里?"

"去王孜茜的家。"

"王孜茜?谁是王孜茜?"

"音音的同学。"他应道,随即拍了一下我的胳膊,"走吧。"

"你是查到什么了吗……"和他并肩走着,我刚开口问道,手机响了。

从包里掏出手机,一看来电,竟是韩溯。

他怎么打来电话了,不是才刚刚分手嘛。

我犹豫着,现在一接电话,街上这么吵,他一听就知道我之前撒了谎,根本没回公司。

这电话是不能接的。

我感觉到这电话来得蹊跷。想起之前韩溯那考究的眼神……他不会跟在我的后面一探究竟吧?

这么一想,我下意识地转头环顾四下。

"怎么不接电话?"唐亦翔奇怪地看着我说。

"公司的电话,不用管它。"我随意找了个理由。

他没有再问,转身继续前行,我连忙紧跟。

"音音这个年纪其实该在念书。"他开口说。

"是的。"我思索着道:"我听音音说过,前年因为某些原因她辍学了,她说只要有能力以后自考也一样。这个事情你不知道?"

"有次她讲起工作上的事情来,我才知道她已经辍学许久了。我问过原因,她说她想自力更生。"

听到自力更生这个词儿,我不由问道:"音音那么小父母就去世了,外婆又已年迈,她们靠什么生活呢?"

"具体的我并不太清楚，只知道干爹走后，他的大部分财产还了债，我只知道一直是外婆在抚养音音，就他们的家庭情况，政府应该有所补贴吧，不过，我也听音音提过，干爹的朋友也给予了一些帮助，音音的生活应该没什么问题。"

我还想开口问，却听他又说道："最初她辍学，我就隐隐感觉一定是有原因，但听她又说得极为轻松，当时我只想着顺她心意就好，便未加多问。"

"到底怎么回事？"他的话让我更加不明："你怎么想到音音辍学的事来？你又怎么突然要找音音这个同学？这些和音音的死因有关？"

"我断定这些事有所关联。"他忽然站住，侧首看了我一眼，"你不是说音音的死与'罗密欧'有直接关系吗？虽然我之前有所怀疑，但现在我也这样相信，而且，他们应该已认识多年。"

"认识多年？"我更加疑惑。

他点点头，从包里掏出那本带走的《罗密欧与朱丽叶》，将它递给我，目光却在我手间停滞了下，但随即道："你翻到第71页，看看最后一段。"

按他所言，我将书翻到71页。

"我没法告诉你我叫什么名字，敬爱的神明，我痛恨我自己的名字……"

这段话，不就是音音自杀前念及的话？我上次告诉过唐亦翔。

"原来音音反复念及的，竟是书中罗密欧说过的一段话。"我不由诧异地说。

"我看到这段话时亦是意外。她为什么独独要念这段话，我痛恨我自己的名字，到底是什么意思？"

我转头看他："你现在应该相信了吧，她对这个故事远远不止喜欢这么简单。"

"是的。"他微微颔首，随即再道，"你再看看侧面……"他伸手将书侧过来，只见合页边棱上写着"2008-3-1立夏"。

我极为诧异："我竟大意没发现这个。"

"是你太过心急。"他将书放进包里，"我们边走边说吧。"

"如果音音3年前买的这本书……"我分析着，继而有些不明所以地反问他，"你是如何断定他们那时候就认识了？也许是后来音音把他比作……"

"这本书并非音音买的，应该是他送给她的。"

"你怎么断定是他送的？"

他未作回答，微微仰头，看向前方的林荫道。

阳光有些刺眼。

我侧首看他，他的沉默让我明白，头顶的阳光，再怎么温暖，亦暖不了他心内的凉。

他心痛着，为音音的离开，为一个赴汤蹈火的爱情傻瓜。

我在心内叹息着。

浮生未歇，世事无常，每个人都有自己的心伤，不说并不等于不在。

我静跟他身边，思绪未作停。

2008年3月1号，立夏。

我暗自想着，这个日期，是有不对。

3月1号，3月1号怎么会是立夏？

"这么写是明显的错误，不管是那个未知的他，还是音音本人，也不该犯这样的错，除非……"

"除非立夏不是指的一个节气。"他忽然开口说。

他的说法刚好证实我的想法，我不由接口道："如果不是指节气，难道是指的一个人名？"

他转头看我："正如我所想。"

"我明白了。"我顿悟，"2008年音音刚来苏州上大学，你猜想这个罗密欧有可能是她的同学，你不免联想到了她辍学一事，或许，这中间必有关系。"

他点头应"是"。

"只是，为何不去学校，反而去找她的同学王孜茜？"

这点我实在猜不透。

"我早已去过学校，这几天我都在查这个事。"

原来如此，难怪这个星期不见他人影。

"其实那晚回到宾馆，我翻看这本书时，便发现上面写有这个时间。第二天，我去了学校找到了她曾提过的周姓辅导员，她起初并不待见我，总之几经周折终是向她打听到了一些事情，虽然没有打听到'立夏'这个人，但我却知道了音音辍学的真正原因……"

听着他的话，我暗想着这个原因必然是与王孜茜有关。

"原来音音被学校处分。"他继续道，"她没有争取撤销处分，而是一走了之，干脆退了学。"

"怎会如此？"我甚感诧异，"依音音温顺的性情，她会做出什么过分的事情来呢？"

"说是音音与王孜茜起了冲突，继而动了手。"他不可置信地叹息，"甚至严重到让王孜茜进了医院，你会相信吗？"

"不可能。"想起温柔的音音，那样的她会对人施以暴力？我更加予以怀疑地摇头。

"我亦是不信，但是说到她们的冲突，除了当事人，这里面难以说清。"他微微一顿，再道，"她们的冲突源自一出话剧。"

"话剧？"

朱丽叶的秘密

"是的,因为学校将举办周年庆,所以提前让各界学生准备节目,音音本与同学齐演一出话剧……"

"音音演话剧?"依她的性格,恐怕是不喜欢掺和这些事情的。

"并且听辅导员说这个角色还是她积极争取的。你想象不到吧,我也想象不到。不过,如若你知晓这是何话剧,便不难理解音音的做法了。"

"难道是……"我不由恍悟:"《罗密欧与朱丽叶》。"

"正是这个。"他接过我的话,"起先由音音出演朱丽叶,只是排练不多久,策划人却让扮演神父的王孜茜代替音音的角色,就为这事双方起了冲突,最后音音动手将王孜茜推下楼。"

"我感觉音音不是意气用事的人,就算她极想演朱丽叶,她亦是懂得分寸,没道理对同学那样。"

"我想这里面定有什么原因。听辅导员说,音音比较内向,在班里就和王孜茜走得近,两人关系还不错,所以事后王孜茜也没多追究,否则事情就闹大了。"唐亦翔微微叹息,"现在除了王孜茜,没人知道当时发生了什么事情。"

"那……那现在我们是去哪里?怎么不去学校找王孜茜?"

"刚巧这两天王孜茜家中有事请了假,她家地址我已得到,我们这便过去。"

"你想好怎么问她了吗?万一她什么都不说……"言及此处,我却突然踩到一粒小石子崴了下脚,不由吃痛。

我皱了皱眉,用手按了按腿。

他转头看了我一眼,见我还能继续走,便没再多问。

我感觉到他下意识地放慢了脚步。

"我会告诉她实情,就算她和音音有过节,得知音音去世的消

朱丽叶的秘密

息，相信她不该惦记往日仇恨。更何况，她们之间也算不上什么深仇大恨。"他说道。

"嗯。你的话不无道理，只有对王孜茜直言不讳，她才能告诉我们想知道的。她是音音的同学，指不定还知道音音一些事情，抑或者听过'立夏'这个名字。"

"听说她们两人发生冲突时无第三人在场，我在想，当时音音一定会对王孜茜说些什么，毕竟，音音争演朱丽叶总该是有原因的。"

我微微点头："如果'立夏'真的不是学校的师生，他又会是谁？音音之所以这么喜欢朱丽叶这个故事，会否他们的爱情就像它一样令人无奈与凄惨？莫非音音真像剧中朱丽叶一样，爱上不该爱的仇家……"

"没多大可能。"他打断我的话，"照理说，音音父母去世得早，音音那时年纪又小，就算你干爹干妈有什么仇家，也不至于牵扯到音音身上，而且我感觉音音也不可能戏剧性地去爱她父母的仇家吧？"

"话虽这么说，但你不觉得音音对这个故事喜爱得太过分了些？"

唐亦翔沉默着，像是在思索我的话。

"无法救赎的爱。"我说。

"什么意思？"他不解。

"无法救赎的爱。希冀，绝望，灭亡，重生。"我解释着，"联想起音音的话，我对这个故事是这样的理解，抑或者音音的爱情亦像它一样。"

这是我一直的想法。

心似澄水，爱如莲生。我相信在音音眼里，她愿单纯地相信爱的美好,没有什么可以破坏,亦不允许它被破坏,所以愿用生命去成全自己心中所希冀的永恒。

"未免太过感性。"他说。

我不置可否:"也许在你看来,我的理解只可放于对书中那个年代的理解,在那种的背景下,爱情只是牺牲品。而现世之下,这种束缚,真是少之又少。然则,我并不单单是这个意思。"

"我明白你所想。"他接过我的话,"爱情太容易控人心智,有时它是一剂良药,有时它是一剂毒药。"

我知道唐亦翔说得极对,许多束缚,通常来自于自我。然而就算知道,又能有什么办法呢?

这些日子,我一直在猜想着音音到底爱上什么人呢?是因为彼此地位悬殊,他弃她而去;还是因为他是有妇之夫,对方无法公开这段感情?

不管是哪种情况,对于音音而言,都是致命的伤害。在她的心内,一定是倾其所有地去爱,而且也强烈渴望着被爱。被爱的欲望太过强盛,就如藤蔓疯长,自我缠窒,直至灭亡。

走过一条街,唐亦翔向路人打听到了西艺路景苑9号楼。

敲门后,一个女孩将门开了条缝:"你们找谁?"

"请问是……"

"王孜茜,是周辅导员让我们来找你的。"

我一开口,唐亦翔便狡黠地打断我的话。

待他话语落下,门随即打开,一个扎着马尾的女孩出现在我们眼前。

"辅导员?他找我做什么?"女孩一时茫然,"我已经请了几天假。"

很明显她就是王孜茜。

朱丽叶的秘密

"我们知道,所以才到你家来了。"唐亦翔微点头,"我们能找个地方坐下来谈谈吗?"

女孩打量了一下我们,那眼神明显是奇怪我们到底是谁。

我没多言。有个聪明的人在身边,省去不少心力。

"我们是唐音音的……家人,想问一些关于音音的事情。"唐亦翔开口说。

我注视着王孜茜,但见她听闻此话,当下变了脸色。

她漠然说道:"既然你们见过辅导员,有什么可以问她去。"

"她告诉我们,你和音音关系不错,所以我们……"

"同一宿舍,自然一起进进出出。"不待唐亦翔说完,王孜茜打断他的话,并试图转身回屋,"况且过了这么久,许多事情亦是记不清楚了,我帮不了你们。"

"两年前你不小心摔下楼这件事,其中细节除了你再别无他人所知,我们只能找你。"

"不是我不小心摔下楼。"她再次转过身来,特意纠正唐亦翔的说法,"是唐音音将我推下楼。"

"原来这样,那你一定对当时发生的一切记忆深刻,对这个推你下楼的人,怎么可能说忘便忘了。"

"发生了什么,你直接去问唐音音好了。你们找我干吗?真是莫名其妙……"

"她已不在人世。"

唐亦翔的话让她瞬时哑然。

"她……"她面露惊愕之色,禁不住反问,"她死了?"

她难以置信地看看唐亦翔,再将视线转移到我脸上。

我点了点头。

"她怎么死的?"她轻声问,"是意外么?"

朱丽叶的秘密

84

"她自杀了。"唐亦翔应道,"我们不知她做这种选择是何原因,所以希望能从她以往的生活里寻到些许线索。"

王孜茜沉默着。

须臾,抬手示意,让我与唐亦翔进屋再谈。

客厅里。

王孜茜为我们沏上茶。

我忍不住打量客厅,墙上挂有字画,墙角一处,红木边桌上放有长势茂盛的文竹。

雕花木质茶几与木质沙发与墙上书画相得益彰。

看整个屋子布置雅致,大有书香门第的韵味。

王孜茜在我们对面坐下。她看看墙上时钟,告之我们她6点得去医院换父亲回来休息,她之所以请假就是因为母亲生病,现在父亲正在医院陪着。

唐亦翔应允不会耽搁她太久,紧接着便问起她与音音所起冲突的详情。

"那是校庆之前,系里组织编排话剧《罗密欧与朱丽叶》,话剧导演也是校话剧队的队长,因为我是校话剧队的,他觉得我有演出经验,便安排我出演朱丽叶的角色。唐音音知道后让我去给队长说说她也要参加演出,其实她想参演我并不意外,虽然她平素不苟言笑,但我知道她极爱这个故事……"

王孜茜何以会说音音极爱这个故事?她一定知道些什么。

我想发问,转眼看了看唐亦翔,见他侧耳细听并未打断她的话,所以我只得忍住未开口多言。

"我坦言由她出演朱丽叶这无可能,并非我不愿意帮她,确是她毫无演出经验,若要演个配角倒还成,但要演这主角,恐怕过不了队长那关。听我这样说,音音便央我带她去找队长,我推辞不过，后来我带她找到了队长，他一听我的话当下就不同意，但音音并不着急，只是问队长，作为一个好演员，是不是首先要对剧本了如指掌？队长应是，音音又道，听闻当年电视剧版《红楼梦》选角时，最后主角的人选便是因为一演员对原著了如指掌继而一锤定音，若将自己完全融入戏中人物之中，你就是她，她就是你，那所谓的演技就只沦为一种说法而已。所以，她觉得她才是朱丽叶这个角色的最佳人选。队长问她凭什么这么自信，音音便答就凭她对这本书已达倒背如流的能力。队长咋舌，随后测试，果真如此。由于音音对这本名著的热爱，最终得到了出演这个角色的机会。起先排练下来，音音的确表现甚好，她很快便进入角色，而且真情流露，让看客为之动容。只是未曾预料，在最后几场排练中，她的情绪表现得太过，她失控的情绪影响到了每个人，让整出话剧无法按照剧本完成。起先队长还找她谈过，告诉她作为一个好演员虽然要全情投入剧中，但也要做到在剧情表现上收放自如。虽然音音嘴上应着明白，但剧中仍旧频频出错，最后队长无奈之下，在正式演出的前两天，将她换下并让我重新出演朱丽叶。"

我想象着当时的音音得知这个消息，心内会是什么样的感受。

"唐音音误会了我，任我百般解释，她仍旧偏执地以为是我从中作梗的缘故。"王孜茜禁不住叹道，"我记得那天周末，我留在四楼排练厅加点练习，唐音音又来找我，我亦是生气起来，没再过多地解释，我拿着外套走出去，她却追了出来，在楼口处拦住了我，见她哭得厉害，我再次解释了一次，并重申这真是队长的安排与我无关，可她仍旧不听我的话反而自顾自地说自己的，我都听不明白她在说什么。"

"你还记得她在说什么吗？"

"好像说……说这个话剧对她很重要，她是为别人而表演。"

朱丽叶的秘密

王孜茜回忆着,"还有……她要让罗密欧知道,就算有阻力,却也没人能将他们分开。总之,叫人莫名其妙的话。最后我要下楼,她拉住我,拉扯间,她竟恼怒地一把将我推下了楼,而后,她竟冷眼旁观,无视我摔下楼,自个儿扬长离开。"

"有无可能是在你们拉扯之间,你意外绊下楼去,而并非是她将你推下去?"我忍不住发问。

她摇头:"我能明显感觉到她往我身上使的那股劲,那绝非是无意的。"

音音当真会做出此举?

虽然她这样说,但我还是有所怀疑。

我侧视唐亦翔,见他微微蹙眉,略有思索。

"没多久,音音离开了学校,作为受害者,我当然很生气,但我并不恨她,其实只要她能真诚地道个歉,我也会原谅她。大概她觉得这件事后大家会对她印象更差,所以就不想念书了。"

"为什么大家都对她印象不好?"我又问道。

"因为音音性格着实有些古怪,她极少与人攀谈。我记得开学不久,我很友好地对她说我们可以做朋友,她却说她不需要朋友。宿舍里的几个女孩,没事会凑在一起打打扑克聊聊天什么的,但唐音音从不参与到我们中间来,也不和我们搭讪。最初大家还主动找她说说话,后来见她总板着脸,说话也冷冰冰的,自然就不去自讨没趣了。最后只剩我还愿意像寻常一样地找她说话,见面也仍爱和她打招呼。有一次,她的手机没电了,又像是有急事,我看她样子本是想向身边的同学借用,却又无法启齿,我便将自己的手机拿给她用,她看着我说了声谢谢。就因为这件小事儿,我们之间的距离近了许多,但也并不像指导员所认为的那样是很好的朋友。就算是后来她会和我聊聊天,其实说的话也不多。我总感觉她心事重重,

朱丽叶的秘密

没人知道她在想什么。"

王孜茜的话让我不可理解。在我眼里，就算音音性格如何的内向，也不至于让人那么讨厌。

"整个事情就是这样的。"她缓缓说着，眼中不由泛动泪光，"想不到音音不在这世上了，她还那么年轻……太让人不敢相信。"

"有几个问题。"唐亦翔终是开口，"你说音音想演这出话剧你并不感觉意外，这是为什么？"

"音音有本《罗密欧与朱丽叶》，我见她常常把它带在身边，没事就在翻看。她似乎对其他外国文学兴致索然，却独爱这本书。因为我知道她喜欢这个故事，所以她说她想出演话剧时，我就不感到意外了。"

"你看音音带在身边的《罗密欧与朱丽叶》是这本吗？"唐亦翔边说边从包里拿出书，将它置于王孜茜眼下。

王孜茜拿过书端详，随之侧过，当她看到边棱上的字，甚是肯定地说："就是这本书。"

"肯定？"

"是的。音音有个习惯，喜欢在书的边棱上写上购买时间和名字，而这本书是立夏送的，所以她写下了他的名字。这是后来我才知道的。"

"立夏……"我与唐亦翔几乎同时念及此名。

她颔首道："他是音音的男友。"

这话无疑让我和唐亦翔喜出望外。

"你能否讲讲音音与她男友的事。"我连忙问。

"他们的事情，音音谈及不多。就在音音辍学之前，我才知道音音有位交往许久的男友，她唤他立夏。我开始还以为是我们的同学,但见她每次与他讲电话都是神秘兮兮的模样,我还怀疑过是不是学校里的教授,后来才知道他不是我们学校的师生。"

交往许久,何以唐亦翔却丝毫不知?

看唐亦翔的表情,同样是意外,他接着问:"你见过他?"

"有一次在宿舍楼下,我刚巧看到音音上了一辆小车,后来问起音音,才知那人就是她的男友立夏。无奈我就看到个侧脸而未及正面,所以只知他戴眼镜,当时感觉他的侧面轮廓清俊,至于其他的便不甚了解。"

"那你还记得他的模样吗?"我连忙问,"我的意思是,现在如果你看到他,假设只是侧面,你能否认出?"

王孜茜摇头:"不能,毕竟我只看到过一次,而且时间也过去这么久了,我只记得大概轮廓。"

"哦。"我有些失望,"你可还记得那是辆什么车?"

她又摇头:"我对车型了解甚少,加之距离并不近,也就没看清楚车上有什么标志,只记得它的颜色是银灰。"

我在心下叹息着,在街上随处可见戴眼镜的男子与银灰色的小车,这真不算什么特点。看来,这条线索又要断。

唐亦翔说道:"虽然你和音音走得较近,但他开车来接音音不应该就这么一次,除了你有没有另外的同学看到?"

"就这么一次吧。至少,我见到的就这么一次。总觉得音音神秘兮兮的。至于其他同学有没有看到我不知道,但我没听到她们提过,就音音平时那种态度,我想她们也不会去关心一个无关紧要的人。"

"照你这么说,没人知道立夏到底是谁?"我质疑道,"他们既然一直交往着,没道理无人知晓。"

"总之,我是真不知道了。若知道我肯定会告诉你们的,现在音音出了这种事情，我定将知无不言。父亲从小就教诲我要待人善心做人诚信……"王孜茜言及此处，像是突然想到了什么，一顿后再道，"我想起了一个人，好像是……陶阿姨，对，就是陶阿姨，她应该认识立夏。"

听着她的话，我和唐亦翔不由对视了一下。

"我记得音音和一个人通过多次电话，我听到她称呼对方为陶阿姨。"王孜茜回忆道，"就那次她接我电话，亦是给这位陶阿姨的，好像是她摔了一跤，音音询问着她摔得严不严重，还说等段时间放假了会和立夏一起去看看她。"

"那你知道这位陶阿姨的名字吗？"唐亦翔连忙问。

王孜茜摇摇头："你们不认识这个陶阿姨么？"

唐亦翔轻叹。

看来，唐音音有许多事情是别人所不知的。

唐音音，你到底藏有多少秘密？

"那先这样吧。"唐亦翔掏出手机，"对了，你有没有以前宿舍里另外几个同学的电话？若有的话把号码发给我，我想再联系下看有没有什么发现。"

"有的。"王孜茜边拿出手机边说道，"等我把号码发给你。"

从王孜茜家出来，天色渐暗。

落日余晖。

我与唐亦翔并肩而行。

"你可信那王孜茜的话？"

"她的话应该可信。"他应道，"这个女孩眼神清澈，待人谦逊，从她家极其雅致的布置，亦不难详其底细。她是个有家教的女孩，我相信她所言非虚。"

"那她说起的陶阿姨，你认识吗？"

朱丽叶的秘密

"我就是在纳闷这个事。"他失望地道,"我想了许久,着实是没听音音提及过一个陶阿姨。况且,大概是怕过于触及往事,在我面前,她很少提及往事。"

唐亦翔的失望之感已是蔓延到我的心内。

现在看来,"陶阿姨"是唯一希望。倘若找不到她,我们便又回到被动的状态中。

"你是否认为宿舍里的其他几个女孩会知道些什么?"

"我不能确定,只是想联系一下她们,看能否问到些什么,而且,多问几人,亦就彻底了解王孜茜言辞的真假了。"

"嗯,若有发现,请及时联系我。"

"当然。"他点头。

我抬手看了看腕表:"时间不早了,我先回去了。"

"是很晚了。"唐亦翔用手摸了摸肚子,"还真是饿了,找个餐厅吃饭。"

我不由一怔:"我得……"

他瞄了我一眼:"瞧你这表情,怕请客不成?"

"当然不……"

"行了。"他招手叫了辆计程车,"放心吧,我请你。"

司机问我们去哪里,唐亦翔问我,我便说了家较熟悉的餐厅。

我们坐在计程车里,都不再说话。

车内有些发闷,我将车窗摇下,侧首看向窗外。

几分钟后,当计程车路过一家宾馆时,我看到两个熟悉的身影。

是岑之凉与顾启扬。

我当下诧异。

未免看错,我微微探出头,那确是启扬与之凉。

"你在看什么？"

"我看到之凉与顾启扬……"

听到唐亦翔发问，我不由扭头应道，又猛觉不妥，便欲言又止。

怎么回事？他们怎么会一起从宾馆走出来，且看之凉笑意盎然地挽着启扬那种亲密的样子，俨然一对情侣。

坐在车内，我皱眉思索，回忆起启扬曾说过他与之凉不过泛泛之交的那些话，惑意渐重。

一旁的唐亦翔似乎侧目注视我想要说什么，但最终没有说话。

餐厅里。

唐亦翔埋头吃着东西，我却食之无味。

烦心的事儿真太多。

禁不住暗自自嘲，有什么人，在什么时候，才真正参透这"世上本无事"的说法？

自扰与否，终是庸人。

"与其现在生闷气，倒不如当时下车逮个正着。"唐亦翔忽然冒出一句话来，"让你先生有口莫辩。"

我啼笑皆非："我先生？"

他"嗯"了声，一本正经的模样。

"那不是我的先生，是我弟。"

待我说完，他又"嗯嗯"了两声。

我敏感到了他这话是话里有话。

我之前说了顾启扬，联系起我的姓，以他的判断力，怎会唐突地说是我的先生呢？

我的目光不由落上我的手指。

注视着无名指上的婚戒，我恍悟。

朱丽叶的秘密

"你要问什么不如直接就问好了，我极不喜欢这样的谈话方式。"我揶揄道，"吃个饭还要动脑筋。"

"我接受你的批评。"他做出个歉意的表情："对了，那之凉姓之？"

"当然不是，她姓岑，是我的好友。"

"那更奇怪了。"他看了我一眼，颇有意味地说，"既然那人是你弟，你说之凉都不带姓，为什么说到你弟却直呼全名？而且你说到他们时，却是将你好友的名字放在前，而你弟弟的名字放在其后，叫人有些奇怪。"

我本伸手夹菜，动作不由一顿。

"是你叫我直接问的。"他注视着我狡黠一笑。

若他知道我的家庭背景便不奇怪了。

我对他有要求，当然他也会对我有要求，直言不讳需等同。我夹着菜放进碗里，面似泰然地告诉他："他是我同父异母的弟弟。"

唐亦翔若有所思地看了我一眼，没再做声。

我抬眼，向他淡淡一笑。

"你有兄弟姐妹吗？"

他微微摇头："其实我倒很想有。童年可作伴，长大后又可畅谈心事。那样多好，像知己一样。"

"你错了，不是每个兄弟姐妹都能成为知己。越要去提防的人，有时候就是最熟悉的人。同一屋檐下，咫尺似天涯，那才是最难受的。"

他抬眼，直直看向我。

"或许，你不能理解我的话。"

"同一屋檐下，咫尺似天涯。我能理解它的意思，因为……"

他缓缓道,"我从父母身上读懂了这种距离。"

"他们……"

"他们离婚了。"

我看着他。

一瞬诧异,却又一瞬释然。

不由地,两人对视,均会意一笑。

这世间,每个人其实都一样。

四季流转,时光渲染了年岁。你的天空不再是单纯的颜色。

你看有什么红的似火,有什么蓝的似海;有什么绚丽绽放,有什么灰烬沉寂。

而我们是这么相似,欢喜承续,眼泪逐笔;你有你的悲喜春秋,我有我的冷暖冬夏。

心知,缄默。

第七章

接连两天，我皆是联系不上之凉。我给顾启扬去了电话，他的电话竟亦是不在服务区。

奇怪之下，我再往启扬的公司拨去电话，才从罗助理那里得知启扬这个星期去了郊区一个农场谈生意。我当下追问启扬是同谁去的，不料助理答曰：顾总一人。我不由质疑这种场合怎可独行？助理却说不上个究竟来，只道是遵主之意。我又问他是什么农场，他却支吾不言，见他质谨，多问无益，我挂了电话。随之想到，去了一星期？前天不是才看到他与之凉出入宾馆吗？莫非谈生意是假，实际他带了之凉出去游玩？

这天下班后从公司走出来，我试着又拨打顾启扬的手机，他在电话那端不冷不热地"喂"了声。

我问他在哪儿，他说在家。

没再多问，我直接搭车去了甄姨的公寓。

走近客厅，见忠叔正陪着甄姨下棋。

看到我，他们有些诧异。

"尘朵。"甄姨亲切唤我道，"怎么来之前不给我个电话，我好提前让淑雯去买些你爱吃的菜。"

"我刚吃过了。"我向他们微微点头，简单说道，"我来找启扬，他在房间吗？"

"是的。"忠叔应道，"我没见他下楼。"

"那……"我搪塞似的一笑，"我先去找他。"

当下寒暄几句后,我径直上了楼。

走到启扬的房间,抬手敲门,里面没有回应。

我拧开门锁。

抬眼便见顾启扬坐在椅上望着窗外。

他一只手托着另只手肘,而另只手却握住一只高脚杯。

他轻轻晃动杯中酒,似在嗅闻。

那是什么酒,竟是淡紫色。

看他眉头微蹙的样子,不知漾动的是杯中酒,还是那一腔无人知晓的愁绪?

缓步走近。

伸手拿起放在窗台上的小酒瓶。

"这是什么酒?"

"陌上初熏。"

陌上初熏,这种酒我前所未闻。

"别人送的?"

"我从晨光带回的。"

"晨光是什么地方?"

"一个小农场。"

我想起公司助理说启扬去农场的事。

"今天才回来?"

"嗯。"

我打开木塞一嗅。

这种香味极为特别,有一点熏衣草的香气,但又不是单纯的熏衣草气味。而且,酒的颜色比熏衣草的淡许多。

"熏衣草能酿出喝的酒?"

"目前不能。"

朱丽叶的秘密

"不是叫陌上初熏吗？"我再次嗅了一下，"且有熏衣草的香气。"

"取之谐音。当然，这亦是陌上初熏的特点，酒中加入熏衣草的提取物，留住它的芬芳。"

"陌上花开燕自归，熏风解愠我自醉。"我淡淡一笑，从他手中夺过杯子，看着杯中那一抹淡紫在阳光下泛动光泽，"你终于寻得了这么一种酒。"

他抬眼看着我手中的酒杯，并不答话。

我侧目看他："只是，之凉会是你这杯'陌上初熏'吗？"

他侧眼看向窗外。

见他闭唇不语，我再道："你告诉我，你到底爱不爱之凉？"

他的睫毛微动，唇角一牵，似笑非笑。

这种笑意，犹如在嘲弄着我问得多此一举。

我的心内骤升火气。

我一抬手，将手中的酒泼出了窗外。

"你干什么！"顾启扬一下子站起，冲我呵斥。

我愤愤回应："我只是想知道，我的好朋友在你的心中重要，还是这杯酒。"

"你老早就问过，我也老早就回答过，我与之凉毫无可能。"

"你带之凉去农场玩儿了这么多天，别说你们只是看看风景。"

我的话让他一怔，但随即又恢复常态："你听谁说我带她去了农场？"

我拿出证据："就在前天，我亲眼看到你们出入宾馆。别说我看错，我是看得一清二楚的。"

"就算在一起，那也不代表什么。"他冷言，"总之，别动不动就来质问我。"

"你们会去宾馆,她会很亲密地挽住你的手,普通朋友能做出这些动作?"

"就算有什么,那也只是我与她的事,当事人都没说什么,你也不用管这么多。毕竟,我们都是成年人,我们知道自己想要什么,就当做一个游戏而已。"

"一个游戏?"这些话让我觉得凉意刺骨,"你把爱情看做游戏,但你所谓的游戏玩弄的却是一个女人的真心。"

"现在是什么年代……"顾启扬嘲笑着我的说法,"姐,你怎会一下变得这么迂腐?"

"不爱别人,就不要给别人希望。启扬,若是之凉同你一样抱着玩儿玩儿的心态倒好,你明知她对你用情至深,你又何必利用她的感情来满足你的某些欲望?人一旦认真,就会容易受伤。所以认真的人是玩儿不起暧昧的,暧昧于她们而言,就是一种陷阱,这种陷阱就叫感情,一旦沦陷其中,就只能愈陷愈深。启扬,正因为你是成年人,所以你才更应该懂得对感情负责。若不能认真对她,那就应该界限分明,你不能把她当做一个游戏。"

要么爱,要么不爱,模棱两可的爱情,往往最伤人。

"那你就去阻止你的好姐妹爱我吧。"

我斥责:"如果你让之凉受伤,就算你是我的弟弟,我也不会原谅你。"

"你到底是岑之凉的姐姐还是我顾启扬的姐姐?"顾启扬用一种难解的眼神看我,"我真不懂我在你心中是什么位置。平时你对我不冷不热也就算了,现在竟还为了一个外人跑来向我兴师问罪。"

"韩溯告诉我,你曾问他对我可是真心。你这样问他,那说明你亦是担心他对我不够认真。启扬,你要知道,之凉她是我多年的好友,为什么你不可以把对我的那种关怀放在她身上,假如……"

"没有假如。"他看着我,"在我心中,你们当然不一样。"

"我一直以为你是个做事严谨的人,没想到……"我冷冷看他,"你真让我失望。"

"你什么时候对我寄予过希望?在你眼里,我不是一直就是这么坏吗?"他加重语气,"只是,无论我有多坏,我也绝不做伤害亲情的事情。"

我听得出,他的话里有话。

我从来不想伤害别人。

不管甄一娜做过什么,她毕竟养育我多年,不管我有多不喜欢顾启扬,但他始终与我有着血缘关系,所以,我从不想伤害谁。

不想伤害,所以才拼命逃离一种桎梏。

原来,逃离,也是一种伤害。

然而,除了逃离,我还有其他办法吗?

待我失神间,又闻得他开口:"在你否定我的时候,你应该先问问自己,你是以什么身份看待我的行为,是以姐姐,还是一个不及你朋友的外人?"

"不管我怎么看你,我都不曾想到,你会是这种没责任的人。"

"你凭什么跟我谈责任?你是有责任感的人吗?"他不由笑起,犹如听到一个笑话般,"戏有多真,话有多假,欺骗着每个爱你的人,这便是你的责任?"

他这番话,是在暗示他知道些什么吗?

"韩溯现在仍旧独自住在锦淮路。"他别有意味地一笑,重新坐回椅子上,翘了腿,抬头看我,"一直没时间告诉你,我去过馨苑两次,甚是巧合的是,你们都不在。好奇心驱使,我就找人查了下，原来他还独自住在以前的公寓。"

"你还真有心思。"我揶揄道，"不过这些又能表示什么？回不回馨苑这是我与他的事。我与他之间毕竟还不是夫妻，就算是，也有彼此的空间。"

"夫妻？恐怕你提出订婚时，就没打算真要走到结婚那步吧。你只不过是想敷衍妈，你觉得拖一天是一天，等妈不在了，这出戏你就没必要再演下去了，我说得没错吧？！"

我不想解释，于是不耐烦地应道："你若是有所怀疑，你就向甄姨去说好了。"

"你就抓住我不敢说的这点。"他冷冷一笑，"但是你要明白，我对你好是因为你是我姐，但并不等于我欠你的，大家都欠你的。别整天做出多么清高的模样，好像全世界的人都该接受你的态度，非但如此，还得拍手叫好恭请继续。"

他的这段话犹如针刺。

"最初我拒绝甄姨的要求，你是怎么说的？既然那时我按你所言听从了她的安排，你就不要管我与韩溯现在到底是怎么回事。现在，只要甄姨开心就好。"我忿忿说道。

"或许，那时我就被你骗了。你从来就是这样……"他冷笑，"伪装，一直是你的强项。"

"你这话是什么意思？"

"并不是全世界的人都亏欠了你，所以全世界的人都该无条件地对你好。"他的话如同针刺，"在我面前，或许，在所有人眼里，你待在这个家里，从来就不情不愿。在我们面前，你显得多么清高，你做出种种姿态，是要告诉我们，你对整个顾氏企业更是漠不关心。虽然我不知这中间发生过什么，但我知道，你一直不喜欢妈，也不喜欢我。我想，因为爸走得早，加之妈以前那些任性的行为，所以她对你一直觉得愧疚。只是我很奇怪，无论你多么不喜欢她，却从来不与她翻脸。你的态度，我一直很奇怪，后来我想明白了，不管得罪谁，你都不会得罪妈，这样的话，她留下的那张纸上，就一定会有你的名字，不管这份家业分成多少份，有一份，始终会是你的。"

我当下愕然。

他怎么会这么说？

就算我做出什么让他误会，但我始终未曾料想，他会这样看我。

我看着他，像在打量一个陌生人。

他讥笑："怎么？很诧异我会猜到你的想法？"

我扬起手来。

他并不在意我的动作，只是看着我，唇角一点讥笑。

我的手最终没有落在他的脸上。我拽着挎包带子，用力地拽着，竭力地去抑制似要失控的情绪。

我看着他，多么想狠狠咒骂，甚至是给他一个耳光。

然而，我终究忍住了。

我只是开口说，一字一字地说："原来，你真的只是一个陌生人。"

留下这句话，我迈步离去。

"在你眼里，我从来就是陌生人！一直就是。"他在我身后扬声道。

我没有应声，也没有回头。

打开房门，我却不由停下步子。

"有些事情，我很庆幸我没有告诉你。"

留下这句话，我重重关上了门，眼角微凉。

那些事情，我真的很庆幸没有告诉你。因为告诉你，你会更加扭曲我所告知的意义。

事实本如一条直线，但到了某些人眼里，却总能扭曲它的形状。

你眼里的事实，早已不是本来的面目。当你认定它的存在源于罪恶时，你却浑然不觉，你的愤恨与嘲弄，只不过是你的斜睨，以及你的无知。

我匆匆地下着楼，似乎是听到顾启扬开了门。不过，他并未叫我。

我想，他一定是为了我最后的那句话吧，只是很可惜，我这辈子都不会对他说，就如我们关系的定义，永无可能是家人。

我深深吸气。我告诉自己，不断告诉自己，不要哭不要哭，不能在这里落泪。

当走到大厅时，甄姨再次叫我。

"怎么走了？"

"是的，临时有点事情。甄姨，改天我再来看你。"

言毕，我侧首向楼上看去。

顾启扬就站在楼梯口。

他看着我，没有表情。

我明白，他没有跟下来，大概还是有所顾虑。他知道，如若在甄姨面前吵起来，对甄姨的病情不好。

甄姨似乎还想说什么，但我却快快地离开了公寓。

入夜时分，忧愁难遣。

我盘腿坐在沙发上，茶几上摆着几个喝空的啤酒易拉罐。

本是想借酒消愁，无奈愁更愁。

本是想一醉方休，到头来愈喝愈清醒。

朱丽叶的秘密

我捏着易拉罐看着电视,而碟片早已播完,屏幕左上方显示停止。

停止。

这两个字,是多么简单多么干脆。

许多东西都可以选择停止。

记忆却不可以。

就像这一秒,我看到爸爸的脸,耳畔,我听到爸爸说话:"在爸爸心中,朵朵是最懂事的娃娃,所以就算你现在听不明白,你也要记住它……"

"朵朵,你一定要善待家人。不管发生了什么,你要相信,他们都是爱你的……"

我看着父亲的脸庞,怔怔地看着他的笑容。

就连他眼角纹路,我也看得清晰。

一切像是未曾改变。

"爸,是你……"我的眼泪掉落下来,"爸,真的是你吗?"

"朵朵,有一天,你一定会明白爸爸现在说的每一句话。"

他看着我慈祥地微笑。

他伸出手,抚摸我的头发。

我忍不住伸手拉住他的手。

我将自己的手放在他的掌心。

爸爸的手掌大而温暖,手掌的皮肤还是有些糙,而我的手在他的手中,还是这么小。

好像,我还是10岁的模样。

我的眼泪多起来。

我像是重复着一些说过的话:"可是爸,为什么甄姨总是和你吵架?为什么她要对你摔东西,她还摔掉你给我买的存钱罐。"

"因为爸爸惹她生气了,你不要怪她。"

"但每一次、每一次我所看见的都是她对你很凶的样子。"

"朵朵,没有人是十全十美的,所以你要学会包容,包容他们的缺点,更要懂得珍惜,珍惜爱你的人以及被爱的温暖。你要了悟这种温暖,人的相遇只有一次,不管是哪一种爱,它都是珍贵的,仅存于此,不复重来。"

"可是我从来就觉得甄姨她很讨厌我。"

"傻瓜,那只是你的认为,她与我争吵,并不表示她讨厌你。"

"爸,你的话我听不明白。你这些话我都听不明白。"

"会有明白的一天。朵朵,你只要记住,在未来的日子里,不管你遇到什么,你都要告诉自己坚强,你所拥有的,你要知足;那些不曾拥有的,也不要觉得惋惜与伤悲,这世间,万物一线牵,这一线,便是缘。不曾拥有,只能说明它不属于你,无缘莫强求,强求得苦果,苦果必自尝。"

"苦果,必自尝……"我的眼泪愈来愈多,最终,我忍不住抽泣起来,"爸,我还是不理解你这些话。我想不明想不明它……所以,我不愿去想了,我只想知道,那天到底发生了什么?那天……我知道那天一定是甄一娜去了书房,我相信是她做了什么事,爸,一定是她……是她对你做了什么,对吗……我不相信你是真的……真的是心肌梗死,我不相信……我看到桌上,桌上有……"

"我知你脾气犟。朵朵,意气用事着实可怕,人,最难得的是控制自己的情绪。你以后一定不能像爸一样意气用事。你要记住爸的话,长大后,你一定要对甄姨好,一定要孝顺她。"

"我为什么要对她好?"我哭着摇头嚷道:"爸,她明明对你不好,对你不好啊,我为什么要孝顺她,她又不是我的亲生母亲。不是我脾气犟,是我真的太矛盾……对她,我不知道如何面对,我恨她，我应该恨他们……"

泪水太多模糊了眼。

我渐渐看不到父亲的脸，听不到他的声音，唯有自己掩面而泣。

在这一分钟，不要去在意心内有多少伤口，不要去管它以后如何结疤；在这一分钟，就让我痛快哭泣，哭得淋漓尽致。只当做疲累的灵魂暂做喘息，一时也好，片刻也罢，就让那个藏匿得太久的自己，去放纵地哭一场。

所以我在心内对自己说，就让我哭吧，关在自己的世界里，好好地哭一次。

一个人哭泣，就当做明天能在无数双眼睛下更好地隐忍。

许久之后，手机铃声忽然响起。

它让我重回现实。

我侧眼看向茶几，只这般看着它，不去理会。

铃声停住，一瞬后，再次响起。

我伸手拿起它，是韩溯的来电。

稍作思量，我按下接听键。

"在家吗？"

"嗯。"

"怎么了？"他像是听出我声音的异样。

"喉咙不舒服。"我简单回答。

"那……"他稍作停顿，再道，"睡下了吗？"

"睡了。"

"哦，你好好休息。"

"嗯。"我应道，"挂了。"

言毕，我不做犹豫地挂掉电话。

朱丽叶的秘密

重新开了一听啤酒,握着它,我下了沙发。

就此赤着脚,摇摇晃晃走向窗口。

伫立窗前。

有风吹来,穿进领口。

许是醉意,许是凉意,这一刻的我,有着前所未有的清醒。

喝下一口酒,我看着远处。

万家灯火,一夜星光,明灭辉映。

为什么当一个人静静地看这世界,却发觉这世界如同海市蜃楼,你只是存于幻景上的盲点,两者似有关联,却也毫无关联。

等到某一天,这个盲点,终究消失。

没有谁会记得。

就宛如那些灯火,那些星光,有明,或者,有灭。

永存的,却仅仅是这片让我们过多迷恋的幻景。而事实,它有多美,都与你无关。你只是你,我只是我,只是一些不被时光所记取的密密麻麻的盲点。

那种置身人群中的孤单感再次袭来。

我想,在那些灯火下,如果有这么一个你与我一样,习惯了一个人,那么,你一定可以读懂我的心情。我相信,这个世界,有这么一个你,可以明白这种孤单。这种孤单,并非是无人相伴。它如何而来?道不明究竟。它潜行于时间中,总是不知不觉地彰显凸现,就如同时间一样,看不到,听不到,触摸不到,捕捉不到,然而,却总是存在。

我垂下眼目,不觉嗟叹。

不经意地,我看到楼下的一辆亮着灯的银色小车。

好像那是韩溯的车?

我颇为诧异,莫非他就在楼下?倘若真是他,就一定看得到4

楼的灯光，就应明白我在说谎。

我不由心下生愧。

似乎在他面前我撒了太多谎。他明知这些是谎言，却不拆穿它给我难堪。

到底为什么？

我曾问过自己，他会否真的爱我，可这样问的时候又觉自己甚是无知。因为，我找不到他爱我的理由。在他心中的我，到底是个什么样的人，是不是亦是一个病人，所以他才会对我怜悯，对我宽容？

有时我也会去想，若非他的父亲，我能否爱上他？

但是，不管我作何想象，他仍旧是韩溯，是韩祁顺的儿子。

今生无法改变。

这般想着，心内的那点点柔和彻底消失，随之替代的是一贯的厌恶感。

我淡然看着小车，静静喝着酒。

不知道过了多久，那辆小车终于开走。

"韩溯，你怕不怕浪费时间？"

"要看用在什么地方，如果值得，那就不叫浪费。"

"什么叫值得？在你眼里的值得，或许正是另一个人眼里的浪费。"

"那么，我不在意浪费多少时间，因为，我在乎的不是时间，而是一个人。"

随着小车的消失，我的耳畔，回响起彼此曾经的对话。

我木讷地看着远处，直到感觉到脸上的冰凉。

好像风又大了。

我缓缓拉上窗帘。

第八章

什么是梦？

梦境是记忆的碎片，还是对未来的猜想与预示？

我曾问过韩溯，梦，到底是什么？除却自己亲历亲为的景象，梦里那些未曾所见的画面、那些明明置身其中像是与自己有莫大关联的虚象，可否会是自己在现世经历中没法面面觑视到的真实的另一面？

韩溯说，梦的解析，各抒己见，剖析者身份不同，给予它的定义便不一样；用科学的目光去看，心理、情感、性格等皆是梦生之因；一个人入睡后，脑海未得休息，延续自己白日想之所想，也持续另一种探知。通俗说来，就是日有所思，夜有所梦。

思虑致梦？却不尽然。我相信，我所做的这一个梦，它就是种答案，告之我一种真相的答案。

自音音的事情发生后，我已是许久未曾做这个梦了，不料这晚，我又梦到了那一幕——我走过熟悉的过道，站在书房门前，扭开了锁，父亲坐在书案前看书，而另一端，甄一娜正站于书柜前，像是在查找着所需书籍。过了一会儿，她侧头问父亲是否错放了她的书，父亲说没动过她的书，她便叫父亲帮她找，待父亲帮她找书时，她看着书案上的杯子，悄然走近，她从兜里掏出一个小瓶子，靠着杯子的杯沿向里倒了几粒药丸，忽然，父亲开口说找到了，她连忙收回手，与此同时，有一粒药丸不经意滚到了笔筒边，但她却未有察觉。看到这一切的我激愤地向屋里冲去，终是一把捉住甄一娜的手……

　　这个梦，梦里的一幕，会否是种真实？

　　我已无数次告诉自己，这就是真相，这才是爸突然离世的真正原因。

　　"我看到了，我看到你往杯子里下了药，我看到了，我看到了……"

　　当我这般对着甄一娜嚷时，却猛然从梦里惊醒。

　　我睁开眼，窗口的阳光透过帘子缝隙一阵刺眼。

　　头有些昏沉，我用手抚了抚额头，从床头柜上拿过闹钟一看，已是晌午。

　　昨晚喝了许多酒，竟忘记上闹铃，看来，今天是旷工了。

　　下了床，我走进卫生间，打开水龙头，我从盆里捧着水往脸上泼。

　　抬起头，我拖过挂着的毛巾，擦拭着脸上的水珠，盯着盥洗镜中的自己，慢慢地，手中停了动作。

　　我记得，甄一娜不止一次地说过我长得像父亲，特别是这双眼睛。每每这样说的时候，她的目光都会变得深远。我知道这一刻，她想起了许多以前的事情，想起了父亲。

　　在我中学时，有一次，她又这样说道，且边说边将我拉至她的身畔，注视着我，像是要看进我的心里去。我静静地迎对着她的目光，没有半分退缩。

　　"尘朵，不要去惦记那件事了，不管你有什么想法，你只要知晓，甄姨极爱你的父亲还有你。"她将我拥入怀内，声音变得哽咽，"甄姨绝没有做过对不起你父亲的事，绝没有。我是这么爱你们，这么爱你们。"

　　我没有说话，只是忍不住流下泪来。

我的泪水并非是因为她一席煽情的话语,却是她口里的那件事。我深知,这件事,不是所谓的惦记不惦记,而似烙痕,直直烙在我的心上,永无磨灭。

那件事,便是父亲的离世。

时至今日,景象犹初。

初冬,下午,天灰如暮。

眼看是要下雨,我抱着课本匆匆回家。

走进客厅。

那时尚未离职的佣人佟姐正和其他人做着打扫。我问及父亲行踪,佟姐告知我自午餐后,父亲便未下过楼,且之前甄姨出门时就已交代过大家父亲在书房看书,无要事不必上楼做打搅。

上楼后,光线极暗。

我不由望向楼道的窗户,透过窗户,瞧见外面天空更甚阴霾,难怪整个楼道亦是晦暗不明。

本想直接回到自己房间,路过书房时,我不由骤生疑惑。

但见书房门紧闭,我将视线移至门下,从缝隙里瞧见房内很暗,见不到一丝灯光。

我心下暗揣着,光线这么暗,爸看书怎么不开灯?

"爸。"我在门外唤了几声,里面无人应答。

我伸手扭开门锁。

开门的一瞬,阴冷之风自对着敞开的窗口迎面袭来,我不由打了个哆嗦。

室内昏暗。

我侧头看向书案。

父亲正俯首案上。

我伸手开灯:"爸,你怎么不开灯呢?"

父亲未作回答。

见他动也不动,我猜想他是否是睡着了。

"爸……"我向他缓步走近,"爸,你睡着了么?"

我像是闻到酒味,是爸喝醉了么?

我将他手中的书本搁在了案上,就这么不经意地,我看到了笔筒旁的一点东西,那是一粒橙色的如同饭粒大小的小药丸。

我的心中顿生一种不祥之感。

靠近爸爸的身旁,我徐徐伸出手,轻轻推了推他的胳膊。

他一动也不动。

我再将手指靠近他放在桌上的手,却不禁惊得缩手。因为他的手是那般冰凉,冰凉得没有半分温度。

一瞬,我彻底明了。

我不由地伸出双手推着爸爸的胳膊。

"爸,你醒醒,爸,你怎么了,爸……"

我的眼泪一刹决堤。

我知道,爸,他再不会醒来,再不会抚摸我的头发,再不会说:"朵朵,你是最懂事的娃娃……"

当我恣意的哭叫声传开后,楼下的佟姐和其他人闻声而来。

看到这幅景象,佟姐赶紧让人给甄姨和韩医生打电话,随即伸手扶起父亲的头来,再用手探了探他的鼻息。

看着她深叹摇头,我的哭声更甚。

过了一会儿,楼梯上传来急促的脚步声,随即,我看到甄姨出现在门口。

她似匆忙而归,连肩上的挎包都来不及放下。

她目不转睛地注视着父亲,一步一步地走近书案。

"顾先生他已经……"佟姐开口说。

"佟姐，你带尘朵先去客厅。"甄姨打断了佟姐的话。

就这样，佟姐将悲伤欲绝的我带到了楼下。

没过多久，韩祁顺来了，他径自去了书房。

"怎么会出现这样的事情，太叫人意外了，顾先生身体一直是好好的……"

佣人们短吁长叹。

虽仍在抽泣着，但听闻这些话的我思绪有了一丝清明。

我忽然想起之前看到的小药丸，联系曾经看到的种种，顿时，心生疑窦。

我捏着拳头，脑里只有一个念头：我要问清楚，一定要问清楚。

打定主意，我直奔书房。

书房门微闭，我见甄一娜伏在父亲身上嘤嘤哭泣，韩祁顺立于她身侧。

我刚想推门而入，却听到他们开口说话，虽然声音不大，但我听得分明。

"一娜，你准备怎么办？你要把整个事情说出来吗？"

"不，我想了许久，我不能让大家知道事情的真相，特别是尘朵，她这么爱她的父亲……"甄一娜突地侧头抓住韩祁顺的手，"祁顺，你也要保密，知道吗？这件事情一旦暴露，你也会受牵连，我不想、也不愿意你受牵连，这不是你的错……"

真相？是什么真相？为什么甄姨说不能让大家知道，为什么她说连韩祁顺也要受牵连？

我只觉头脑轰然。

莫非是他们，是他们联手杀了父亲。

想到这里，我狠狠地推门而入。

朱丽叶的秘密

他们同时侧头看向我。

"什么真相,你们是在说爸……"

"朵朵,你听错了。"甄一娜打断我的话,再转头对韩祁顺说,"祁顺,你帮忙联系一下殡仪馆吧。"

"不。"我阻止,"不能去殡仪馆!"

甄一娜看着我:"朵朵,你想做什么?"

"应该去医院。"我坚决应道。

"你爸他已经走了,刚才韩叔叔已经做了检查,他是突发性心肌梗死。"

"不。"我哭起来,"我不相信,我明明听你说……我不相信。"

若非亲耳听到他们的对话,我想我会听从她的安排,可现在我却只有一念头,一定要弄清楚父亲的死因。

"好。"甄一娜忽然显得异常平静,"祁顺,我们现在将顾宇送入医院。"

韩祁顺看了看我,继而点头应"好"。

"朵朵,你随我们一起去医院。"甄一娜走到我面前抚着我的头道,"就让医院的医生告诉我们,你的父亲到底是什么原因去世的。"

听着她的话,我哭得更凶:"我听到你们的话了……我还明明看到笔筒那边有……"

我说着朝笔筒处看去,一瞬愕然,笔筒边那一粒药丸,竟已不见。

我抬眼看着甄一娜,倒退一步。

"笔筒那边有什么?"她说着也朝一旁看去,"你看,那里什么都没有。"

我抬头看着她，咬住唇，不再说话。

什么都没有。

我只得当做什么都没有。

从那之后，我未有再提过所见到的那一粒小药丸。也就在那一天，12岁的我就已明白，从此以后，我便只有甄姨可依；我更明白，我所见所闻，只能永远隐匿于心，因为就在那晚，经过医院诊断，正如甄一娜说的一样，父亲的死因确是心肌梗死。

"顾尘朵，你知不知道，这世间，谁人可信？假话被人说上一百遍是真，便成真；而真话，被人说上一百遍是假，也就变成了假话。这世间，究竟，还有谁没说过谎？"

欲罢不能忘，我竟要如此过一生么？

缓过神来，对镜自语，不禁长吁。

我再次俯身，将脸埋进了水里。

第九章

在小区外的餐厅里吃着炒饭,接到唐亦翔的电话。

我问他是否有什么发现。

"这几天我通过王孜茜见了同宿舍的几个女孩。"

"王孜茜?你又去找了她?"

"是她给我电话的。"他应道,"电话里也不好说,晚上我去你家找你吧。"

"好的。"

挂了电话后,我不由想起昨天顾启扬的那些话。

我应该把那些话告诉韩溯。

于是,吃过饭后,我径直去了韩溯的诊所。

走进韩溯的诊所,方助理就告诉我韩溯有事出去了。

见我要走,她看了看时间说这会儿他应该回来了,若是等的话也等不了许久。

我刚坐下,方助理像是想到了什么,又道:"尘朵姐,以前韩医生就说过,要是你来了他刚巧不在,你可以在他诊疗室的电脑玩儿玩儿游戏打发时间。"

我点头应"好"。

走进诊疗室,随手将包放进沙发,我甚是无趣地打量着四下。

房间布置得简洁,虽有窗户,但安装的是消音窗,听不到外面的噪音,柔和的米白色窗帘让人感觉安适;墙上挂有几幅景致栩栩如生的油画,让人一看便心绪平和;而办公桌侧面放有单人小沙发与一张舒适的躺椅。

我忽地忆起那一次韩溯让我看电脑上的照片。

我走到桌前,发觉电脑未关,动了动鼠标,进入界面。

霎时,我看到自己的照片。

我有些意外,随即又注意到了电脑桌面上有一个写着"属于我们的一天"的文件夹。

我点开了它。

里面竟全是我与韩溯订婚时所拍的相片。

照片上,我们皆是微笑着。

而我现在看来,才知晓自己脸上的笑意有多假。

原来在那天,我是这个样子的。看到这些照片,韩溯一定会想,就算是笑着,亦是看不出这未婚妻有几分喜悦。

难怪他那天会说出那种话,我在他眼里,就算是演戏,也不算一个合格的演员吧。

这般想着,不由自嘲一笑。为何我的内疚感会愈来愈重?我不是善良的人,而他亦不会是。

看了看旁侧那张舒适的躺椅,我起身走向它,不由自主地躺下。

双手平放腰间,闭起眼来,我立时感觉安逸,全身像是彻底松懈下来。

躺在这张椅子上的人,一定似迷路孩童般张皇失措,多希望有一双手,引领自己走出这片人生沼泽之地。

我不禁想象着韩溯工作时候的样子,想象着他用和缓的语气梳理对方的烦绪,工作起来的他会否才是最认真的?

不知道为什么,躺在椅子上的我有了前所未有的轻松,这一秒,外界的种种像是与我全然无关。

朱丽叶的秘密

渐渐，心平如镜。

我竟就此睡去。

半睡半醒间，我隐隐觉得手背上有了一点温度。

有人轻握我的手。

我徐徐张开眼，立时触到了韩溯的脸。

他的唇角带笑。

"睡着了。"

他的声音很轻，似幻似真。

我看着他的眼睛，未有出声。

"在想什么？"

"我在想……"我喃喃应道。

"在想什么？"他的声调更甚柔和，"把你的心事说出来，只说给我听。"

"我不知道怎么说……"

"随你所想，想说什么都可以。"他的手轻抚上我的额头，"你说的，我都愿好好听。"

"我想置身其外，多想置身其外，若是这一切都与我无关，该有多好。"

"嗯，告诉我，是什么事情困扰着你？"

"有很多，从12岁开始，直至如今，一件事情跟着一件事情，它们让我感觉疲倦，我真的好疲倦。"

我轻言着，有泪蒙眼。

"那是什么事情呢？"

"甄姨和父亲的事情。"

"所以你讨厌甄姨。"

"不，不是讨厌，我应该恨她，我恨她。"

"你恨甄姨一定是与你父亲有关。"

"对,她对我爸不好,我看到他们吵架,在我的记忆里,他们一直吵一直吵……"我蹙眉道。

他安抚道:"我知这一切就像一根心刺,没有关系,只要将它拔掉,那些过去的便真的过去了。我们一起努力,将这根刺拔掉。"

"我们一起努力……"

"是的。尘朵,你要知道,你不是一个人,还有我,我就在你的身边;不要担心下雨天,因为有我为你撑伞;有我,你的天空永远会是晴天。"

注视着他,我的泪水悄然滑落。

他似乎有一瞬犹豫,继而俯首,亲吻我的眼,再亲吻我的鼻尖,最后,吻上我的唇。

我的头脑彻底恢复清醒。

我是怎么了,为什么他的声音像是充满了某种力量,是一种控制力。

莫非他是在催眠我?

我忽然想起曾经看过的一些关于催眠心理学的介绍和报道。他是在对我催眠么?

只是,若是催眠,他为什么要吻我?

他抬首看着我,仍旧浅笑。

"你在想什么?"他又重复道,只是这次,这句话的语气好像不太一样。

"我在想,亲吻对方,亦是你工作的一部分?"

他的笑意更深。

他不再问我问题,走到桌前,坐在了椅子上。

朱丽叶的秘密

"这好像是你第一次不事先联系我便到这里来。"

"给你去电话是关机。"我起身应道。

"我得感谢手机没电了。"

我不理他的玩笑话,走向他,质问道:"你把我看做一个病人。一直都是。"

他无奈一笑:"你要这样认为,我也没办法解释。因为我说没有,你是不会信。"

"你刚才……"我停顿了一下再道,"我只想知道你是否在催眠我?"

"你怎会这么想?"他宛若听闻趣话,"催眠不是这样随心所欲的。"

虽然我知道催眠并非我所想的那么戏剧化,但我隐隐感觉,在那一刻里,他确实试着将我催眠,只是,他失败了。

若非如此,我亦不会卸下一切防备,想将内心的东西全盘托出。

我深知,他一直想知道,那个藏在我心里的秘密,那个挥之不去的阴影,它会是什么?

"你应该明白,我的渴望。"在我沉默间,他注视着我说,"我渴望了解你。"

"可是,我不喜欢这种方式。"

"还有其他的方式吗?"他不由轻叹,"你从来不愿和我多说一句话,你对我,远远不如启扬。当然,我不能和他比,或者这样说,在我的感觉里,你对我,就像对甄姨一样,这是为什么?"

我无法坦然。

"我想,不会是因为徐蜜那么简单。"他别有意味地说。

我转移话题,直说到此的目的:"我来是想告诉你,启扬知道我和你订婚是种幌子,他知道我们各住一方。"

他从容看我,并不诧异。

"不过我想,就算他知道也不敢去告诉甄姨,但他有可能会找你质问。"

"你想我怎么做?"他反问。

"他这样说的时候,我并未承认他的说法。至于他找到你,就由他说去,你同我一样不承认便是。"

韩溯看着我,似有思虑。

"有些时候,我们所做与所想背道而驰,原因只是迫不得已。"

"谢谢你为我找理由。"我明白他的意思,"对待甄姨,就是这个原因。我只是按父亲生前的交代去做,他说要对甄姨好。"

至于这点,我现在只得实话实说。

"既然如此,那你为何不能释然?不管他们发生过什么,你父亲已是原谅,你不必纠缠此事,这份沉重本不该……"

"这是我的事情。"我打断他,"纠不纠缠,沉不沉重,只是我的事。"

言毕,我走向沙发,提起包,准备离去。

"尘朵。"韩溯走过来,"启扬那边我自知怎么说,但是,既然他能看出些什么,那你认为甄姨又能不能看出些什么?"

我一怔,他说得在理。

"那也没办法。"我挎上包,"我尽力了。"

"尽力?"他又忍不住一笑,"恐怕连及格都不到。你不怕失信于父亲?"

"你是说我做得不好?"

"启扬告诉我,甄姨的身体极糟,时日无多。我知你的矛盾,

朱丽叶的秘密

就算我们只是演戏,也应让她感觉欣慰。如果她真的知道我们在欺骗她,对她来说,除了遗憾,更多的是伤心。我不相信,你愿让她用这种心情去度过最后的日子。"

韩溯的话给了我撼动。

见我未出声,他又说:"你还记得上次我跟甄姨说看照片的事吗?如果明天你能抽出时间,我们去馨苑一起随便拍几张,你意下如何?"

我稍作思索,点了点头。

"那就这样说定了。"他走到我身侧,"我送你,你准备回家吗?"

"不用了。"我阻止,"你先忙吧,我还想一个人去街上逛逛。"

他似乎有些失望,但仍旧应好,未作多言,随即替我打开门,在我走出去的时候,他忽然小声说道,"那些话不假,它们,都是我想说给你听的。"

我心下一怔,只当不懂其意,匆匆迈步而行。

日落时分。

唐亦翔来到我的住所。

我刚巧下了面正要吃,打开门,他走进屋来,我客套地问他吃了晚饭没有,未料到他直言没有。见到桌上的面条,他极厚脸皮地说也想吃面,末了又觉得话语不妥,不好意思地摸了摸肚子连声说饿。

我笑了笑,经过这一段时间的相处,他这种直来直去的性格,我倒已习惯。

我让他吃我这碗面,他也不客气。

待我重新再去下了一碗面来，坐在他对面，见他大口大口地吃饭，好像真是极饿的样子。

　　"你中午没吃饭？"

　　"没有。"

　　我有些意外，不过看着他甚是清瘦的轮廓，似乎也理所当然："你常常这么有一顿没一顿的？"

　　"不一定非得一日三餐。我比较懒，也习惯这样了。"他随意地应道，"当然，我倒乐意有人准点提醒。"

　　"连吃饭都懒，你真够懒的。"我故意取笑，"看来，你得随身带个闹钟。"

　　待我言毕，唐亦翔忽然抬头看着我，表情没了痞气，一下变得认真。

　　本是一句玩笑话，未料他有这种反应。

　　"我和你开玩笑的。"我有些尴尬。

　　听我这样说，他不由又恢复常态。

　　"音音也曾这样说过。"他淡淡一笑，笑容几分凄凉。

　　我恍悟。

　　是我拨动了往事的弦。

　　只可惜，欲往寻，歌尽弦断，斯人去不返。

　　"我想问你一个问题，若你不介意的话。"

　　"问吧。"他吁出一口，故作轻松，"没什么可介意的。"

　　"你是否……"我稍作一顿，再道，"你喜欢音音？你知道我所指的那种喜欢。"

　　我的话显然让他始料未及，但他并未掩饰什么："坦白讲，是的。彼时，我告诉她，我愿照顾她，那时，我从未想过今天的漂泊。"

朱丽叶的秘密

"她拒绝了你？"

"在她眼里，我永远只是亦翔哥哥。"

"你喜欢漂泊？"我看着他好奇地问，"你真的决定做羁旅之人，就此漂泊一生？"

"漂泊，就是我的人生。"他轻叹。

"干吗用这种语气，你应该开心，你做了别人做不到的事情，你该觉得幸运。"

"幸运？我为什么幸运？"他不解。

"其实，每个男人都渴望自由，都愿无拘无束地走自己的路，然而现实确是否定的；所以我想，漂泊，其实是每个男人渴望的人生。"

他不赞成："每一个男人都宛如漂泊的船，不要以为这艘船喜欢漂泊；漂泊，只是说明他还未找到靠岸的理由。"

他的说法，我不置可否。

"你说王孜茜后来给了你电话，她为什么又给你电话了？"

"她说她记起来一件事情，是有关音音的，所以我想问问你。"

"怎么了？"

"你除了带走那本书，还有其他的东西吗？"

我想起那个像是音乐盒里的娃娃。

"你等一下。"

我立马去卧室拿出它。

"还看到这个。"我将它递给唐亦翔。

他锁眉："这个？"

"像是音乐盒里的娃娃。"我分析。

"你将它收着，是觉得它有什么特别的？"

"当时我翻看纸箱时它滚到我的脚边,我就拾起放在衣袋里,不过我也觉得奇怪,为何独独见它却未发现音乐盒,音音干吗要这个看似无用的娃娃呢?"

"或者小时候有这么一个音乐盒,后来弄坏了,音音将里面的娃娃留作纪念。"

"嗯。"我思索着点头,"这也不无道理。"

"除了这个,还有其他的东西吗?"

我摇了摇头。

"你拿走了照片吗?"他接着说,"最初我跟踪你时,见你进了一幢旧房子,我知那是音音租住的地方。你走之后,其实我以音音的亲戚身份去过两次,第一次带走了音音的遗物,仔细查看但未发现什么,我也翻了相册,发觉里面的相片全是以前的;昨天我又去了一趟那里,已无人居住。"

他的话倒是提醒了我。

"你一说我便想起,我当时看到相册里面的相片,还觉得奇怪。莫非音音高中之后就未再拍过照?里面的相片全是以前的。"

"这点不假,音音提过,她讨厌拍照。"唐亦翔微点头,"音音是个比较安静的女孩,后来因为父母去世的缘故,性格变得更是内向。"

"但是,讨厌归讨厌,亦不至于连一张都没有?我有些疑惑。"

"如果你听了王孜茜的话,会更疑惑。"

"她对你说了什么?"

"王孜茜说她突然记起一件事情,有一次她要冲印相片,音音曾提过一个叫爱影的数码彩扩店,音音说那家收费便宜还冲印得好,并且那个店员小申对顾客极有耐心,人挺不错的。没过多久,就在国庆节后,音音接到一个冲印店打来的电话,音音说他们在周末去取那些照片,这个他们应该是指的她与男友立夏。既然他们拍过照,且还冲印了出来,那么音音就一定有这些相片,加之联系起前面音音对她提及过的冲印店,看来音音对这家店较为熟悉,一定不止一次地去冲印过,王孜茜说如果能找到这些照片,也就能看到立夏的庐山真面目了。照她说来,音音大学之后不可能没拍过照。"

这个信息的确很重要。

"我所看到的那本相册全是音音以前的相片。"我思索着说,"不止是相册,连每本书我皆一一翻看,所以我很肯定,绝没有一张男子的照片,更别说他们的合影。"

我愈来愈感觉事有蹊跷。

"极有可能那本相册已被人拿走。"他忽然开口说。

"你也怀疑那些相片被人刻意拿走?"

他点了点头。

"但是,这个人为何将相片拿走,音音毕竟是自杀,就算音音因为受困于感情选择绝路,那也是音音自己的选择,他大可不必这么做。"

"或许,他是在隐藏什么。"

"这有什么好藏的?"我想不明白,"音音又不是他杀的……"

言及此处,唐亦翔像是突然想到什么,皱起眉头来,接过我的话:"如果你的疑虑是对的,那我们不仅仅是要找到谁是罗密欧这么简单。"

"你的意思是?"

"你想想,罗密欧与朱丽叶的故事,最后他们共同的抉择?"

朱丽叶的秘密

他提示。

"自杀。"我恍悟,"你是说,其实,音音之所以选择自杀,是因为他们共同的约定;换言之,其实自杀的不仅仅是音音一人,还应该有立夏。"

"正是如此。"

"这……这太不可思议了。"我难以置信。

"联系起我们之前对音音对立夏是错爱的猜想,那么这种结果,就完全有可能。"

"但那些照片是被立夏拿走了的话,也说明他还活着。"

"对,自杀的只有音音,而这个立夏……"唐亦翔深吸气,不由捏了拳头朝着桌上捶去,"他欺骗了音音。"

听闻此话,我不由倒吸一口气,看着情绪失控的唐亦翔,我能理解此刻他心里有多气愤与难受。

"就因为这样,没有信守承诺的立夏拿走了那些照片,他要让一切真相随着音音的消失而化作涓埃。"他又说道。

我知道,这不仅仅是一种猜测,它极为可能成为事实,其实要拿走照片并不是一件难事,音音一定带他去过住所,而张老太并不知情,他很轻易地便从音音那里配到一套钥匙,更利用无人在的时间,去阁楼,拿走那些照片。

我暗忖,或许这立夏真有妻有子,他爱过音音,但是权衡再三,他终究无法为了音音而放弃所有,抑或者他想要结束这段关系,音音却对他无法割舍,他厌烦至极,最终决策,牺牲音音,所以他用尽心机抛给了音音一场阴谋论,利用一个凄美的爱情故事,最终获取自我的情感解脱。

这个男人有多可怕。

但是,我转念一想,又觉得这里面还是有诸多疑点。

朱丽叶的秘密

"虽然你的话不无道理，但细想一下，又觉得有些不对。你想想，就算音音再爱这个男人，她怎会一步一步按他的计划走下去，她难道不会有一点怀疑，她怎会这么顺从他的意思呢？正常情况下，似乎说不过去，没道理她不怀疑他的用心。共赴黄泉亦该两人一起，她却就这么选择自杀了，她凭什么相信他？凭什么用自己的生命去还原一个故事，就算爱情再美，可这是现实，她不可能连现实与虚象都分不清楚。"

唐亦翔没有出声，大概他也觉得我说得对。

"还有一点始终不明白，最后音音怎会让我去天台。"

"我也想不明白。大概她认为在公司里，你最值得她信赖，所以想让你看到一切。"

我轻叹，现在只能这样想了。

"既然现在找不到这些照片，那就只能去找这间彩扩店。"唐亦翔道。

"你可知它的详细地址？"我忍不住问。

"具体地址倒不清楚，因为王孜茜说她后来未有去那里冲印，便没再刻意去记，但她听音音这样说起的时候，她笑言舅父也住那个方向，故此现在能想起大概位置，我倒也不至于是大海捞针，明天去那边问问再说。"

"希望能找到线索。"

言毕，我收拾起碗筷，拿到厨房。

他跟到厨房来，双手插在兜里："真不好意思，吃了你煮的面，还得让你洗碗，不如我来洗吧。"

"也好。"听罢，我侧眼看他，却不推辞，放下手中的碗，再指了指锅，"这个也一并洗了。"

他倒是一愣，继而卷起袖子来："好歹不算多。"

我淡淡一笑:"在我面前,你占不了什么便宜。"

"我也是这么想。"他故意撇嘴,忽又想到什么,"对了,下周我准备去看看音音的外婆,你要一起去吗?"

"当然要去。"我连忙应道。

就算唐亦翔提过在音音外婆那里是问不到线索的,但我亦是一直想要去看看她。

不知为何,在我心底隐隐有一种渴望,渴望在以后的时间里,由我去代替音音照顾她,音音做的事情,由我去完成。

第十章

韩溯接我到馨苑。

入屋，我便发现这里与原先的布置不一样了，新添了漂亮的家具，窗帘也换了颜色与图案。

我打量四下，目光落在桌上的花瓶上，里面插着新鲜的香水百合，难怪我闻到淡淡花香。

我的心里打着问号，顾启扬不是说韩溯不住这里么？况且上次韩溯也说过，他因为看到家具上的灰尘所以知道我已许久没到过馨苑，但现在看来，这里不仅收拾得干净，且没有半分庭空月无影的寂寥之感，反而给人一种家的舒适温馨，就连空气里，亦似流动几许浪漫之意。

"你昨天来收拾的？"我转头问他。

他但笑不语。

"连水果也有。"我看到放在茶几上的葡萄，走了过去，"都是这么新鲜。"

"洗过的。"他双手插在裤兜里，缓步走到我身旁，"想吃的话可以吃。"

我不解地看着他："这里，不像没人住。"

"怎么？你怀疑有人住在这里？"他笑意更深，"这里的女主人只有一个。"

"你不是住在锦淮路吗？"

"我雇专门的钟点工会来这里打扫，不过就算不住这里，我闲暇时候都会来此，一个星期起码会过来三四次。我把这里当做一个家，也希望你来的时候有同样的感觉。"

"那你上次又说你看到这里有灰尘，知道我没……"

言及此处，我又幡然醒悟。上次韩溯应该是故意那样说的，他常常来这里收拾什么的，当然能知道我从未来过。

他细心收拾，精心布置，却什么都不告诉我，为何他不直说呢？是想让我自己发现后有惊喜之感？还是觉得说得太过刻意会影响到他的面子？

但是，现在他又为何刻意地说了？

真是难以理解。

"你感觉怎么样？"他说，"这些布置，喜欢吗？"

"挺好的。"我如实回答，"任何人都应该觉得不错。"

"我说了，这里的女主人只有一个，那就是你。"他注视着我，"我在乎的是你的感受，其他人，我无所谓。"

"这里当然只能有一个女主人，但那个人，不一定就是我。"我直言不讳。

我相信，这个人若不是我，也可以是另外的人。

对于一些人，爱情的剧情早已设定完整，差的只是有人陪他按部就班地演。或者，只有当剧情落幕，他才会真正认清，害怕错过，恰恰错认。

"原来你一直是这么认为的？看来我处理事情的方向真的不对。"韩溯似乎并不在意我的话，仍旧从容说道，"也难怪，我们的距离不仅未近，反而更远。"

"做戏何不做全套，还是你事事想得周全。"他的话我佯装不懂，再次环顾四下，"我相信照片出来后，一看便像是在家随意拍的，甄姨看不出端倪。"

"你这么说，我当真是委屈。"他无奈笑道，"不过你的话倒是提醒了我，待会儿我们可以叫附近的餐厅送点吃的来，不用弄得太复杂，就当做平素用餐的样子，这样更显家常。"

"其实没必要去叫餐，不如自个儿下碗面来吃，要是拍下我们两个人捧着碗吃面的模样，更显家常。"我笑道，忆着前日唐亦翔夸张吃面的表情，我怀疑我煮的面是否真有那么好吃。

"那样也太随意了。"他口上虽未反对，但话语中明显是不赞成。

我抬眼看他，我很想说，我喜欢的便是这一种随意，只是遗憾，我的喜欢恰恰就是你的不喜欢。

两个世界的人，怎可圈写成一个圆？

最终，我未作多言。

这一分钟，我忽然发现，如果我说得多，只能给他过多压力，造成他的困扰，因为此时，他似乎已认定我是故事的女主角。

而这种困扰，毕竟是相互的。

我并不想要这种困扰，所以我选择闭口不言。

"怎么了？"他又一笑，"想说什么？"

"我在想……"我搪塞，"我该多带两套衣服过来，换着拍。"

"没事，多拍几次再给甄姨看。"

"嗯，我们今天先拍几张，相机呢？"我伸手，"给我，我先找好位置。"

他一摸衣兜："刚才顺手放在车里了，我去拿。"

我点了点头。

他随即走了出去，刚到门口，像是手机响了，便接着电话慢慢向外走。

朱丽叶的秘密

等待，甚是无聊。

我缓缓朝里走。

打量着各个房间，看着这些精心的布置，我能想象韩溯对每一处细节都颇费心思。

扭开最后一间房门的门锁，我一看是健身室，欲掩其门。

只是，当门一寸即合时，我忽然听到是什么叮当作响。

我再次打开门，循声而望，但见窗口挂有风铃。

一串贝壳风铃。

我像是在哪里看到过它。

我缓缓走近它。

近看分明。

这些贝壳与小铃铛，很明显是手工串制。

我探手捏着一块块贝壳细看，它们的颜色，皆是染上去的。

我恍悟，我在唐音音的住所也看到过这种风铃。

它们这么惊人地相似。

我一阵心紧。

难道……难道韩溯就是我们要找的那个立夏？难道韩溯就是唐音音留言上提到的那个罗密欧？

"无奈我就看到个侧脸而未及正面，所以只知他戴了眼镜，侧面轮廓清俊，至于其他的便不甚了解。"

"我对车型了解甚少，加之距离并不近，也就没看清楚车上有什么标志，只记得它的颜色是银灰。"

我突然想起王孜茜的话，这几点不刚好与韩溯吻合吗？韩溯亦是戴着眼镜，亦是有一辆银灰色的小车。

如果他真与音音相爱过，那么音音不就是他间接害死的吗？

我的心内一阵乱，然而不管韩溯是不是罗密欧，至少他与音音应该认识，否则不会有这么一串相同的风铃。

这般想着，我连忙掏出手机，我得马上告诉唐亦翔。

忽又觉得不妥，电话一时半会儿也是讲不清，更何况韩溯很快就该回来了。

我的脑里闪过一个念头，我可以先把这风铃拍下来，之后给唐亦翔看。想定，连忙举着手机拍起照来。

当我才拍下第二张时，侧过身，猛然看到门口的身影。

我一惊，赶紧放下手来。

他表情无异："在做什么？"

我的心跳不由地加速，我努力平稳着声调："我……我在看……"

嘴上支吾着，心内却不断地提醒自己，别乱别乱，千万不能让他看出端倪。

"你拿着手机是在拍什么呢？"他向我一步步走近，"窗口有什么好拍的？"

"这个地方的光线正好……"我朝着窗口胡乱一指，却不由触动风铃。

风铃骤响。

叮叮叮，铃铃铃。

在静谧的空间里，这声音响起来，犹如当天在阁楼上听到的一样诡异。

我抬眼，看着他黝黑的眸子。

"你想在这里拍几张？"他笑着说。

或许正因有了某种意识，他此刻这种笑意，让我顿觉恐惧。

"对。"我尽量让自己的表情显得自然，"每个房间都布置得不错，各个房间都可以拍几张。"

"那先拍个。"他搂住我的肩头,将脸靠近我的脸,举起相机,我没有拒绝,随着他的示意,笑着连拍了几张。

看来,他并未发现我有何不妥。

随后,他说将相机找位置放好,设置自动拍摄。

我点头应"好"。

我在旁侧注视着他,看着他美好的侧面,再次联系起王孜茜的话来,心内恐慌渐失,却渐生一种疼意。

真的是他害死了音音?

我一直知道韩溯花心,只是,我想象不到他有这么狠毒。

然而,他能对徐蜜做出那种事情,为了摆脱她的纠缠,能决断地连自己的孩子都不要,这样的男人,又有什么狠不了心的?

我似乎不应该对他心生慈念,只是一想到他唇边那抹宛若春风的笑意,我又不得不怀疑着自己的怀疑。

我再次转头看向那串风铃。

我在心下重重叹息着,不能因为这个人是韩溯,我就这么犹豫不决,毕竟,是他引导音音走向绝路,如果这是事实,我应该找出证据,将这个罪人绳之以法。

"这个角度好不好?"他转头说。

我看着他微笑:"从我这个角度看,感觉还不错。"

"什么意思?"他不明所以。

我的话当然是有别的用意。

我的手机里没有韩溯的相片,我必须让唐亦翔认清谁是罗密欧,毕竟,韩溯极有可能就是我们在找的人。除了这点,留有他的相片抑或许还会有用,既然下个星期要去看音音的外婆,我可以拿给她看一下,没准儿他以前与音音一道去见过她。

我掏出手机:"转过来一点。"

当他面对我，我拍下他的全身照与一张近照，走到他面前，问他从这边拍过去是不是可以更好点。他似乎没有细看手机里的照片，只是别有意味地注视着我，似有所思，最终笑而不语。

晚餐之后，韩溯将我送回家，确认他开车离开，我马上联系了唐亦翔。

不多时，唐亦翔赶了过来。

我翻出手机上的相片给他看。

"这个贝壳风铃与阁楼那窗口挂着的风铃极其相似。"我对他说。

唐亦翔眉头紧锁，仔细看着照片。

"几乎一模一样。"他得出结论。

"世上不会有这么多巧合的事情。"我的心情沉重，不由缓缓说着，"他也戴着眼镜，他也有一辆银色的车，以及，他也有这么一串贝壳风铃。"

"这到底怎么回事，你在哪里看到了这串风铃？"

"馨苑。"

"馨苑？"他不解地看着我，连忙追问，"你说你差不多认定了谁是罗密欧，那到底这个人是谁？"

"韩溯。"我深深吸气，"罗密欧就是韩溯。"

"你说得清楚一些。"他注视着我凝重的表情，有些不安。

我将无名指上的戒指取下，放置他的眼下："韩溯就是送这枚戒指给我的男人，我的未婚夫。"

他万分惊异。

"我们在几个月前订的婚。"我继续说道，"我一直知道他花心，只是不曾预料，他除了花心还极狠心，为了摆脱一个女人，会做出这样残忍的事。"

"你既然知道他花心,为何还要同他订婚?"

"是为了甄姨,也就是我的继母。"我详细说道,"我不是说过,顾启扬是我同父异母的弟弟。"

他点了点头。

"我一岁时,父亲娶了我的继母,她叫甄一娜,我一直唤她甄姨,从未叫她母亲,在心底,也从未承认她是我母亲。"

"那你的父亲是与你的亲生母亲离婚了?"

我摇头,顺手拿过烟盒抽出一支烟点燃。

"她去世了。父亲告诉我,认识甄一娜后他才投身的商海,彼时他是搞艺术的,生活穷困潦倒,所以和母亲在一起后,遭致外公外婆强烈反对,为了父亲,母亲和家人闹翻,最后搬了出来与父亲住在了一起。半年后,母亲怀孕了,他们本以为这个喜讯可以消除与外公外婆之前的种种不快,只是未曾料想,当他们回去后,才知道,外公早在母亲离开的那个月因为高血压而去世了。外婆指责身为独生女的母亲如此不孝,她将母亲与父亲赶了出去,母亲不肯离去,就此跪在屋外试图求得外婆原谅,不料腹中忽痛,父亲将她送入医院,才知是动了胎气,必须手术……"我缓缓述说着,思绪在旧事中打圈,不由自主地,泪水滴落下来,"这个手术,让只有7个月的我到了这个世界,而母亲,却再也醒不过来。"

他递给我纸巾。

"照理说,你的母亲为你父亲付出这么多,你父亲纵要续弦,也不应那么快吧。"

"其实,我也是这样问过父亲。当时他说,他又错了一次。"

"错了一次?什么意思?"

"我也不明所以,爸只是叫我别多问,他说的时候,甚是忧烦，我想，大概那时的他才认识到自己的决定太过仓促，他也没想到婚后他与甄姨合不来，所以他认为他做错了，至于他为什么说又错了一次，我也不懂。"

"你父亲与甄姨感情不好？"

我点了点头："他们常常吵架，甄姨脾气很坏，大概从小养尊处优惯了。"

"听你这么说，好像你并不喜欢这个继母？"他反问我。

"岂止不喜欢。"我冷笑，"我很反感她。"

"既然这样，你怎么又会为了她，去和一个自己并不爱的男人订婚？"

我不难理解他的困惑。

"因为父亲。这也是父亲给我最大的困惑。他说过他又做错一次，这明明是说他后悔了，后悔与甄姨的婚姻，他的意思不就是说他完全未料到甄姨是这样，亦是表示他受不了甄姨强势的性格，换而言之，不就因为甄姨对我们不够好吗？"

唐亦翔点头："听你这样说，似乎是这个意思。"

"但是，爸却又不止一次地告诉我待我长大后要孝顺甄姨，就在他去世之前，还让我保证过，不管发生什么，都要对甄姨好，要做个孝顺女儿，这不很矛盾吗？"

"这……"唐亦翔思索着说，"或许他认为不管发生什么不快之事，那只是他们上辈之间的事情，他不想你牵扯进来，他希望你还是做一个女儿该做的事，以后将你的继母当做亲生母亲一样孝顺。"

唐亦翔的话不无道理，我曾想过，大概父亲是觉得我不该被他们影响，终该做好一个女儿该做的事。

"正因如此，我才会在前几个月顺了甄姨的意。"看着他难以理解的表情，我无奈道，"你一定想说婚姻岂可儿戏，就算是孝顺亦不该在这个时候，这毕竟太草率。可除此之外，恐怕我也没机会为甄姨做什么了，就在今年，甄姨被查出肝癌，时日无多。"

唐亦翔未作多言，只是静静注视着我，听我说话。

"其实甄姨本是要我嫁给韩溯，我想尽办法，最后才用订婚做幌子。"我重重叹出一口气，"至于韩溯，他的父亲叫韩祁顺，是甄姨的好友，亦是她的私人保健医生，甄姨很喜欢韩溯，在我小时就常常听到她赞他聪明懂事，长大后这份所谓的聪明懂事就变成了她口中的睿智沉稳，总之是爱屋及乌，恨不得自己真有一个女儿嫁了给他，只可惜，甄姨就一个儿子，所以，这愿望便落在我的身上。"

"爱屋及乌？"唐亦翔抓住了这个词，"你是说甄姨对韩祁顺……"

"我见过多次他们在一起。所以我很讨厌韩祁顺，这也是我不喜欢韩溯的一个原因。"

唐亦翔点了点。

我继续说了下去。

"我想当年甄姨与韩祁顺一定是商量过做亲家的事，所以韩祁顺也一定跟韩溯说过这个事儿，虽然想到韩溯有可能是知道的，但我未料想韩溯听了甄姨的话便立时同意了。后来我看甄姨的身体愈来愈坏，亦是不想再让她生气，于是我找到韩溯，我坦言我不爱他，为了甄姨我愿和他先订婚，至于结不结婚，待后面两人交往下来再看合适不合适，我想他应该清楚我为自己留了许多后路，原本以为他要考虑下，没想到，那天我一说，他竟也当下同意了。"

"照这么说，你们小时候便认识了，你很了解他，所以你认为韩溯为人极为糟糕？"

朱丽叶的秘密

"小的时候，韩祁顺是喜欢带他过来玩儿，但我从未睬过他，至于了解倒也谈不上，不过从朋友那里听过一些关于他的事情。"我直言不讳，"我不喜欢甄姨与韩祁顺，对韩溯的印象亦是不好。"

其实，有时候我亦会想，是不是因为我讨厌甄姨以及韩祁顺，所以才会对韩溯过多的反感，而这种反感会不会有些偏见？

忆起小时候，有许多次我放学回家看他坐在客厅里，甄姨让我带着他去玩儿，我却充耳不闻，将他们视作空气，自个儿回了房间；还有一次，甄姨摔掉了我的存钱罐，我坐在台阶上哭泣，埋头哭了许久，忽然感觉旁边有人，我抬头看到他坐在我旁边，他问我为何哭泣，我闭口不语，他又问我为何从来都不和他说话，我还是不答，他终于不再说话，陪我坐了一会儿后，放下一颗糖果，终究黯然地离去。

那时的我们，只是孩子，孩子的心事，在大人眼里，不过戏说，但在孩子的眼里，却是认真。

他看得出我对他的讨厌，那种讨厌，是极为认真的，不是一颗普通糖果可以消除的。

他一定很想知道，我为什么讨厌他，他也一定很想知道，我什么时候可以不再讨厌他。

时间，是否会是一颗特别的糖果？

"当你看到了这串风铃，便联系起王孜茜的话，发觉这种种与韩溯极其相符，所以你确定他就是罗密欧？"

"是的。"我应道，"不仅如此，你想想，我们不是一直奇怪着音音为何独独约我到天台，现在就不难解释了，因为我是韩溯的未婚妻，或许她是给我暗示；抑或许，她本想告诉我实情，但最后还是没说。"

"虽然我亦是迫切地想要找出罗密欧……"唐亦翔摇了摇头,"可我觉得,这个人不是韩溯。"

"为什么?"我诧异,"这么明显了……"

"就是因为太明显了。"他打断我的话,"表面看似吻合,其实细想,会发觉漏洞太多。首先,你本就知道韩溯花心,他若果真花心,就肯定不会只有音音这么一个女友,他大可不必为了音音而铤而走险;况且你与他订婚是为了时日无多的甄姨,所以你为了达成甄姨的心愿,不管他怎么不好,亦会与他订婚,既然如此,他花着心思设计音音走向绝路,这实在说不过去。"

"或者,我们一开始就想错了,音音自杀不是别人计谋的。"我思索着说,"她自杀的原因本就很简单,她被韩溯抛弃了,她想不通,一气之下,就走上了绝路……"

"如果真这么简单,那就不会有那么多疑点了。"唐亦翔再次打断我的话,"其实,就从这许多疑点看,这个罗密欧不希望被任何人发现自己的身份,他在竭力掩饰自己的行为,他为何掩饰?无非是想撇清与音音的关系,他做的事情皆是这么隐蔽,又怎会突然将一串与音音相同的风铃挂在健身室,他不拿走阁楼上的风铃不说,还将自己的那串挂在显眼之地,你说,他会这么蠢吗?他现在就不怕被人看到了?再者,他若真与音音交往,为何要用立夏这个名字?莫非他与每个女孩交往都要用个假名?他花心,但他无妻无子,他用得着这么复杂、这么神秘吗?"

"你说的……亦在理。"我无法反驳,"只是韩溯怎会有这么一串风铃呢?"

唐亦翔沉默着。

"对了,你找到那家彩扩店了?"我忽然想起这个线索。

他摇头:"打听到,它早就迁走了。"

朱丽叶的秘密

"难道韩溯真不是罗密欧,可哪能有这么巧合的事情?"我低低说道,有些气馁,"是我判断失误?要是能找到这家彩扩店辨认下就好了。"

他用手指敲着桌面,似是思考着什么,继而道:"其实我倒有个方法,可以试试韩溯到底是不是罗密欧。"

"什么办法?"我急忙问。

唐亦翔注视着我,极为详细地讲出了他的主意。

听着他的话,我不由质疑道:"这法子行得通么?"

"如果韩溯是罗密欧,得知有这么重要的东西,势必会有所动作,而且绝对还会赶在你之前拿到东西,只要韩溯真的在你之前赶到那里,就表示他曾去过那里,那么足以证明他就是罗密欧,反之就不是,那个时候,你便可以直问他贝壳风铃的来历,到时韩溯说的话,应该就是真话,你大可相信了。"

待他言毕,我点了点。

第十一章

次日，阴天。

打车去韩溯的诊所。

刚下计程车，便看到一个女孩子从里面走了出来。

是上个月我在韩溯诊所看到的那个女孩。

我注视着她，她亦是看到了我，微笑着点头打了招呼。

其实，不管她是不是韩溯的女友，平心而言，她确实很漂亮。唐亦翔的话的确深有道理，韩溯身边有这么多女子，爱与不爱，都不必失了心智，剑走偏锋。

不得不承认，我因染指其中，才如此多疑，想法主观。

不管怎样，我还是决定按照计划行事。

韩溯看到我有些意外，却未有多问，只是笑道："你算好时间来的，我这会儿才闲下来。"

"待会儿一起吃午饭。"我笑了笑，在沙发上坐下来，"吃完再去馨苑，我下午请了假，今天再拍几张就差不多了。"

"嗯。"他看了看腕表，"那我把手头这点事情完成，你先等一会儿。"

"好的。"我从容应道。

见他专注地盯着电脑，我小心翼翼地从包里拿出手机，快速地按下拨打键，随即又挂掉电话。

几秒钟后，唐亦翔将电话拨打过来。

"喂，哪位？"我如常说道。

对方当然是唐亦翔。

"你不能显得刻意太大声，但足以让他听到。记住，表情平常些。"唐亦翔说，"现在我说一句，你跟着我说一句。"

我吱声以示明白。

随即，我跟着他的话说着："你说你是谁？是张老太的儿子？哪个张老太……"

我缓缓说着，目光飘向另一方的韩溯，但他专注盯着电脑，连眼睛都未曾眨一下。

"哦，原来你是唐音音房东的儿子。对，是我把号码留给你母亲的，当时我告诉她如果想起什么关于音音的事情，就可以联系我，毕竟音音走得太仓促了，作为她的好朋友，我也很想了解清楚她的死因……"

韩溯忽地抬了头，并朝我看来。

与此同时，我将目光移向别处，像是并未在意他。

"一个电话本？你是说，你在收拾旧房的时候发现一个唐音音所用的电话本……好的，那你看什么时候有空可以把电话本交给我……那也成，你就交给张老太，晚上7点，我过去拿。"

挂掉电话，我重新坐回沙发上。

"尘朵。"韩溯忽然开了口。

我侧首看他。

"唐音音是你的朋友？"他问。

"是我的同事。"我反问，"怎么了？"

"哦，我记得上次在车里你做梦时也叫出唐音音的名字。"他看似从容道。

我一笑未语。

"你的同事出了什么事？"他略微停顿，却又问道。

"她自杀了。"我注视着韩溯，一字一字地说。

他的表情看似无异，但我还是注意到他眼里流露出的那股惊诧之色。

"真是可惜。"他感喟一语。

看着他，我能肯定，他认识唐音音。

餐厅里。

韩溯与我闲谈着，不知怎地，话题扯到父亲的画。

"我到现在都还记得顾叔叔的样子，你爸他很有艺术家的气质，听说他的画都比较抽象。"

"是的，对于许多人来讲，我爸画的画是有些奇怪。"我想起书房里的那幅画，"是比较抽象，总之我也理解不了。"

韩溯笑着说："我还听说，当年甄姨就是先看到顾叔叔的一幅画，从而对顾叔叔倾心。"

"一幅画？"我从未听爸与甄姨提过，他们不是由朋友介绍认识的吗？怎么又是因为一幅画？"是什么画？"

"听我爸提过，那画名叫《尘梦葬秋》，对了，就是你家书房里挂着的那幅。"韩溯说。

我想起别墅书房里那幅抽象挂画，它确实就叫《尘梦葬秋》。不过，我一直只知道那是爸画的，却不知当初甄姨是因它而与父亲相识。

"我知道那幅画。"我不解，"你说我甄姨看到它而对我爸倾心是怎么一回事？她在哪里看到的？"

"顾叔叔将画暂放在我爸这里，后来甄姨看到了这幅画，便觉得它极有意思，总之就是觉得这画很好，于是就让我爸安排她见见顾叔。"韩溯说着，有些奇怪，"你不知道？"

"我爸没说过。"我简单应道。

"噢。"韩溯动动眉头,似乎是有些意外。

我比他更意外。

为什么我爸会把画放韩祁顺那里?如果是这样的话,他们早就认识了,不仅仅认识,还应该是朋友,如此而言,**甄姨与我爸**能在一起是因为韩祁顺这个媒人了。

可是,甄一娜与韩祁顺不是有种暧昧的关系吗?

彼时,我看到过他们在一起,我明明看得很清楚,那又到底是怎么一回事?

"你懂那画是什么意思吗?"韩溯问道,"顾叔给你讲过没有?我想听听,看我自己是否理解错误。"

"不知道。"我缓过神来,"我一直看不明白,我记得以前问过爸,他老是不答,只说让我自己去看明白,我每次问都问不出结果。你对它是怎么理解的?"

"这幅画,若是近看,线条纵横复杂,颜色亦是乱,但你站远一点,用另一个角度看,我想我就能理解这画的大概意思了。"

"哦?是什么?"

"人生经历的两种心情。"

"你怎会这样认为?"

"我只是凭这幅画而言。"他思索着说,"这幅画,看似一棵粗大的树,其实中间有一道竖着的裂缝,宛若被人一刀劈开。这道裂缝将树分成长短不一的两半;它的右边长出的树枝皆是完整的,而左边的树枝却是残缺断裂的,这明显是两种状态。而右边完整的树枝周围有许多种鲜艳的颜色,就像画笔点上去的,皆是圆弧形状,你能想到它是代表什么东西?树枝上左右的圆弧,再联系起秋季这个季节?"

"秋季，树，形状圆弧的东西……"我按照他的思路想下去，"果实？收获果实？"

韩溯笑着点头："秋季是收获的季节，用这些寓意收获，抑或，寓意，得到。"

我回想着，经过韩溯一分析，那幅画中，好像确实是被分成了两种状态。

"而左边却只有两种色彩，暗黄与灰，为什么暗灰是底色，暗黄却是一层一层覆盖在暗灰色的上面，而这种暗黄全是由斜着的线条组成，它代表什么呢？"

我轻摇头。

"这暗黄暗灰，一看便让人感觉一种晦暗，以及一种枯竭之感。"韩溯注视着我又道，"秋季，覆盖，枯竭，那么这些你又能联系到什么？"

"美好尽失。"我缓缓讲道，"秋天乃落叶之时。落叶纷飞，层层堆满地，让人惆怅满怀。"

"所以，另一种寓意，便是失去。一种无法挽回的失去，是不争的事实，注定尘埃落定，故此只得将往事掩埋。"

韩溯说的好像有些道理。

"其实我没你联想得这么多。"我回忆着对它的观感，"它的颜色与线条这些，我只觉看不懂，但我注意到树中间的那条裂缝，它裂开的部分什么颜色都没有，所以我一眼看去，就像看到了两条平行线，不管左边与右边是什么变化，中间的那条素色终让这一切化作了两条平行线。"

"我怎么没想到？"韩溯有点诧异，"抛却总总芜杂，许是另一种意义。两条平行线，它们注定不再有交集，就像两个人，就算住在同一片天空下，他们也注定不再有关联，各自生活，两不相

朱丽叶的秘密

干，生老病死，爱恨入泥。"

"一种得到，一种失去；一种喜悦，一种悲恸；一种欣荣，一种埋葬。"这般说着，不免难过，"那爸画它的时候，心情一定比较复杂。"

借君多情，还我伤情；捧我伤情，葬君多情，这种结果，是爱还是恨？

"应该比较伤感。"韩溯接过我的话，"画里毕竟只有一棵树。这两种状态来自一棵树，为什么不是两棵树？这一棵树为什么要被分开呢？总的来说，一棵树被分开，分成不同的状态，不管是哪一个季节，它都已经不完整了。加之它的名字，没有诠释得到，却独独点明失去，所以我想，你爸作画时，心情应该不好。而选择秋季，我想也许这个季节更容易被表达。"

"你觉得《尘梦葬秋》，是想表达每个人的人生都有得到与失去？"

"或许是吧。"韩溯不置可否，"我个人对画的理解正是如此。当然它真正的含义未必尽然。兴许是你爸用它寓意他的一种失去，但我想，每个人的人生都是如此，你在得到，他在失去；他在喜悦，你在悲恸；这个世界，每时每刻，什么事情都在发生，微笑与哭泣，升华与堕落，每一种状态皆不消停。不要认为你高高在上，或者你卑微低贱，因为没人知道下一秒会发生什么，下一秒，也许状态皆可逆转。"

我知道韩溯说得在理，但他的解释真是爸所要表达的意思么？到底是什么经历，让爸想要画出这么一幅画来？

不过，眼下不是去想那幅画的时候。

趁韩溯不注意，我再次按动手机，很快，唐亦翔又将电话回拨回来。

"我接个电话。"我对韩溯示意说,随即讲道,"小琦,什么事?平时不就放在文件夹里,你没找到吗?我记得你喜欢放在那个红色文件里的……"

我皱眉显得有些不耐烦。

"什么,再在我电脑里拷贝,可是资料盘在我包里,我请了半天假的,更何况我现在正吃饭呢,立马回不去。"我抬眼看韩溯,见他注视着我,我故意无奈一笑,再道,"有这么严重?知道了知道了,待会儿我回公司……"

见我挂了电话,韩溯问道:"怎么了?公司有事?"

我点头:"最近部门来了几个新员工,小琦是跟着我学的,我今天请假了,她就慌神了,手忙脚乱的,这不,要的资料也不知道放哪儿去了,之前经理又临时通知要考察新手的工作,我得回去帮帮她,这关系到她能否留在公司。"

说罢,我拿过餐巾擦了擦嘴,然后提起包,准备离开。

"好的,那你先忙你的事儿。"韩溯微笑,"今天去不了馨苑,可以明天再去,不着急。"

"嗯。如果忙完她的事后时间还早,那我就直接去馨苑,去之前再给你电话。"

打车直去目的地。

这个目的地,不是公司,而是张老太的住所。张老太现已搬去儿子那边,目前旧房已是空置。昨晚我与唐亦翔商量,由我出面向张老太借钥匙,我告诉她今天想再去阁楼看一下,还想要取走窗口的那个风铃,张老太当下同意。

上午的时候我同唐亦翔一起去拿了钥匙。

敲了敲门,唐亦翔打开大门。

朱丽叶的秘密

我边朝里走边对他说："我骗韩溯临时有事我得回公司,他没看出什么。以防万一,刚才来时我向公司的方向绕着走的。"

"如果那个人不是韩溯,不管你说什么,他也不会在意。"与我的紧张比起来,唐亦翔倒显得极为轻松,"过了7点钟,结果自然见分晓。韩溯不会是那个人。"

我知道他一直认为罗密欧不会是韩溯。

"那也不一定。"我侧头看他,"我说到唐音音这个名字时,韩溯表情明显有异样,他一定认识音音。"

"认识音音并不等于他就是音音的恋人。"唐亦翔反驳。

我不置可否,不想再和他纠缠这个话题,反正是与不是,答案过不了多久就知道了。

"对了,这个给你。"韩溯从包里掏出一个东西。

是一支录音笔。

我接过它。

"我今天买的,我想在某些地方用得着。"见我不解,他又道,"我也想听听韩溯怎么解释风铃的来历,而且旁观者清,有些东西,或许我比你更容易分清楚真假。"

我们上了阁楼。

我走向窗口,望出去:"这里能看到附近的一切。"

"其实看不看得到都不重要,不管是韩溯本人来或者他叫别人来,看到门是从里面锁的,灯亦亮着,自然会敲门。"唐亦翔在我背后说。

我抬手将风铃轻轻取下。

"你想带走它?"

我莞尔,不作回答。

侧过身,看到唐亦翔靠墙坐在地板上,弯曲着一条腿,正拿着电脑翻看什么。

"看不看我拍的照片?"他抬头对我说。

"你存了?"

"微博上有。你想看吗?"

"好。"我在他的旁边坐下来。

他说着用手指触碰屏幕,翻着给我看。

本是随意地看,却在他指尖的移动间,渐渐被吸引。

那些照片拍得如此唯美,蓝的天空,白的云朵,阳光下的布达拉宫,老人手拿转经轮,顶礼膜拜的朝圣者……

"真的很不错。"

"如果身临其境,将是别种感受。"唐亦翔似在回忆,"那种感受,一辈子都不会忘。"

"难怪你喜欢漂泊。"见他沉醉其中,我一笑:"原来这就是漂泊的意义。"

"我说过,每一个男人都宛如漂泊的船,不要以为这艘船喜欢漂泊。漂泊,只是说明他还未找到靠岸的理由。"

"那只是你的看法。"我注视着照片,听到他又这么说,这次不由说着自己的看法,"对于有些女子而言,她会这样想,'为什么非要别人为你靠岸?如果你爱一个人,你可以选择随他一起漂泊,不一定非要对方为你靠岸;他是船,你不一定非要做海岸,你亦可以做船上的帆,伴他遨游,风雨无悔。'毕竟,想要得到,必先付出,爱情亦如此。"

他忽然不说话。

我有些奇怪,于是侧了脸去看,却见唐亦翔凝视着我,虽然光线不好,但我还是看出此刻他的神情和平时不一样。

是我的话让他想到了什么,还是因为其他原因?

"你是这样的人吗？"他轻轻说。

我发了个怔。

"我想我……"

一瞬，我竟有些心慌。不是因为他的眼神，而是因为他忽然拉近了一点距离，我几乎可以感觉到他的气息。

"我想我是的，但有个前提。"我定了定心绪。

"嗯？"他唇角一点坏笑，"是什么？"

我亦是一笑："前提就是，不能饿肚子，不然哪儿有漂的力气。"

他仍旧看着我："我被吓到了。"

"吓到？为什么？"

他只是看我，但笑不语。

本想让气氛显得自然一点，却不料让人愈发窘迫。

我不得不转了头继续看："这个人是……"

我看到一张照片：一个男子，穿着米色休闲衣，脖子上挂着哈达，手举相机，似乎是想去拍什么，被身旁的人唤着，于是转了头来，就在这一瞬，旁边的人将他拍了下来。

"你看他像谁？"唐亦翔轻言，探手将照片放大。

我再做细看。

照片上的男子，蓬松的短发，清癯的脸庞，明眸似泉。

他是唐亦翔。

认出的瞬时，我不由讶异。

"是你。"我转头看他。

他一笑默认。

"原来你以前是这个样子。"

"你好像难以置信。"

"那为什么你现在要留胡须和长发？"

"为了吓走那些要我靠岸的女人。"他调侃。

"噢？"我吁气，"这办法不错。"

"你不如直接说出你心内的话，比如轻狂，比如自大。"

这当真是我想说的。

"音音有无博客，或者微博？"我拉回话题。

"没有。除了发邮件什么的她才上上网。"他很肯定地道，"我曾玩笑反问她是不是这个时代的人。"

"没微博，不爱上网，就不是这个时代的人么？"我不赞成，"我也没微博。"

"难怪，难怪。"

"难怪什么？"

"难怪你看起来这么迂腐。"他故意气我，"也难怪刚刚我听到从迂腐的你口里说出的漂泊论，会被吓了一跳。"

我似笑非笑，并不生气。

"你可不能与时代脱节，回头我给你弄个。"他稍作停顿，忽又说，"在某些事情上，你和音音极像。"

我看着他，不免困惑。

"我们像？什么地方像？"

"只是……一些感觉，给我的感觉。"他解释，"具体的，我也说不上来。"

听他提及邮件，我想到了一件事。

"能否看看音音给你发的Email？"

他点头应"好"。

打开那封信。

一片蓝映入眼中。

不仅仅信纸选的是蓝色,而是浅蓝背景色下,那大朵大朵的向日葵更引人入胜。

长发的女子仰首立于向日葵间。

那是怎样的一种向往。

我不是音音,所以我不知道,但若我去选择这一种信纸,必将是轻松自在的心情。

而自杀前,怎会有这样的心情?

就算是有闲暇之心选择信纸,为什么不去选择沉暗之色,或者下雨的天空,宛如心头的泪滴?

却独独是向日葵?蓝天下的向日葵?

真叫人大惑不解。

我的目光落在中间那一段黑色的字上:"我眷恋的,是生命的另一端,黑与明的交替,死亡意味新生;而我所有遗憾,早在见到一双眼睛时销蚀无痕,所以不用难过,因为会有这么一个人替我完成未完的人生。顾尘朵,我知你会替我看未知的风景,感受四季轮回,继续人生前行。"

我的心隐隐作痛。

压抑着这种感觉,我开口问唐亦翔,问他可感到这封信的奇怪之处。

他反问有何怪异?

我说出我的认识——这信纸是音音刻意挑选的。

"你再看看之前的信。"唐亦翔打开以前音音写过来的信。

全都是这样的信纸,大朵大朵的向日葵。

"亦是这样的信纸。"莫非是自己过虑了,因为她喜欢这个信纸,一直用它,所以成了习惯?

"她用这个信纸,已经许久了。"

朱丽叶的秘密

"许久？大概多久了？"

"起码有一年，所以最后一次她亦是选用这个信纸，倒不奇怪。"唐亦翔皱了皱眉，"我只是不解，她为什么一直喜欢这种信纸，但就算她说她最近工作不顺，或者心情不好，亦是选这个信纸，我那时不觉得有什么，这个疑团，是在音音去世之后所产生的。因为她去世后，我曾细看了以前她发来的Email，虽然并没发现什么不对，可她频繁用的这个信纸却让我有了一种惑意。"

"天空，阳光，向日葵……"我亦是不解，"这代表什么？"

我们谁也解释不出个究竟。

我看了一下音音写给唐亦翔的信，的确没什么疑点，她的每封信都不长，内容亦是简单，譬如说说天气，说说工作上遇到的趣事，抑或问问小翔哥哥最近可好，有没有新拍的相片发来看看之类的话，皆是无关痛痒的面上话。

排除这些内容，唯剩一个问题点——信纸，它们都选用的一种信纸，不管心情与话题怎么不同，信纸却是相同的。

"是什么意思呢？"我叹息，"频繁出现，若非刻意，就是种习惯……"

我的话尚未讲完，手机响起。

"是韩溯。"我看着来电显示，有些紧张。

"没什么好紧张的，语气就跟平常一样。"

我点头，随即接听，韩溯问我今天可还去馨苑？我则告诉韩溯今天去不了馨苑，说了几句后，便挂了电话。

"我感觉他这电话像是试探。"

唐亦翔对我的话不置可否。

我走到窗口，再望出去，发觉外面竟下起了小雨。

"下雨了。"

朱丽叶的秘密

唐亦翔也走过来。

"要是韩溯就是那个人,就算是下雪,他亦会来。"

"是否等过7点,我们就回去?"

他微点头。

"如果真让你说中,韩溯并不是那个人,接下来怎么办?"

"看起来线索又断。"他低言,"每次看到了希望,却每次又要失望。我这几天再去打听一下那个彩扩店,看能否问到它现在的地址。"

"虽然音音什么也没说,但我始终觉得,冥冥之中,有什么在牵引着,让我去寻这其中究竟。"我轻轻说道,"我一直有这种感觉。"

我相信如此,我们的命运,冥冥之中,自有安排,包括,谁与谁的遇见。

每每听到朋友们谈起自己喜欢的人,我就会想起父亲的话,这就是缘吧。一双眼睛与另一双眼睛的相逢,若非注定,怎会不舍得离开?那种眷恋思慕,那种梦萦魂牵,就这么发生了。别人问你,你也讲不清楚原由,只知道,就是他,独独是那个人,而不是另外的人。

"女人通常都是这么感性。"唐亦翔的话将我的思绪拉回。

我并不和他争辩,只是说:"其实我也一直耿耿于怀,我为了一己私欲未曾向警察说出我在现场的事。如果实在没办法,还是把这件事告诉警察吧。"

"你要怎么说?你说你看到音音自杀,那么警察问你为什么她要自杀,你回答说不知道,你只是觉得她为了一个男人才自杀的,然后你希望警察找出这个男人?你认为他们会真的按你说的或者你希望的那样去找出他?你的证据呢?警察又凭什么相信你的话?不管你说什么，你也改变不了一个事实，音音确实是自杀的，就如我去殡仪馆认领音音的骨灰时，他们告诉我的警方勘查结论一样，这只是一桩自杀案。我想，我不是因为这封Email，不是因为音音刻意提到的你的名字，我也不会有所怀疑。"

听着他的话，我缄默不言，只是心下如石重，不由皱眉，轻叹。

"不要多想了。"他轻拍我的肩，安抚似地说道，"我亦是相信你的话，相信冥冥之中有谁牵引，指引你朝某处而行，既然如此，就让我们坚信这一点，别气馁。"

抬头注视他，我淡淡一笑，点了点头。

等待叫人心烦，我时不时地抬手看表，一会儿走到窗口眺望，一会儿又坐在地板上等待，就这样坐也不是站也不是。

心绪芜杂，我说不上来是希望韩溯来，还是希望韩溯不要来。

唐亦翔倒是显得从容，无视我的动作，就坐在那儿，玩儿着他自己的电脑。

雨越下越大。

6点50。

我再次走到窗口，注视楼下，雨噼里啪啦，似敲打在我的心头。

我何以如此紧张？

看着分针一点一点地跳过，终于，到了7点。

我舒出一口气，转过身来。

唐亦翔正注视着我，眼睛一眨不眨。

"如你所料。"我说。

"这不是你想要的答案吗？"他慢慢说道。

我知道他的暗示。

这真是我想要的答案吗？扪心自问，我确实不希望那个人是韩溯。

见我沉默，唐亦翔托着下巴看我，目光中有审视的意味："说说看，这个答案是你想要的吗？"

"我不知道。"我这才应道，继而又反问，"你为什么非要问我这个问题？"

"因为对待一个极其厌恶的人，不应该是这个样子。"他如实答道。

我稍作思索，再说："坦白讲，我很想找出这个人，但我并不希望他是韩溯。"

唐亦翔扬了扬眉，虽然未作声，但表情却别有意思。我猜想，他定是觉得我之前对韩溯的说法只不过是口是心非，反之我其实是爱着韩溯的。

"别这么看我，我所想的与你所认为的，不一样。"

待我说完，唐亦翔似笑非笑地看了我一眼，这一眼，让我猛觉自己的话像对他做着解释。

不是他追着问，我会这么说吗？

"雨这么大，我们怎么回去？"他看了看外面，转移了话题。

不知为什么，我心头骤升一股火气。

我挎了包，拿起风铃，扭头就走。

"喂，你去哪里？"

我不理会他，径自下了阁楼。

在大门口，我抬眼看着灰蒙蒙的天，不由伫立不前。

正待我准备一咬牙往雨里窜时，被跟过来的唐亦翔一把拉住："这么大的雨……"

我蹙眉，盯了盯他抓住我手臂的手。

他敏感到我的眼神，放了手。

"这里又叫不到出租车。"他又说道。

"我知道附近有个公车站，不远。"我坚持现在就走。

"等等。"他转身将门锁好，"我们一起走。"

说罢，脱掉外套。

"你不是想用这个当做伞吧？"

"又被你说中。"他边说边紧靠于我身旁，用双手将外套撑于两人的头顶，"总比白白被雨淋好。"

我不由看他，我们的距离如此近，近到我连他睫毛的眨动都能看得一清二楚。

这种距离，让我有些不自在。

大概是因为我的迟疑，他微微侧脸看我。

对视的一刹，我竟有一瞬恍惚。

这个情景，竟与某年某月某日重叠。

雨帘，像是连成一堵墙。

墙面上，昔日少年，牵绊着白裙之梦，渐渐彰显浮现——他用他的外套，替我遮风挡雨。我们奔跑在雨中，裤管湿透，可唇边有笑，那打在肩头的雨水，一滴一滴，却像片片飘落于肩的花瓣，带着芬芳。

"想什么呢？不走吗？"唐亦翔低声道。

回过神，我未作回答，将风铃紧捧在怀中，自顾自便跑了出去。

他倒是有点意外，连忙紧跟我身侧。

一路小跑，我隐隐觉得他尽量地遮着我头顶的雨，不顾自己全身淋湿。

之后，尚未到公车站，我们便叫到辆出租车。

唐亦翔先下车，我本想跟他说换好衣服后到我这里来吃晚饭，但我还是犹豫了，终未叫住他。

回到家，我换了件衣服，吹干了头发。

本想去厨房看看弄点什么吃的，路过客厅，却一眼瞧见放在桌上的风铃。

注视着它，心内按捺不住，我决定立马就去找韩溯。

我给韩溯打过去电话，问他现在在哪儿，他说正开车回家，我让他转去馨苑，我过去找他，我告诉他有极其重要的事情要说。

他没多问，简单应"好"，说在馨苑等我。

拿起风铃，我就此匆匆出门。

赶到馨苑，见屋里灯火通明，看来韩溯已是到了。

在门外，我将包里的录音笔打开。

敲开门，韩溯看到我手中的风铃时，眉头一锁，颇为不解。

"你拿个风铃来做什么？"

"你不觉得这个风铃很眼熟吗？"我将风铃递于他眼下。

听着我的话，他的惑意似乎更深，他又看了看："是有点眼熟。"

他的表情倒不像是装出来的。

我直接拉着他快步走进健身室。

"因为你有一个这样的风铃。"我指向窗口上的风铃，"它是从哪里来的？"

"一个朋友送我的。"他回答。

"什么朋友，叫什么名字？"我追问。

他注视着我，见我语气急迫，不由关怀问道："出了什么事？这个风铃有什么奇怪的……"

"你先告诉我。"我打断他的话。

"吴雪乔。"

"吴雪乔？"我第一次听到这个名字。

韩溯盯着我，禁不住一笑："我就知道我说了你也不知道她是谁。"

"这个吴雪乔是做什么的？"我接着问。

韩溯笑意更深。

我知我这么问会让他有些误会，管不了许多，我必须弄清楚整件事情。

"不急，我慢慢讲给你听。"

见此，他忽然牵起我的手，慢慢走进客厅，然而倒了杯果汁，递给了我。

"其实这个吴雪乔你也认识。"

"我认识？"

"是的，你记不记得你有次来找我，你说你敲门没反应便自己开门进来了，那时我正同她在电脑前看照片。"

他一说，我便想起，今天我也见过她，就是那个年纪不大，长得很漂亮的女孩，原来她叫吴雪乔。

"她的姐姐是我的朋友，其实确切说来，应该是我的病人，有段时间她常常来我这里，所以我也认识了她妹妹雪乔。"

韩溯说她姐姐有段时间来他这里，也就表示现在是不来了，那么这个妹妹雪乔却为何老来他这里，她又不需要看心理医生。

我明白了，只有一个原因，那就是吴雪乔爱上了韩溯。

"吴雪乔爱着你吧？"我直接问道。

韩溯莞尔："在我眼里，她只是个小女孩。"

"她挺不错的。"

"是吗？"提起她，韩溯又笑了，"没大没小的，还整日给我

朱丽叶的秘密

讲大道理。"

我看着韩溯，看着他这种笑意，像是敏感到什么。

是我多想了？

其实，这个女孩子年纪不大，却让人感觉可爱乖巧，坦白讲，我对她印象不错。

不过，话说回来，看来唐亦翔的判断没错，这件事情与韩溯无关。

"这个风铃是她做的吗？"

"她说是她做的。"

照韩溯说，这个吴雪乔应该认识音音。

"你能否把她的联系方式给我？"

我这一说法让韩溯意外。

他注视着我："到底发生了什么事情？"

"你只管把她手机号告诉我……"

"你怎么老是这样。"不待我说完，韩溯打断我的话，"你急匆匆地要我来，就为了一个风铃？这便是你所谓重要的事情？"

"是的。"我接口道，"这件事情确实很重要。"

"到底是什么事情？你若不告诉我，我不会给你号码。"

在我的面前，他的语气第一次这么强硬。

"尘朵，你要知道，有些事情，并非一个人可以承担，如果找到一个可以信任的人同你一起分担，那么心灵的负重感会轻松得多。"他深深看我，目光真诚，"相信我，我就是你要找的这个人，你可以信任我，完全信任，不必怀疑。"

他的这番话，像是暗示着，他早有所知，在我心内，有一种东西挥之不去，它们没完没了地折磨着我，无论是最近的，还是以前的。

除此，他是否还知道些什么？

我微微垂头，心内有些矛盾，不知是否该告诉他。

他静静等待。

片刻之后，我重新抬头看他："其实也不是多大的事情，只不过好奇心驱使，让我想弄清楚一些东西。"

我最终是不信任他。

我只能告诉他一些，另一些重要的事情，我还得有所保留。

韩溯的脸上尽是失望之色，而眼里，却还有另一种东西。

他看着我，没有说话。

虽然这风铃是吴雪乔送的，可我相信自己的直觉，韩溯是认识唐音音的，不如从这点入手。

"我有一个同事，叫唐音音……"我缓缓说道，"你认识吗？"

"我认识一个叫唐音音的女孩。"他说。

我有些意外，未曾料想他回答得这么干脆。

"不用这么意外。只要你想知道什么，我都会告诉你……"

他的话不免让我心疼，他无非是想告诉我他对我万般信任。

"她是不是长发披肩，下巴尖尖的，左眉里有一颗痣。"

他点了点头，接着说："虽然按照常理我是不可以告诉你这些，我应该为我的每一个病人保密。"

我再次讶异："病人？你是说，唐音音是你的病人？"

"年初时，她来过我诊所。"他应道，"大概一个月后，我感觉诊疗稍见起色，她却没再来了，很遗憾。"

"她……她怎么了？"

"情感障碍。她是属于以情绪程度变化为主……"言及此处，韩溯见我皱眉困惑的样子，便简单道，"总的说来，它会导致抑

朱丽叶的秘密

郁症。"

"抑郁症。"我愕然。

"明白了吧?"

我微微点头。

"她很严重吗?"

"算较重的。我给她做过测试,分数高过一般病人,但若能及时诊疗,还是有希望恢复正常。"

"可是……可是我感觉唐音音不像……"我质疑道,"只是觉得她偶尔有些话说得莫名其妙,但不至于让人觉得是这种病。"

"你说她才去你们公司不久,我想应是接受治疗稍有好转后吧,加之它这个病也有周期性的,未发病时,表面上看起来就和平常人一样。而且情感障碍表现有很多,有些是你们容易忽略的,不仅仅是表现情绪焦虑低落,脾气冲动等等,它也可以是厌食头痛,或是睡眠减少,这些东西太难一下讲清,况且,私下的时候你又看不到她犯病。"

"你没给她说出病情吗?"

韩溯微微摇头:"我怎可直接给出明示?作为专业的心理医生,不可能直接告诉她病情,就算是暗示性语言,亦是有尺度的。不管是任何心理病人,都不该再予她心理负担,这样不仅不利于治疗,还会造成更坏的效果。"

"那她为何会中断治疗?"

"我也很困惑,她来找我,拿着名片,却不说从何所得。起初她一直不太配合我的诊疗,常常是心不在焉,好像极不情愿的样子,甚至直接说出她认为心理医生就和江湖神棍连哄带骗一个样儿的话。其实我也很纳闷,既然如此,她又怎会来呢?后来,她渐渐对我不这么排斥,她说了一些曾经的事情,可也就在那段时间,她却忽然消失了。我给她去过电话，手机是空号，大概换号了。"韩溯叹气道，"我发觉她真是一个命运多舛的女孩，经历的这些，也难怪产生负面心理，她的病情很明显是不良情绪长期累积而形成，难怪会有许多极端的想法，若无方式疏导减轻，最后会极其危险。"

"极其危险？你的意思是……"

"会有自杀倾向。"

韩溯的话，让我心颤。

唐音音会选择自杀是因为心理疾病的驱使，就因为这种障碍，让她时而倍觉希望，时而又万念成灰，最终选择了绝路。

"这是原因吗？"我喃喃自语。

"怎么了？"

我抬眼看他："唐音音自杀了。"

韩溯似乎并不诧异，只是叹息着："她最终选了这条路。"

"因为她是我同事，我一直很好奇她为什么会轻生……"我找了个合适的理由，"这个风铃是音音的，而你这里也有个同样的风铃，所以我怀疑……我想弄清楚到底怎么回事。"

韩溯注视着我，似乎明白我是想说我怀疑他与音音自杀有关，但他未作多言，只道："其实你大可不必多作猜疑，若没人帮她，她迟早会走这条路。音音的内心，宛如阴霾雨天，没有丝毫阳光的投射，她不会让人，甚至是不愿意让人走进她的世界。她把自己锁在自己的世界里，欢喜，悲伤，阴郁，痛苦，这些皆由自己品尝感受。如果有人能走进她的世界，正确地引导，也不至于走到这一步。"

韩溯的这段话让我有了警觉。

真的是没人"帮"她吗？不，我不这么认为，一定有人知道唐音音的这种心理疾病。

"你是说，如果有一个人得到她完全的信任，给她指引一条正确的路，牵手她走出阴霾，那么她便能渡过这个难关；相反，如果这个人心怀鬼胎，那么就更加将她推向绝路。"

韩溯点头："但人性是善良的，我想，以她这样的性格，任何人只会怜悯，或者不相往来，不该与她结怨，所以你所谓的后者，不会有几率发生。"

韩溯当然不知道我为什么要问这么一个假设性的问题。

正是因为一个人知道，所以他才如此成功地引导她走向绝路，最终达到自己的目的。这个人应该就是我与唐亦翔正在寻找的罗密欧。

"或许，死亡对于许多人来说，是一了百了，不算坏事。"

"这种想法未免天真。"韩溯纠正道，"人生不是说放弃就该放弃，我们的身体，我们的发肤，我们的笑，我们的哭，这些，不单单只是属于我们自己的，有时候，我们之所以还能勇敢地活在这个世上，不是为了我们自己，而是为了那些爱我们的人，我们的父母，我们的姐妹，我们的知己，我们的家人。因为他们，你会明白，死亡这件事，许多时候，只能是一个人的一了百了，你怎会这么自私地选择这种简单，却让那些爱你的人去承受那些你已经感觉不到的复杂呢？那些复杂的东西，不仅仅是肉眼看得见的悲伤与哭泣。"

对于他的说法，我并不赞同。

万事岂能想得那么多，并非人人都有圣贤思度。

话说回来，虽然韩溯认为音音最终选择自杀是必然的，可这种必然也太顺理成章了。因抑郁症而自杀这条理由听起来似乎符合常理，但我相信只有我与唐亦翔能看出它的疑点。

此时，我还是不理解吴雪乔送的这个风铃为何会与音音的相同。

"吴雪乔送你这风铃与音音的风铃相同的原因，你一定知道吧。"

"雪乔的姐姐有个手工作坊，虽然成品也出售，但那始终只是她工作之外的爱好，所以平素是由雪乔管理。作坊工作间就像个小型俱乐部，主要让大家多多交流，我同雪乔熟稔以后，会把一些病人介绍到她那里，当然这么做的目的是希望通过这种方式疏导他们的情绪。当初唐音音亦是我介绍过去的，起先她不愿意去，她说自己没有朋友，也不需要任何朋友，后来我有意地让她认识了雪乔。"

"你是说，她在那里学会了做这种手工风铃？"我质疑道。

"是的。听雪乔说唐音音去过几次。"韩溯边说边朝我示意，"雪乔送我的风铃，在那个稍大的铃铛里贴有作坊标牌，照理说，唐音音的风铃里也应该有，你若不信，可以去看看。"

听他这般说道，我未作迟疑，连忙走过去查看。

有个铃铛中果真贴有手工作坊的字样。

韩溯没有撒谎。

我转过头，触到韩溯的目光。

他看着我，镜片后的双眸，流露几许悲伤。

他知道我不信任他。我这忙不迭去查看风铃的动作，到底是刺痛了他。

我的心内不免愧悔，多留无益，我抬手看了看表："时间不早了，我先回去了。"

"哦，那我开车送你吧。"

"不用了，这边很容易打车。"

他似乎还想说什么，但最终，未作多言。

朱丽叶的秘密

第十二章

我来到唐亦翔所住的宾馆,因昨晚到家后比较晚,所以并未联系他,今早给了他电话,我们约在了宾馆见。

我知道他得知这个事情,心情定会不好。

他双手插在裤兜里,在落地窗前站了许久。

我坐在一旁,亦就此沉默。

"我竟什么也没发现,一点都没察觉……"良久后,他开了口,声音很轻。

"别太自责,毕竟,你们不在一个城市。"我走过去,安慰他,"就算经常见面,亦不一定就发现得了,就像我,作为她的同事,都未曾看出她有什么不妥。"

唐亦翔闭起眼来,须臾,再睁开眼:"那天,你说音音凭什么一步一步按罗密欧的计划走,她不可能连现实与虚象都分不清楚。我也一直在想这其中原委,现在终于明白了。"

"是的。我一直不确定我们的推断是否正确……"我接过他的话来,"当得知音音是这种病时,我便恍然大悟,这个男人正是利用了这一点,病中的音音完全相信他的话,将他奉为神祇,他知道音音喜欢《罗密欧与朱丽叶》这个故事,所以他完全有可能利用这个故事,给予音音一种美丽的幻像,将她一步步引向绝路。"

"我也这么想。"

"可是,韩溯这番话,让我却有了另个想不通的地方。"

"你是指音音当初去他诊所的事情。"他点头,"最后音音不去诊所倒不奇怪,因为韩溯说她到诊所的表现一直是不情愿的,毕竟,许多人对看心理医生这件事是排斥的,从另个角度说,没人愿意承认自己心理有病。我觉得奇怪的是,照韩溯所言,音音应该是别人介绍去诊所的,这个人到底是谁?他认为音音需要看心理医生,为什么偏偏是韩溯的心理诊所,为何这个人不陪她去,既然音音不愿意看医生,又为何偏偏这么听他的话来到韩溯的诊所?那么,这个人会否就是罗密欧?"

"这很难说,这其中细枝末节,或许,只有找到那个男人才能清楚。"

"我觉得这个人有可能认识韩溯。"唐亦翔再道,"韩溯不是说音音有他的名片吗?"

"我也这么问过韩溯,他当时并未细问音音。但我知道他的朋友甚多,而且诊所做过广告,来的人也很多,韩溯与方助理也有可能给来访者名片,一人传一人,最后那个人得到名片也不奇怪。就算这人与韩溯相识,我们也不能让韩溯把他所认识的朋友名字写来下,待日后一一查证,毕竟,我们不是警察,做很多事情皆不方便。"

"所以,只得慢慢梳理,顺线索而行。"唐亦翔再道,"就算这些线索不重要,只要我们得知,也绝不能放过丝毫。"

听他这般言及,我沉默不语。

心下自问,凭我们的力量,是否真的能找出这个罗密欧?

不由轻叹。

"为什么叹气?"

"你说,我们真的能找出这个人么?"

"你开始质疑自己,亦质疑我。"

"我没有质疑你,我只是有些担心……"

朱丽叶的秘密

"不必担心。"他打断我的话，侧首注视我，"既然选择了一个方向，就不要回头，一直朝着那个方向行去。所要面对的东西，是好还是坏，都无需担忧无需踌躇，太多想法只能销蚀你向前的勇气。你要明白，这段路，不是你一个人走，也不是我一个人走，我们一起，相互为伴，有此信念，前路迷蒙，亦会有光。"

我看着他，心内涌起一种莫名之感。

它是什么？

我似乎听韩溯说过类似的话，然而，韩溯的话给我的仅仅是感动，而唐亦翔的话，除了感动，还有一份别样的感觉，让人温暖。

或许，他们说出这段话的意义并不一样，可是，此刻，心内涌动的东西，我却更喜欢。

喜欢，这一种心动之感。

心动？

想到这一个词语，我不由一怔，思绪不得不被什么打乱。我到底在想什么，他不过是站在朋友的位置，说出这席话来。

唐亦翔似乎也察觉到自己的话有什么不妥之处，再道："更何况，你自己不也说过，你始终觉得，冥冥之中，自有安排，我想，音音若在天有灵，也会给我们指引。"

"我明白。谢谢你。"

"谢什么，有许多事，我该谢谢你才对。"

"不说这些客套话了，我得约吴雪乔出来聊聊，虽然韩溯说音音只去过作坊几次，但没准儿吴雪乔知道些什么。"

翌日。

在韩溯那里问到吴雪乔的电话号码，我将她约了出来。

地点由她选，没想到她说约在"旅人的月亮"。

我应"好"，但心下不免奇怪，我想许是韩溯经常带她去的原因。

雨天过后，阳光和煦。

吴雪乔先到，我看到她坐在栅栏旁的那棵大树边。

我不免诧异，因为大树的后面，却是我一直爱坐的那个位置。

这是巧合么？

我在她的对面坐下来。

她端坐莞尔，大方得体。

我们点了喝的。

"这地方不错。"我微笑说。

"我是这里的常客，韩溯很喜欢这里。"她微笑，言及此处似乎觉得不妥，便又道，"他说你以前最喜欢这里了。"

她直呼其名，难怪韩溯会玩笑地说她没大没小，不过从另一方面看，这是否亦暗示出她对他的亲近感？

"哦，现在是不常来了。"我再次困惑，韩溯怎么知道我喜欢这里，莫非以前我跟他说过？

不过，现在不是想这些的时候。

"雪乔，我找你是因为有些事情想问你。"我直接说明来意，"我有个朋友，她是韩溯的病人，她叫唐音音，去年，韩溯将她介绍到你那里去做手工活儿，你可还记得？"

"去年……"吴雪乔想想道，"是有这回事。"

之前我去找韩溯时问过他是否告诉了吴雪乔音音自杀之事，韩溯笑笑地回应一句："我还没这么三八。"他说他不会随便对别人谈及自己病人的事情，我是例外。

既然如此，此时我觉得不提音音自杀的事情为好。

"后来，她中断治疗了，你知道这其中原因吗？"我问得有些急迫，见她目光有些惑意，我连忙拉出韩溯当幌子，"我知道音音得了忧郁症,更无意中得知音音曾是韩溯的病人,但她后来中断了治疗,韩溯告诉我他不知道原因,说她曾在作坊待过,叫我问问你,看你有无可能知道。毕竟,她是我同……我的好友。""我不知道。"吴雪乔应道,"我记得唐音音没来过作坊几次。她喜欢自顾自做自己的事,就算别人说得起劲,她亦是爱理不理的样子。"

"哎。"我叹一口气,"我真想弄清楚音音怎会得了这么一种病。"

"原因并非单一,这种病,往往是压力甚重,而这种压力,往往来自多方,最终郁结成疾。"

"你懂心理学?"

"只是喜欢看一些这方面的书。"

听她这么说,我想着,她爱看这类书,应该是因为韩溯的原因吧。

爱屋及乌。

想到这里,我不由一笑道:"以后你可以与韩溯多多探讨。"

"其实我念中学时,便对心理学感兴趣了。"她连忙说,面颊泛红。

我本是无意的一句话,却不料她有所误解,见此,我连忙将话题转回:"那你再回忆下,唐音音是否说过自己的事情,比如她男友什么的?"

"唐音音的事情我并不清楚,其实我们聊得很少,说话最多的时候,恐怕还是她让我教她串贝壳风铃那次,还有一次……"吴雪乔思索着说,"唐音音还有一次让我把顾客定制的一对音乐盒转售给她,我起先不同意,但她愈说愈急都哭了,所以我只得依了她。"

"音乐盒?"

我一怔,脑海里闪过了一个情景。

"这个像是音乐盒里的娃娃。"

"你将它收着,是觉得它有什么特别的?"

"当时我翻看纸箱时它滚到我的脚边,我就拾起放在衣袋里,不过我也觉得奇怪,为何独独见它却未发现音乐盒,音音干吗要这个看似无用的娃娃呢?"

"或者小时候有这么一个音乐盒,后来弄坏了,音音将里面的娃娃留着纪念。"

……

我拾到的那个娃娃会否与这个音乐盒有关?

"就因为它,我猜想唐音音应该有恋人,至少,是喜欢的人。"吴雪乔接着说,"不过她恳求说是想买下这个当生日礼物送给好友,她并未说是送予自己所喜欢的人。"

"你说你起先不同意,她竟哭起来?"我赶紧问道,"那么这个音乐盒有什么特别之处?"

"是的,这个音乐盒比较特别。确切地说,应该是一对音乐盒。"

"一对?"我诧异。

她点点头:"音乐盒是一个心形,两个音乐盒凑在一起是双心。它们两个其实是一样的,只是里面跳舞的小人不一样,一个是男孩,一个是女孩……"

跳舞的小人,听到这几个字,我的心立时一紧,但我未开口多言,听她继续说着。

"音乐盒看起来普通,其实做得很巧妙,打开音乐盒,小人可以在上面跳舞;下面的机芯被封闭在心形盒内,而这个盒子其实是嵌入的,能够取下,盒内有个凹槽,可以将你喜欢的香水倒入凹

朱丽叶的秘密

槽,再与上半部盒子相嵌后,转动盒子上半部的发条,小人会开始跳舞,当它旋转到某个位置,脚下会有一个连接至凹槽的小缺口打开,装置在凹槽里的香水会通过缺口散发出味道,所以,听音乐盒的同时,亦可闻到你想要的芬芳。"

"真的很特别。"

"我们店主要就是经营这些有意思的小玩意儿,挺吸引顾客的。"吴雪乔笑笑,"我们能够想到,便试着DIY,最后若真能出成品,便拿到店里去卖。"

我回想起拾到的娃娃,它会否就是吴雪乔所说到的这一对音乐盒里的一个?

这般想着,我问道:"这个音乐盒里跳舞的小男孩,你还记得他穿的衣服是什么颜色吗?"

"什么颜色我当真是不记得了,不过好像是格子花的。"吴雪乔应道,不由反问,"你怎么想起问这个细节来了?"

"哦,我只是好奇。我记得以前在唐音音那里看到过这样的音乐盒,所以问问,想知道看到的那个是不是就是你说的这个。"我说着,心下有了结论,我在唐音音住所拾到的那个娃娃,应该就是吴雪乔提到的这个。

"许久不见唐音音,她还好吧?"

听吴雪乔忽然这样说道,我一时不知如何回答,我"嗯"了声,随即转移话题:"你们店铺生意如何?"

"还过得去。其实多亏韩溯,他认识的人多,除了把病人介绍到我这里做手工活,还常常介绍朋友过来,全仗他拉来许多生意。"她微笑着注视我说,"韩溯人很好。"

她最后这句话的语气甚是特别,而目光中又流露着别样意味,像是劝慰我一般。

朱丽叶的秘密

很明显,她话里有话。

我只得一笑。

"真的。"她似乎看出我笑得牵强,"连姐姐都说过,像韩医生这种好男人,现世之下,为数不多。"

听她替韩溯频频说着好话,倾慕之心昭然。

我能感觉到韩溯在她心中占有什么位置。

我再次一笑,未作回应。

"其实……"吴雪乔开口,似有犹豫,终是说道,"我知道我不该多嘴,但有些事情,你若不知,对韩溯是不公平的,作为他的朋友,我觉得有必要告诉你。"

见她说得慎重,我微微蹙眉,心下一紧。

"我知道你对他有很深的误会。"她继续道,"关于他与徐蜜的事。"

原来是这个事,她是在替韩溯打抱不平?

我吁出一口气:"那是多年前的事情,过去了就过去了。"

除了我自己,没人清楚我为什么反感韩溯,就算是他本人,亦是不明真相。

"但就因为它,让你对韩医生的人品大打折扣。"她急忙说,"这些花边,一般都是道听途说,除了当事人,没人真正知道它的内情。"

"可你亦非当事人。"我不想纠缠此话,于是玩笑一语,"待日后由当事人告诉我岂不更好?"

"要是当事人宁愿将这苦果咽下肚又怎么办?"她也笑笑,接过我的话,"韩溯说,从信任的人口里听到的话,一般是可信的,从不信任的人口里所听到的话,肯定是不切实的。这种心理,是为人之常态。他无法得到你的信任,所以他情愿不解释,因为没有信任的解释,往往就是掩饰。这是他的原话。"

她的话倒提醒了我,虽然韩溯可以倾听别人的心事,但他亦有苦恼,亦需要有人听他的心事。而这个人,无非是他最信任的。他的朋友那么多,而这份信任,却独独赠予吴雪乔。

可想而知,她在他心中亦是占有一席之位。

"你别多心,那晚他喝了酒,才会对我说了这么多。"

"他说了什么?"

"他告诉我,当初徐蜜堕胎的事情,让你觉得他是个完全不负责任的坏男人。但是,你不知道,这个小孩的父亲并不是韩溯。"

她的话让我当下一怔。

"韩溯不是多言之人,而徐蜜更不会说出这个秘密,所以,无人知晓这个中究竟。"吴雪乔继续说着,"那个男人不负责任,韩溯只得带徐蜜去做了人流,作为朋友,他也算仁至义尽了。之后徐蜜却想重回韩溯的身边,他拒绝了她,于是她去了国外。"

听她这样说,我忍不住在心下重重叹息。

是我自己错怪了韩溯。

那个一直受到伤害的人,不是徐蜜,却是韩溯。

我想韩溯的顾虑是对的,若由他来告诉我这些,我确实没法去相信,可此时,我听到吴雪乔的话,我深信不疑。深信,不仅仅因为她给我的感觉是可信的,还因为她对韩溯的爱,其实,她大可不必告诉我这些,让我一直对韩溯误会下去,而现在,她选择告诉我,可见,她对韩溯的那份真诚。

爱一个人,感受着对方的心情,自己的心情便被其左右,开心着他的开心,痛苦着他的痛苦,我相信,这种爱,才是深爱。深爱一个人,当然是想这个人幸福,而看着对方幸福,这于自己有着怎样的意义,自己明白。

爱到放手驻守空城，只为了遥望彩虹，用它的色彩，渲染自己的天空。

这种爱，不仅仅是无私，还需要一种勇气。

我微笑看对面的女子，打心底地喜欢她。

吴雪乔，她对韩溯的爱，不是束缚，却是成全。

这样的女子，我相信，没有人会讨厌。

晚饭时，我将白天与吴雪乔见面的事情讲给唐亦翔听，并告诉他，我觉得雪乔这女孩挺好，真心希望他们能在一起。

唐亦翔看着我，甚是好笑，我不明所以，问他何以要这么奇怪地看我，唐亦翔方道他发觉我好像不那么厌恶韩溯了，不仅如此，反而还把他当成一好友看待了。

我正欲反驳，电话响起，是之凉打来的。

听之凉的声音，像是喝醉了，她在电话里说钱包不见了，让我速速到一家酒吧接她。

挂了电话，我连忙与唐亦翔赶了过去。

进了酒吧，便见到之凉趴在吧台上，我们将她扶起，她就扑在唐亦翔怀中哭泣，还直唤启扬的名。

我一愣，顾不得许多，连忙叫唐亦翔将她背出去。

打车回到家。

我与唐亦翔将之凉扶到房间里，并照顾她睡下。

折腾完毕，唐亦翔看了看时间本欲告辞，我让他不如就在这里住一宿，当然，若他不介意睡沙发的话。

他想了想，应道"也好"，还说之凉若有什么的话也可以帮上忙。

次日清晨。

朱丽叶的秘密

唐亦翔早早地买了早餐回来，待我从房间出来，便招手唤我过去吃。

"我还在提醒自己到客厅得轻脚轻手，没想到你竟这么早就醒了。"我咬着馒头道，"哎，你昨晚一定没睡好。"

"早起是我的习惯，到点儿自然醒，况且，以前在外风餐露宿的时候多了，我在哪儿都能睡着。"

想起上次说的话，我不由微笑："难怪你省了闹钟。"

"周末我们去看外婆。"他提醒我。

"记得。"我点点头，"不过你说她要是问起音音来怎么办？"

"那时候，你别多言，我知道如何回答。"唐亦翔道，"外婆的记忆力不太好，较近的事情反而不太记得，我上次去看他，他还说我怎么又来了，她应该不会提出见音音这样的话。"

"那就好，我还担心着……"

不待我言毕，之凉从房间里走了出来。

我招呼她过来吃早餐。

她摸了摸头："怎么头还这么痛。"

"知道头痛啦？"我瘪瘪嘴道，"你记不记得昨晚的事情了？"

"好像昨晚给你打了电话，你来了，还叫着我的名字，好像背着我……"

"纠正一下，不是我背你。"我眼神示意，玩笑道，"背人者，乃我对面这位侠士。"

之凉走过来，看看我，再瞅瞅他，明显是问，怎么回事，怎会有一位男性？

"侠士贵姓？"她故作严肃。

"鄙人姓唐。"唐亦翔倒也配合地回应。

"敢问唐侠士全名？"之凉连忙在他一旁坐下。

"客气客气。"唐亦翔咬着馒头，"在下唐亦翔。"

"那坐上女子乃侠士何人？"

"萍水相逢。"唐亦翔看看我，"继而，相见恨晚……"

"打断一下，打断一下。"我不由笑起来，"你们让我好好把早餐吃完吧，吃完了我上班，你们再继续畅游江湖。"

唐亦翔故意瞅着我看："你还好意思说。"

"我怎么以前没有见过你呢？"之凉问他，但眼睛却看着我。

"他是我一位同事的哥哥。"我解释，"就是我上次给你提过的那位同事，我们一起吃饭，你说我心不在焉那次……"

我话里提醒她我提过的自杀的那位同事。

之凉讶异。

待我出门，唐亦翔随即也跟了出来。

"你是不是之前给她提过些什么？"

"怎么了？我不过说了我有个同事自杀了。"

"除了我们两个，我们所做的事情，你绝不能告诉别人。"

"为什么？她是我最好的朋友。"

"就算她是你最好的朋友也不成。"

我有些不理解，于是蹙眉看着他。

"如果你不想被人知道音音邀你上天台的事，那么你就不要随意告诉别人我们正在做的事情。"他的语气稍微柔缓下来，"你想想，假如之凉知道，兴许她无意中就说给别人听了，话多失言对吧？况且，这样，对你也算是一种保护，知道了么？"

我知他的话亦是出于一种好意。

我点了点头。

朱丽叶的秘密

第十三章

周末。

我与唐亦翔驱车来到洺安县的和家养老院。

"我之前已联系过护工钟小姐,亦给她说了音音去世的消息,听罢,钟小姐还喟叹难怪许久不见音音来看望外婆。"在车上,唐亦翔说着。

"以后,你要多多去看看外婆。"

"是的。"他应道,却又像是不经意地再道,"我们得经常去看看她。"

他的话让我发了个怔,他这么说是有意,抑或无意?

"老人最害怕孤独,其实,锦衣玉食并不是他们想要的,他们想要的极为简单,无非是家人的陪伴。然而,这种简单,于老人而言,往往是最难得到的。"唐亦翔又道。

"嗯,想着真叫人心酸。"我轻轻说,"平日里,除了你与音音,便无他人看望外婆了?"

"听音音说,干爹以前的那些称兄道弟的朋友们渐渐与他们家没什么来往了。不过,她也提过,这些年来向叔倒是一直不间断给予她们帮助,外婆到这里之后,他还来看过她。"

"向叔?"

"我见过他两次,并不是太熟。他以前是街道主任,亦是干爹干妈的好友,现在已退休。"唐亦翔不由叹气,"干爹生前的朋友不少,没想到……"

"人走茶凉，现世常态，我们吝啬的东西太多，这其中也包括善良与怜悯。"我接过他的话。

"虽然这种人会有，但你怎会想得这么悲观？"唐亦翔转头看我，"你认为自己不是个善良的人？"

"我不是。"我果断应道："许多人都愿意善良，但总是行之惶惶，因为现在这个社会，善良总会给自己带来麻烦。"

"你不觉得，这些麻烦，正源于抱有一颗怀疑的心？"

"就算是，也没办法解决。"

"当然有，办法就是信任。"

"你这什么逻辑，说了等于没说。"我揶揄。

"那你慢慢去体会。"他并不在乎我的话，继续说，"你总喜欢给自己乱下定义。你的嘴与你的心，总是背道而驰。"

"你有多了解我？"我淡淡一笑。

他接过我的话："我想，比你想象的要多。"

他的话，我只当说笑。

进入养老院，询问之下，得知护工钟小姐陪着音音的外婆在健身场所。

我们顺着两旁种有花草的甬路走去，唐亦翔再次提醒我对于音音去世之事定要守口如瓶。

场上宽敞的凉棚下，有老人做着锻炼抑或是歇憩。

我跟在唐亦翔身后，随他行至一位老人身边，但见她头发花白，穿着咖啡色衣衫。

唐亦翔与不远处的护工钟小姐挥手打了招呼，她便走过来。随即，他们聊起来，钟小姐说了下外婆的近况，说她身体这些天都还不错，只是记忆力愈来愈坏，然后又提及向叔不久前也来过。

聊了一阵后，钟小姐离开，唐亦翔转过身来，再次走近这位老

朱丽叶的秘密

人，柔声唤她外婆。

老人自顾自地在慢步机上做着运动，未曾理会。

"外婆。"他一个跨步到她跟前儿，"外婆不理人。"

大概是碍了眼，老人终是停了脚下动作，再抬了头来，却亦是不搭话，看对面的人半响。

唐亦翔笑笑，探手弄了弄头发，再微微弯腰："外婆仔细看，我是小翔，不过长了头发多了胡须，您可千万别不认得了，真认不出的话小翔会很难过的。"

"你是小翔，我当然认得。"老人说着，似乎有点生气，"你又逃课了吧。"

说罢，再轻轻扭头看向我，蹙了蹙眉，似乎是在想什么。

"又被外婆猜中。"唐亦翔笑眯眯地点头，边说边将抬起手中的水果给她看："我还带了好吃的过来。"

"我正好口渴了，我想吃那个橘子。"外婆一下开心了。

"好的。小翔剥橘子给您吃。"唐亦翔从口袋里拿出纸巾替外婆擦了擦额头上的汗珠："我们去那边坐着吃。"

注视着唐亦翔，听他这般温和的语气，我的心底不由涌过一阵暖意。

虽然在车上他说过，作为患有老年痴呆症的老人，其实就宛若是些性格阴晴不定的孩子，需耐着性子与之交谈，但此时此刻，眼前的画面，还是打动了我。

这与平素那个一脸痞气的男子，完全是两个样子。

难以置信，却是真实。

唐亦翔搀扶着外婆走到一旁的长凳前坐下来。

"外婆，音音在上课，她现在不能来看您。"他拿出一个橘子剥开后递给了外婆，"你知道，音音一直是个乖孩子，我可不能让她逃课。"

外婆点点头:"音音考试双百,她还得了许多奖状,她一直很乖。"

"嗯。"唐亦翔的目光有点悲伤,而唇边却努力地挤出笑容,"她一直是乖孩子,从不惹您生气的乖孩子。"

外婆吃着橘子,眼神从他的脸上再移到了我的脸上,眉头又皱了起来:"她是谁?"

唐亦翔看了我一眼,随即笑道:"她是我的同学,我们一起逃课来着,我说我要逃课去看外婆,她就跟着来了。"

我只有沉默微笑。

但随之,笑容愈来愈牵强,因为外婆一直盯着我看。

"外婆,你还记得音音以前放学回来,有没有带过同学回家来玩儿?"唐亦翔问道。我知道他是试着打听以前的事,看外婆是否知道音音有些什么重要的朋友。

外婆似乎没有去听唐亦翔说些什么,仍旧只是盯着我看,眉头紧锁。

我有些无所适从,笑容变得僵硬。

"怎么不吃了?"唐亦翔亦是发现端倪,"外婆,你怎么一直看她?"

"像是谁?我记得了,记得了……"外婆喃喃道,"不是,不是他,他是短头发,她也是短头发,可是,你这个同学是女的,他是男的。"

"外婆,她当然是女的,就算她短发……"唐亦翔笑着说,忽然意识到什么,随之引导似的问,"外婆,你是说她像谁?你是否想说,我的这个同学像音音的一个同学?"

"卉秋,是卉秋。"外婆说。

朱丽叶的秘密

卉秋？像是一个女人的名字。我第一次听到它。

"干妈？"唐亦翔诧异道。

听着唐亦翔的话，我立时领会到，卉秋就是音音的母亲。

外婆指指我："她是卉秋的同学。"

我与唐亦翔对视一眼，均感莫名其妙。

"顾什么，是顾什么……"外婆再次喃喃，声音很低，"顾……宇……顾宇……"

听到顾宇这两个字，我的心下如遭重击。

"顾宇？"唐亦翔不知所谓。

"顾宇，是我爸的名字。"我说。

唐亦翔惊愕万分。

我亦然。为何父亲的名字，竟会从音音外婆的口里说出来？

我知道自己长得像父亲，特别是这双眼睛，就连甄一娜亦不止一次地说过它像极父亲。

未曾料想，短发的自己，竟让外婆似曾相识。

"外婆，你是想说她……"唐亦翔朝我指了指，连忙追问道，"她长得像卉秋的一个同学，对吗？"

外婆点了点头。

"那外婆，照你这么说，卉秋带着这个同学来见过你，或许，常常带这个同学到家里来？"

我知道唐亦翔的想法，如果音音的母亲与我的父亲以前是认识的，这无非是个很好的切入点，倘若由它去串联一些事情，那么，会不会得到某些我们想探知的东西？

待唐亦翔欲往下询问，外婆忽地一摆手："你们这些孩子，都喜欢逃课，不让你们念书，你们又会吵着要去学校；要让你们念书，你们又得过且过，早跟你们说过，要念就要专心念，念出

朱丽叶的秘密

头来……"

外婆念念叨叨，又拿过橘子吃。

唐亦翔再次询问着，我忽然想到皮夹里有父亲与我的照片，于是我连忙掏出挎包里的皮夹，打开它："外婆，你看看，你说的这个人是他么？"

然而无论我们怎么问，外婆除了说些莫名其妙的话，终究没再道出关于父亲的什么事来。

离别之时，我见到唐亦翔跟钟小姐说着什么，言毕，她便掏出手机像是找谁的电话号码，随后，唐亦翔将它记了下来。

走出养老院，我与唐亦翔沉默着。

我们各怀心事，但那似乎是相同的。

行至一条路人不多的街道，他终是站住，侧头看我："我有一种想法，假如说你爸他与干妈是认识的……"

"我知道你想说这个。"我接过他的话，"其实外婆的话，倒提醒了我一件事情。"

他反问："什么事？"

"在甄姨所住公寓的书房里，有一幅画，那是我爸画的，叫人奇怪的是它的名字，就是《尘梦葬秋》。"我轻轻说道。

他不禁愕然："尘梦葬……秋？"

我点了点头："也不知算不算做巧合。"

"巧合？"唐亦翔面色不免沉重，"但是，外婆认识你的父亲。"

见此，我不由停下脚步："要不，我们再回去问问外婆，这中间到底是怎么一回事，她怎么会认识我爸呢，是不是……是不是同名同姓，说不定，还真是巧合。"

"你觉得问得出结果么？"他摇头，"我们又不是没试过，这

朱丽叶的秘密

不可行。"

唐亦翔说得在理。

现在该怎么去证实?

"我刚才在钟小姐那里问了向叔的电话。"唐亦翔忽然说,"既然是干妈干爹的好友,我们不妨从侧面问问他。"

原来,他已做好打算。

"好。"我表示赞同:"现在得闲,我们不妨马上就去见他。"

随即,唐亦翔联系上了向叔,并让我记下一个地址。

"我们现在过去吧。"待他挂掉电话,我急忙说。

"嗯,向叔搬到乡下去了,看来我们得在洛安留上一宿。"说罢,抬头看到街对面的小卖部,"你渴不渴,要不要买点喝的?"

我应声说"好"。

随即,我们走向小卖部。

买了两瓶红茶,唐亦翔付了钱,我们欲转身离去,但见一个男人牵着一个几岁大的孩童走过来。

无意间,我与他的视线相撞。

他的脸似曾相识。

他看着我,像是亦有同感。

擦肩而过。

我努力地想,我一定在哪里见过他。

那一年,女孩趴在大树旁的栏杆上,看到操场上奔跑的男孩,抱着篮球,转头对她微笑。

那一瞬,千叶剪碎的阳光,落进她的眼里,暖了她的心房。

"是他。"我顿悟。

见我放慢脚步,若有所思,唐亦翔不由问道:"怎么了?"

"我碰到……"

话未说完,身后传来一个声音,似有些不可置信地叫了一声我的名字:"顾……尘朵。"

我转过了身。

昔日少年,今日此时,早已不复当年模样。

我甚至不忍打量。

比起记忆中那个他,眼前的他,胖了许多。难怪,我差点认不出他来。

"没想到在这里见到你。"他说。

"是的,有些意外。"我只得一笑,而这笑意,连我自己都觉得牵强。

"一晃就多年。"他缓缓说道,"这么久不见,你过得还好吗?"

"嗯,还好。你呢,还好吧?"

"也就这样……"他说着,见我看了看他牵着的小孩,他笑了笑,"我女儿,今年4岁了。"

说罢,连忙叫这小孩唤我阿姨。

无奈小女孩害羞,躲他身后偏不肯从。

勉强不来,他亦只得作罢。

他的目光重新转向我,刚想说什么,注意到了一旁的唐亦翔,不由笑道:"也不介绍介绍?"

我一怔,真不知该怎么介绍才好。

不待我说话,唐亦翔已笑着接口道:"我是她朋友。"

他回答得简单,却正合我意,这个时候,对方出于礼貌也不可能追问到底,至于他到底是我什么朋友,就由对方去猜想好了。

"时间不早了,我们得赶到车站。"唐亦翔刻意提醒。

朱丽叶的秘密

我做出一个恍悟的表情，连忙与旧友辞别。

见此，对方忙说留下联系方式。

我有些迟疑。

"好啊。"唐亦翔掏出手机，对他说，"你号码多少，我先存下来。"

两人交换联系电话后，唐亦翔忽然探手拉住我的手，再与对方微笑作别。他这一动作让我意外，可我只能装作寻常。

唐亦翔牵着我的手故意走得匆忙。

我能感觉到背后的目光，我不由自主地，微微侧头。

"如果你真的会拨打他留下来的这个电话，你就回头看吧。"唐亦翔不客气地说。

我释然一笑，最终没有回头。

"没想到……"我说着，吁出一口气。

"没想到，在这里竟会偶遇昔日恋人？"

我讶异，不禁反问："你能看出来？"

他一笑："我又不傻。"

"忘记察言观色是你的强项。"我故意挖苦。

他不看我也不答话，只是笑着一直向前行。

见他唇边那抹颇有意味的笑意，我这才意识到我们是牵手而行。

我想放开他的手，只是这一瞬，竟有不舍。

"再走一段路。"我在心下说着，"或许，那人还在看。"

就这么走了下去，转弯后，我还是放手。

他侧头看了一眼，表情未有任何不妥，倒是我有了几分尴尬，于是，我将话题拉回："其实，我刚才所谓的'没想到'不是指这种相遇，而是指相遇的结果。这种结果，让我推翻了自己所认定的许多东西。"

"嗯?说说看。"

"我有一个梦想,这些年,我一直坚信他会回来,陪我一起完成。"

"因为他,你一直拒绝韩溯?"

"也不能这样说,只是,我得承认,曾经那份美好的回忆,占据了我生活很大的一部分。"

"也阻碍了你的生活。"

我笑笑:"当然也可这样说。"

我赞成他的话,于生活而言,有些往事,若不舍得放下,就会成为很大阻碍。

"那时我们不过是学生……"我接着说,"但我一直坚信彼此信守承诺,一直相信他真的会回来,这种天真,很可笑吧。"

原来,期冀不过寄予幻想,当你渐行渐远,我却还在细数昔时柔情,痴人说梦。

他见我语气低沉,不由应道:"梦想犹如一座索桥,一边连接已知,一边连接未知。人在上面晃荡而行,勇气固然重要,但如果再往前行是致命之危,不如退回安全地点。人生,不能一味铤而走险,好高骛远,不如把握当下。"

我知他是安慰,但我也有所察觉他的暗示,他无非是让我把握好眼下的人或物。那么,他所指的这些人与事,会是什么?包括我那些所谓的家人么?

"你是否觉得我很难过?"

"你不难过吗?"他侧眼看我,像是想从我脸上找出些许悲伤的线索,"那你说得这么沉重?"

"这次你看错了。"我莞尔,"我只是有些感喟。我之前说的

'没想到'其实就是想说我没想到自己会有这种心情，虽有遗憾，却不伤心，不难过，是这般的，平静。"

未曾预料，我以为一世坚守的信念，只在一瞬，灰飞烟灭。

我不由自嘲一笑。

曾经幻想过种种与他见面的样子，甚至也想过不再见，却从未想过，是今天的偶遇。

"说实话，我竟然差点没将他认出。"我叹出一口气，再道，"我不得不反问我自己，我不是深爱着他吗？他不是我一直在等的人吗？为什么心内连一丝涟漪都不起？为什么会这样，结果为什么会是这样呢？看来我真是一个铁石心肠的人。"

"为什么？很简单……"他莞尔，"答案，就是时间。时间一直向前，我们也得随它往前走，纵然我们渴望永远停留某处，但那也无法实现，所以只得怀念，怀念曾经我们想停留下来的地方，只可惜，步履无法倒转，那些地方，我们永远无法回去了。爱情，也一样。许多东西，由不得自己，只得顺应当下。所以，你大可不必自责，你看看，他不也一样，瞧见他的小孩都有几岁了，如此可见，他比你更早放弃。"

我想正如他所言，顺应当下，才是不变的道理，那些我们认为无法磨灭的往事，最终只能属于记忆，因为它们于时间而言，除了能成为被记取的东西外，什么都不是，甚至有一天，它连被记取的价值都不再有。

第十四章

临近黄昏，在县城外的一个村庄里，我们见到了向叔。

他与唐亦翔虽是许久不见，但两人并未感觉生分。

入了里屋，我们见到一位身材瘦小的妇人，向叔唤她仪琴，随即与我们做了介绍。

原来仪琴乃向叔续弦，两人既为同事又是村邻。

当他说到我们可称她为陶阿姨时，我与唐亦翔不禁对视一眼。

我想，此时，我们都惊觉她的这个姓氏，这个"陶"字。

她，会否正是王孜茜提及的那个常与音音通电话的陶阿姨？

向叔让妻子去端些水果，随即便与唐亦翔聊了起来，聊着，话题不免回到音音身上。

唐亦翔告诉了向叔音音自杀的事情，向叔当下愕然，正待此时，陶阿姨端着果盘走过来，向叔便告诉了她这个消息，她亦是万般诧异，立时红了眼圈。夫妇俩不免追问起音音自杀的个中细节，唐亦翔便把这件事发生的前前后后大概说了一遍，并告知他们音音极有可能是因为感情问题才会这么做。

闻得音音人生最后是这般结果，再联系起她凄惨的命运，夫妇俩不禁潸然泪下。

"音音怎会这么傻……"向叔哽咽着说，"到底发生了什么，她非得选择这条路。"

"我们也很想弄清楚。"唐亦翔应道，继而又问，"向叔，不知你认识一个叫顾宇的人么？他好像是干妈的老同学。"

朱丽叶的秘密

"顾宇?"向叔思量着,微微摇头。

见此,唐亦翔连忙提醒我拿出皮夹,让向叔看看里面的照片:"向叔,你看看这张照片,见过这个人吗?"

向叔再次细作思量,半晌后道,"好像……我是见过这个人,但我不知他是你干爹还是干妈的同学。"

我不免紧张。

"那向叔你是在什么地方见到他的?"唐亦翔接着问道。

"是在宴会上……像是音音的满月酒席,还是周岁酒席上……"向叔回忆道,"他的名字倒是不记得了,总之见过几次。"

"那干妈与你说过他么?说起过这个同学?"

"那倒没有。"

唐亦翔看了我一眼,像是在说,他猜得没错,这个顾宇就是我的父亲,并非同名同姓之人。

我的心中有种无法言喻的滋味,然而我却不敢细想。

待我发怔间,听到唐亦翔问陶阿姨:"陶阿姨,音音常常与你联系,不知你们有无听过她提过感情上的事情?"

我知他这样问的另种目的,无非是试探。

"音音是个乖巧孝顺的女孩,她常常给我打电话嘘寒问暖,没想到……"陶阿姨缓缓讲道,言及此处,又抹抹泪,"她并没对我说过这方面的事儿,倒是我,一直嘱她要慧眼识人,交个踏实的男友,将来也好有个依靠,每每这样说起,她就说她明白。"

听着她的话,我刚想开口,唐亦翔已然说道:"我听音音的一个大学同学说,音音有一次在电话里说会带男友去见你,这到底是怎么一回事?后来有否带过什么朋友来见你?"

"没有……"陶阿姨想了想说道,"音音与我常通电话,但见面的时候倒不多,若她带过朋友来见我,我定会记得。"

我有些急迫地接过她的话:"陶阿姨你再回忆回忆,她同宿舍的一个同学当时听她亲口这样说的。"

"我想起来了,好像……好像她是在电话里这样说过,那是许久之前的事情了。"陶阿姨思索着道,"有一次,音音是说过带男友回洺安来,我当时也追问过她这男友的事儿,但音音未曾回答,只是说到时候见面就知道了。不过,那仅仅是在电话里提过,后来音音确实回来了,却还是独自一人,我问过她,她当时笑嘻嘻地说交往不久就分手了,她说两人不合适,说这些的时候也极为轻松,我估摸着他们也似小孩子没把这事儿当真,所以当时就语重心长地说这种事情一定得认真慎重,她当下就说以后交男友一定第一时间让我知道,让我替她把关。"

"她一直都没提过这个人的名字吗?或者提过一个名字叫立夏?"

听我这样说,陶阿姨的神色明显地有了变化:"音音没有说起他叫什么,不过……"

"陶阿姨,你想起什么了?"很明显,唐亦翔注意到了她的表情,下意识地问道。

"这个立夏,我倒是知道有这么一个人。"陶阿姨应道。

我与唐亦翔再次对视一眼,想必,心头皆是一紧。

"但是,这个立夏,是个女人。"

"女人?"我与唐亦翔皆是吃了一惊。

"怎么……怎么可能呢……"我不由喃喃说道。

立夏若是女人,那就表示我与唐亦翔从一开始的推断就是错误的,那么我们是否又得回到原点?

唐亦翔虽然闭唇不语,却紧锁着眉头,看得出他的思绪亦是一

朱丽叶的秘密

阵混乱。

见我们这般怀疑的表情,向叔开了口:"你陶阿姨说得没错,至少,我们认识的这个立夏她是个女人。"

看来,向叔与陶阿姨都清楚这个叫做立夏的人。

见此,唐亦翔连忙说:"向叔,那能给我们讲一讲这个立夏的事吗?"

"这件事,得从20年前说起,唐显与卉秋因车祸突然双双离世,音音的外婆受不了这种打击卧病在床……"向叔缓缓说着,"唐显是生意人,难免有许多资金纠葛,他这一走,债务人不吭声,债权人登门的倒不少。"

我暗忖,这唐显就是音音的父亲吧。

不禁暗自一叹,世态炎凉甚,交情贵贱分,我能想象得到彼时之景。我有一个要好的朋友,父亲从商却被所谓的朋友坑骗,消息不胫而走,很快众人皆知,看客颇多,但真正伸手相扶的人却几乎没有,记得我去她家看到的场景,就是一群人,对着家中的电器家具等物品,又抱又搬又抬,而女主人拉着刚念中学的女儿站在一旁掉泪,保证钱一定会还上的,只是求来者多给一点时间,只是需要一些时间,因为男主人正在想办法四处筹钱。但是,此刻,时间在他们的眼里,却突然变得珍贵起来,一寸光阴一寸金的道理得到彻悟,当然,他们所"悟"的,到底还是那寸金。

记得目睹这一幕,我的背后冷气不免骤升,此班人的举措有如盗匪,叫人叹为观止,真是令人终生忘不得。

我永不会忘。

商场上,什么才叫朋友,说到底,利益,才能拉近关系。

许是如此,我更能体会得到向叔接下来述说的话。

"唐显的父母去世得早,所以他一直对卉秋的母亲邹氏极好,邹氏亦是将他看做儿子般对待。唐家突遭罹祸,邹氏悲痛之下,还得面对庞大的债务,种种困境,她最终咬牙步步走了过来。最后她带着音音从大宅搬到了平房过着拮据的生活。现在讲起来不过是一两句话,但实际上,只有当事人才能知道那是什么样的处境。"向叔不禁重重叹息,"一天,有一位衣着华贵的女子在街道办事处找到我,她说她复姓欧阳,她说她是卉秋的同学,我当下有些奇怪,因为卉秋曾办过一些宴会,也请过老同学参加,但从未有一个叫欧阳的,毕竟,欧阳这个姓氏不算常见,若是来过抑或卉秋提过,我应该会有印象,不过,见我怀疑,她从皮包里拿出一张卉秋大学时的相片,说是毕业时卉秋送她的,我瞧着照片背后确实有卉秋留有的字迹,还有她的署名,我识得卉秋的笔迹,便不再多想。而后,她说明了来意,原来她想让我带她去见邹氏,她想收养音音,见我迟疑,她又道自己会随时与邹氏保持联系,音音与外婆亦可随时见面。我见她说得极为诚恳,且又称自己其后愿耐心办妥一切收养手续,我心想着照外婆现在的生活状况,要抚养音音确实不易,于是就带她见到了邹氏。谁知,邹氏一听当下拒绝,说自己无论有多困难,亦会将音音养大成人。欧阳女士本欲说服外婆,但终是词穷未果,最后只得作罢而归。只是,次日却再次登门,她告诉邹氏她愿资助音音直到大学毕业,并希望外婆这次不要拒绝,就当做满足晚辈的一个愿望。邹氏终是同意。自那以后,欧阳女士便一直用立夏这个名字寄钱资助音音,多年从未间断。"

"照这样说来,这位欧阳女士的全名为欧阳立夏?"唐亦翔接着问。

"这个……应该是吧,因为她领养不成功,就未办理相关手续,她称自己为欧阳,但我并不知她的全名,后来听邹氏提及她以立夏之名从苏州寄钱过来,反正我们知道这个人就是她。"

苏州，竟然也是苏州。所发生的事情，会否有着某种关联？

听向叔的回答，他们只是知晓这位女子姓氏，而立夏之名仅仅是推断。

我静静地看唐亦翔做着询问，不免困惑他为何要这么刻意去问这些，他在怀疑什么呢？

"向叔，当时欧阳女士拿出干妈旧时照片，你说你当时看了背后留有字词，它可是些毕业赠予之类的话？"唐亦翔又问。

"倒不是，我记得甚是清楚，它是一句词，古词。"向叔微微摇头，"我当时还颇为诧异，只因当时认真辨认卉秋字迹去了，就未曾在意其他的事了。"

"那是句什么词？"

"歌什么梦，歌什么醉梦……"向叔思索着道，"虽然我记得它是句古词，但具体是什么，年纪大了，也不太记得了。总之，是有个什么歌什么醉梦的……"

"笙歌醉梦间？"唐亦翔提醒。

"对对，像是……"经唐亦翔提醒，向叔恍悟："秋歌醉梦间，这个才对，是秋歌醉梦间。"

我不禁暗忖，这毕业赠言写得也太有意思了，这句词不像写给同学的，倒像是写给恋人的。如果欧阳是在说谎，可这相片她又是怎么得到的？

秋歌醉梦间，秋歌醉梦间，我在心下不断重复念叨，愈念愈心紧，它让我联系到我所知的某物，它们似乎有异曲同工之处。

这般想着，我不由看向唐亦翔，见他也看了我一眼，目光中同样写满疑虑。

入夜不寐。

朱丽叶的秘密

我躺在床上，思绪翻腾，忽闻手机信息声响起。

原本以为是韩溯的信息，因为不久之前他来过信息问我在家没有，他说他可以来接我出去吃宵夜，我谎称我已经睡下了，有什么事情以后再说。

于是，我颇不耐烦地拿过手机一看，却是唐亦翔发来的信息，他说："我在院落里，睡不着的话出来聊聊。"

须臾，我披着外套，缓缓走到院落里。

虫吟夜幽，月泛华光，但见唐亦翔，身靠大树，翘望星空。

我走过去，他听见响动，稍稍侧头："我猜你也没睡着。"

"嗯。"我拉了拉披着的衣衫，"你怎么也没睡？"

他不答我，看着天空，长吁一口气。

"长吁短叹干吗？我知你失眠是因为向叔那番话，我也一样。"

"你看那颗星。"

"怎么？"我顺势望向夜空，"不过是一颗流星。"

我不免困惑，现在这个时候他竟还有心思注意一颗星星？

"一颗星星落下来，就有一个灵魂要到上帝那儿去了。"不待我说完，他打断我的话，"我想起了那个故事，那个童话故事，你记得它吗？"

"童话故事？"我不解。

"故事里，小女孩的奶奶曾告诉小女孩的话，一颗星星落下来，就有一个灵魂要到上帝那儿去了。"

"是……卖火柴的小女孩。"我悟道，"我记得，我们小时候都读过。"

"可是，小时候我们只是可怜小女孩，可怜着她不小心掉了鞋；可怜着小小的她要受冻；可怜着无人买她的火柴。我们只是难过只是可怜,却不曾体会故事里的意思,而当我们逐渐长大,我们似乎将它遗忘了,更别说再去读懂它。看来,成年人才应该回过头去认真读读童话。"

"你要怎么去体会,除了替小女孩感觉到难过,我们还能怎样?"

"见到别人这种困境,我们顶多只能难过与怜悯,却无法做到更好更多,最后连这份难过与怜悯都变得麻木,当然就更别说替事情的本身找到另外的出口。"他喟叹。

"做到更多更好,这些都与个人能力相关。况且,没人能尽善尽美,唐亦翔,这个世界,没有超人,也没有蜘蛛侠。"

"但是,却有卖火柴的小女孩;还有,偏偏拿走小女孩鞋子的小男孩。"

他的话让我无言以对。

虽说,能力是扶持的前提,然而,在大多时候,它亦是一种自圆其说的借口。

试问,当能力达到哪一种程度,才算是具备了所谓做得更好的能力?

唐亦翔说得没错,这个世界有太多卖火柴的小女孩,也有太多拿走小女孩鞋子的小男孩。少之又少的,却是疼她的人,就像故事中,那唯一疼她的奶奶。

那么,买走她手中的火柴,就会好起来吗?她就会快乐吗?那么,又有多少人,会愿意天天买她的火柴,天天关心着她过得好不好?

故事真不真实不重要,重要的是故事里所示的东西却是真实存有的,而你,体会到了它。

月光下,我看清了唐亦翔紧锁的眉,以及他眼里写满的愁绪。

朱丽叶的秘密

正待我想安慰他，他忽然吸了吸鼻，安然说道："我想了许久，向叔说的这个欧阳女士身上有一些疑点。"

"但按向叔所言，她就是立夏。"言及此处，我骤生挫败感，"你说，寻了这么久，这立夏却是个女子。"

"向叔的话不假，立夏是个女子，但那只是表示资助音音的人用的这个名字，并不代表我们的判断有误，另个立夏并非子虚乌有，或者这样说，既有朱丽叶，就有罗密欧，音音走上绝路，绝对是因为这个男人，她留下来的文字，定不寻常。"

"可是现在看起来没什么线索，也不知该怎么去找这个人。"

"那倒未必。"

"哦？"

"旁观者清，或许，我看得比你透。"

"旁观者清？你是什么意思？"我顿感困惑，"这与我何干？"

"先说说这个欧阳女士。"他不答我，只是接着道，"她自称是干妈的老同学的事。既然向叔从未见过她亦未曾听干妈提过她，这么说来，就算她是干妈同学，也不算深交，这种关系，她怎会那么坚决地要领养音音，照理说不过去；再者，她见领养不成并未当即提出资助音音，却是第二天才提出来的，可见她是考虑过的，或者与谁商量过的。"

"或者，她得回去和她丈夫抑或家人商量。"

"那也不一定。"

"何以见得？"

"那就得说说她手头的那张相片了。"唐亦翔应道，"就算干妈要送照片给同学，后面怎么会写这词儿？你想想那句词，原本的"笙歌"二字改成了"秋歌"，很明显这秋歌指的干妈卉秋，

朱丽叶的秘密

既然是有所指,那么此梦所指为何?这句词有意思得很,依我的猜测,它绝对不是送给欧阳女士的,应该是送给词中的这个'梦'中人。"

"你是说你干妈有一个极爱的人,但不是你干爸?"我注视他,"这也不无奇怪,许是以前的恋人。"

他点头:"干妈一定非常爱他。"

我微叹:"每个人总会谈几场恋爱,初时胆大,就像玩儿冒险游戏,心甘情愿刀尖舔蜜,结果次次受伤,伤到心力交瘁了,亦就明白凡夫俗子求个安稳才是命理,最后当然不再傻到愿意再冒险,难怪你干妈后来嫁了你干爹。"

听罢,他转头看我:"这倒是一种接近事实的推测。"

"我随便说说的。"听他这么说,我不由道。

"其实,我有过两种推测,你说的是其中一种;而另一种就是干妈嫁给干爹之后,认识了一个男子,她爱上了他。"

"你指婚外恋?"

"对。"

我微微点头:"也有可能。"

"关键是,这个人到底是谁。"

"这些事情都是前尘往事了,何必再去探知……"

"你不觉得它们极有可能息息相关?"唐亦翔打断我的话,"你真一点都不怀疑?"

我不由语塞。

"堪叹梦中盟,醒时逐秋风。"他轻声念叨,"卉秋,卉秋,以笔绘秋,以情葬秋。"

"你在念叨什么?"

"你之前说你父亲画过一幅画,叫做尘梦葬秋,而向叔说他看到的那句词是秋歌醉梦间,你不觉得,它们如出一辙吗?"

当我听到向叔的话时亦是闪过这样的念头,只是,我不愿那样去想,也不允许自己那样去想。

"只是……只是巧合罢了。"

"是巧合么?"唐亦翔侧头注视我,"那为何你听到外婆说出你父亲的名字、听到卉秋这个名字,就会联想自己父亲画过的那幅画?"

我知,我骗不了他。

"如果一次是偶然,但接二连三地发生,就不再是了。"他坦言,"这幅画,是你爸画的,为什么它是描绘的秋天,为什么它偏偏就叫尘梦葬秋?这幅画具有一定含义,就宛如干妈那张相片后面留有的话。"

听着他的话,我没有吭声,但我却认为他的推断不无道理。

父亲的画,我以前看不明白,可现在,我判断,它就是喻义一段感情,一段叫人心酸或者说结局不尽如人意的感情。也许,爸决定告别这段感情,所以用了葬秋二字。而"秋"与"梦",却似暗地相连。

唐亦翔缓缓说道:"或许,他们真有过一段情事,并且,感情还很深……"

"你只是推测。"我打断他的话。

"可是因为另一件事情的发生,我就不认为这仅仅是推测了。"他加重语气,"很明显,它们是有关联的。"

"是……什么事?"我未曾细想,不禁反问。

"音音在自杀前邀你上天台,这其中究竟有何原由,我们一直猜不透……"他稍作停顿,终是讲道,"她为什么要牵住你的手,还说她要是有这么一个亲人,人生也应该是没什么遗憾?你再想想那封她给我的信,她不亦是说过类似的话?"

唐亦翔的话让我联想起音音发给他的Email,她在那信中说过,会有这么一个人替她完成未完的人生,继续人生前行,那个人就是我。

"这些话,如果放在以前看,会觉得莫名其妙。我一直想不通,她为何要对你这样说呢?就算她将你当做朋友这样说,这个理由也极为牵强。而现在,将整件事情联系起来看,是不是变得理所当然了许多?"他又道。

"你的意思是说……她说这段话是别有意义,它有着某种暗示?"

唐亦翔点头:"或许,她说这些话,正是她知道一些你所不知道的事情。"

"若是真的,那音音为何不直接告诉我?"

"也许,她有所顾虑,无法坦言。"

"这有什么好顾虑的?"我不明所以。

"我在想,极有可能,你爸与干妈的感情,是无法公之于世。"唐亦翔分析着道,"无法公之于世,这便是音音隐瞒它的理由。"

我知他这些话说得含蓄,他像是有所顾虑。

"你想说什么?我不明白。"我困惑道,"你直接告诉我,你的猜想。"

"我觉得……"他看了我一眼,再低沉说道:"音音,有可能是私生女,是你的妹妹。"

我当下一怔,但随即不予置信地摇头:"不,这不可能。还是那句话,这些都是猜测,只是猜测。"

"那你认为这种猜测有无可能成真?"他反问我。

我无言以对。

"其实,这些你亦是想到了。"他轻叹,"不必自欺欺人。"

父亲有婚外情?音音是我的妹妹?她在最后时刻见我,真是这个原因吗?

那音音的自杀,会否与这些事情相关呢?

现在要如何得知它们的真相?

"就算我们现在无法得知罗密欧的身份,但至少,有一件事情有了头绪,那就是音音邀你上天台的原因。"唐亦翔注视着我,直言不讳,"尘朵,就算你不愿相信它是事实,但你想想,这一切仅仅用巧合解释说得过去吗?"

我再次沉默。

"你难免会有疑虑,其实要知道它是不是真的并不难,只要找到这个叫欧阳女士就能证实。"

"可是连向叔都不知她的地址,除了当事人,恐怕真无人知晓。况且,时隔多年,也不知向叔有无记错。"

"既然有人知道,就不算无人知晓,要安心找,不会找不到。你这么说,压根是在找借口。"

他的话我未有听进去,我将目光投向别去,环抱手臂,心绪纷乱。

"再说吧……"我低了声说,"我有些困,想去睡了。"

我欲侧身回屋,唐亦翔探手拉住我:"我知你在想什么。"

我停住步履,侧首看他,月光下,他的眸,如头顶星光,明亮分明。

"你不懂……"

"我懂。"他不容置疑地打断我的话,"你曾给我讲过,你极爱你的父亲,他在你的心中是最完美的父亲;可是,你要知道,人无完人，就算是最让人崇敬的英雄，亦不可能没犯过丝毫过失。我们已寻到这步，眼看答案就在不远处，你不想靠近它、亲手揭晓它吗？如果真的不想，最初你为何还要寻呢？"

"可是我从未想过这种答案……"我猛觉鼻子发酸，"唐亦翔，我害怕……我害怕那个答案就是我们预测的那样，我情愿，回到最初，我情愿，安于现状，就算，我所看到的，只是，平静的假象……"

我无法再说下去，眼泪悄然滑下。

"或许，这是天上的音音想告知你的东西，你不是也说过么，你觉得冥冥中有她的牵引。"唐亦翔缓缓说着，手掌覆上我的脸，用手指轻抹我的泪滴，"尘朵，无论我将来是否四处漂泊，但前面这一段路，就让我随你一起走，不管遇到什么，我都会陪你一起面对；这一路你我同行，我在你的左边，你在我的右边，不必害怕，右边的位置只是你的，我会一直把它留给你。"

"右边的位置……留给我？"

"看来，你不明白它的意思。"

"是不明白。"

"由此可见我比你聪明，所以我不需要神明的护佑。你没听过么……"他给我一个鼓励的微笑，"因为，菩萨，保佑。"

我注视着他，目光无法再移开。

前面，纵然是遮眼的暗，我也不必似瞎人摸索，更不必有孩童的胆怯，我依旧从容前行，只因左手有你的牵挽，还有什么，比手中的这份力量更让人感觉安稳踏实的。

原来，勇气与力量，仅是一种眼神，一个动作，抑或只言片语，就可以完全赋予的，只要有这么一个让你感觉到它存在的人。

"发什么呆？"他轻拍了一下我的肩，"不是困了吗？回屋去歇息吧。"

　　我微微点头："你呢？"

　　"我还想待会儿。"

　　我再次点头，缓缓走开，当进屋时，我不由停下来。

　　我回了头去看，见他正注视我。

　　这瞬，当我们视线相碰，都没有回避彼此的目光。

　　我们都明白，有些话，我们皆无法坦言，因为一个名字。这个名字，他忘不了，而我，终究也抹不去。

　　只是这一刻，请让我们留在彼此的视线，纵然终有一天会走远不见。就像，片片落英，飘散之前，它是花开，你一定记得，它曾那么好看。

第十五章

次日，我们离开洛安回到苏州。

在车上，我睡着了，到站后，唐亦翔叫醒我，我才发现自己竟一直依偎在他的肩膀。

抬起头，我有些尴尬，倒是他，痞里痞气地一笑，故意用手揉了揉肩："图你睡个安稳，我连动都不敢动，待会儿你得请我吃顿好的。"

话虽这么说，当路过一家餐厅我提议进去时，他却说在我家吃我煮的面条就好，他说他喜欢那个味道，而且，在家与在外吃饭，真是两种感觉。

说时像是玩笑话，但他那种心底的孤独感，我却有所体会。

到家后，我煮了面两人吃完，乘他进厨房洗碗，我找了个借口出门。

去到附近锁店，我将钥匙配好，再返回到家。

他正坐在沙发上吃着水果看电视。

"我切了水果，快点过来吃。"见我回来，他扭头含糊说了句，继而又去看他的电视。

我微微一笑，走到他的跟前儿，将钥匙放在了茶几上。

他没在意我的动作。

我在一旁坐下，拿了块水果边吃边说："这把钥匙是我刚出去配的，你拿去。"

他侧首，只是看着我，没有做声。

"你说你住的旅馆挺方便的，但不管如何方便，到底差个厨房。虽说我这地儿不宽敞，不过这个厨房可以借给你，反正我们公司有工作餐，我有时候不回家吃饭，对我没影响。"

他微笑，探了探身，拿过钥匙放进兜里："不枉我之前借肩膀给你当枕头。"

不得不承认，他这句玩笑话，让彼此间少了许多局促，至少，让我说出这席话后，没有感觉丝毫难堪。

"我想了想，你说得极对，既然走到这步，我就不该顾虑犹豫，止步不前。"我说。

"每个人都会遇到犹豫的时候。"他一副了然的表情："我知你敢爱敢恨，万事总希望通过自己得以结论。这种性格，当然不会半途而废。"

我故意咳咳："这话，不像是赞美。"

他未作反驳："还好你没误会。"

"说正事吧。"我忍住笑意，白了他一眼，"昨天你说只要找到这个欧阳女士就能证实许多事情，话说起来简单，但真要找的话，该从何入手呢？莫非去请私人侦探？"

"没那么复杂，就从我们所知的着手查。"他应道，"至少，我们知道我干妈确实与你爸是旧识。"

我点头细听。

"在干妈干爹去世后，这个欧阳的出现绝非偶然。她自称是干妈的旧识，还拿着一张干妈的相片，这点显然有所准备，而这张照片后面的词恰恰与你爸的画又如出一辙。你不妨做个假设，假设这个欧阳女士就是你爸叫来的，抑或者，她和你爸是朋友，是你爸让她来领养音音，故此你爸与这个欧阳女士就应是认识的。当然，这种假设只是针对你而言，而在我看来，它就是事实。"

我有所领悟:"你的意思是说,我应该从我爸的交际圈去寻她?"

他做出个满意的表情。

"这不可行。"我微微摇头,"我爸去世很久了,他的那些朋友我连样子都记不得了,就算有认识的叔叔阿姨,那好像也是甄姨的朋友。"

"你怎么知道你甄姨的朋友就不是你爸的朋友?夫妻俩的人际关系自然是相关联的,就算你爸去世很久了,但总有人是看着你爸与甄姨他们一路走过来的,不着急,你慢慢想,把当年与你家有过来往的那些人统统想一遍,与你爸走得近的……"

"走得近的……韩祁顺。"听着唐亦翔的话,我倒想起一个人来,"就是韩溯的父亲,他一直和我家走得近,不过前些年他出国定居了,我没有他的联系方法。"

唐亦翔浅笑:"既然这个人是韩溯的父亲,你要获取联系方法,应该没什么问题。"

"说得倒轻巧,我若问他,万一他不说呢,最后反而一通电话到甄一娜那里嚼舌根。"

"你爸不止他一个朋友吧,他若不说,你可以问其他人,就像前次我找王孜茜她们,还不是挨个儿问的,这人不知那人知,那人不知还有另外的人知,总会有人知道,整件事情,只要知道从何着手就好办了。"

唐亦翔说得没错,如同我们走至今时,不也就是慢慢梳理摸索到此的。

见我发怔,他慢条斯理地道:"更何况,他若去对甄姨说了未必不好,你甄姨酌量一番,认为时隔多年,索性全盘托出,于你而言,倒省去不少事。"

"你这话什么意思?"我听出他话里有话,"你觉得甄姨知道所有事情?"

"知不知所有,我不敢肯定,但至少知道一部分,而且这一部分,对于我们来说却很重要。"

"你如何确定甄姨知道?"我质疑。

"你告诉我的。"唐亦翔针锋相对似的应道。

"笑话,我什么时候说的,况且外遇这种事,定是竭力隐瞒,就算我爸有……他也不会让甄姨知道,从而伤害她。"

"不管如何竭力隐瞒,外遇这种事,只要种子埋下,迟早会破土,而当一个人带着这种邪念亲手掘土之时,对站在他身边的那个人就已经是种伤害了,就算那个人选择睁一只眼闭一只眼。"唐亦翔坦言,"这么说,兴许你会不高兴,我并不是不尊敬你父亲,但你有没有想过,你一直对你甄姨有所误会,你对她的判断,并不客观。"

这种话,韩溯亦是说过。

为什么两个性格完全不一样的人,竟会说出相同的话。

看来,我真该反省自己了。

"我之所以说是你告诉我的,那是因为你曾对我说过你与甄姨的关系,虽然讲得不多,但我记得,你曾提过,甄姨与你爸常争吵,你说甄姨这人脾气不好,为人任性,她当年甚至一把火把你爸的小船给烧掉了,这些都是你亲眼所见,所以这么多年,这一幕幕始终在你心底。当然,或许除了这些,还有你不想告诉我的,那些事对你的伤害更大,但不管怎样,你忽略了事情的起因,有因才有果不是?"

"就算只是看到,但我认为……"

"唉唉,又来了,你有没有注意到,说起那段往事的时候,你说得最多的就是'你看到'、'你记得'、'你认为'。"

"那又怎样?"

"我的一句'并不客观'没错吧。"

听罢,我未作声,但心下却异常平静,自是奇怪,他这番话,何以我听着并不生气?

"你再想想,如果甄姨不爱你爸,书房的那幅画她早扔了不是?干吗这么多年了还挂那儿碍眼,要知道,这画,可是你爸画的。"

经他一提,我也不得不想到爸的书房。彼时,那书房是爸亲手布置的,里面的书籍皆是爸买来的,这些年来,书房未曾有丝毫改变,包括那幅画的位置,就算甄姨与忠叔结了婚,书房也依旧保持着从前的模样。

"其实,我一直觉得甄姨知道许多事情,但这种事情,提及毕竟伤心,况且,她还在生病。"唐亦翔又道。

重提往事,亦需勇气。

莫非我所见的,真的只是自己一味妄下的结论么?

如果确是唐亦翔说的那样,甄姨这些年来承受着怎样的一种痛苦?

那么,父亲的离开,我亲眼所见的那一幕,究竟隐藏着怎样的真相?

第十六章

将韩溯约到"旅人的月亮"。

自唐亦翔那番话后一直心心念念,第二天赶紧将韩溯约了出来。

韩溯一如既往地坐着,从容不迫的样子,点了喜欢的咖啡,微笑着看我。

皆是常态。

曾试着去想象他喜怒分明的样子,可惜,怎么都想不到。

兴许吴雪乔说得对,他真的是太好。

尔态儒雅,似若美景,只可惜,我不是那个慧眼识景人。

"这几天好像挺忙?"他说道。

"是的,现在公司人手不够,一人得干两人的活儿。"我应道。

"除了工作呢?"他又说,语气依旧寻常。

我听出他话有所指。

"总之是忙。"我假装不懂。

"前天本想约你吃晚餐,可是你不在家。"

"哦,我是不在。"

"而后想约你吃宵夜,你还是没在家。"

他怎么知道我不在家,我明明给他回信息说睡觉了。

见我诧异,他又道:"想到是周末,所以直接去了你家,结果敲门你没在家,我就待在车里等你。"

他闲谈般地说到这里,但话未尽,我耳根子已然发烫。

韩溯虽未挑明说,却很明显知道我前天彻夜未归,而且,我还谎称了自己在家。

他笑了笑,没再说下去。

许是看出我有些不知所措,他便开口道:"今天你约我来,想必是有什么事吧?"

"今天我找你……"我稍作停顿,再道,"我想要你爸的联系电话,我有些事情想问……想咨询。"

"哦?"他颇为意外,语气却仍是平和,"咨询?那么,可否说说你想咨询什么?"

"韩祁……韩叔叔他不是医生嘛,我……我想咨询一些医学上的事。"

我知道自己的话太不可信。韩溯当然知道我对韩祁顺就像对他一样从无好感,以前韩祁顺带着他来家里玩儿,我只当视而不见,这种种姿态就可看出许多问题。

他注视着我,像是要看进我的心底。

稍待,他拿出手机按动着,随后,我的手机响起信息声,我一看,是他将他父亲的联系号码发到了我的手机上。

我抬头对他说谢谢。

"等段时间,我想去旅游,我们一起去。"

"怎么突然想去旅游了?"我极为意外。

"想了许久了,只是没找到合适的时间与你说。"

"我的工作……"我只得拿这个做借口。

"没事。"他打断我的话,"我等你。"

我不知如何回答。

韩溯看着我,就这么看着我。

"韩溯，我不知道你……"

他再次笑着打断我："等了那么久，就不在乎再多等，不过，还是不要让我等太久，因为就算是男人，我也不甘愿年华就这么白白溜走，不是我吝啬时间，实在是我担心有一天成为走不动的糟老头，那个时候，我就没力气陪你看风景了。"

我注视着他。

他的语气无异，唇边有笑，眼神坚定。

我真的不理解他对我的爱来自哪里，或许这样说，他什么时候爱上我的？但我不会问他，也不能问他，因为，我一直清楚自己的心。

在最好的时光里，与最想在一起的那个人，携手看最美丽的风景，这并不是一件容易的事。

它到底有多难？

时光易逝，爱人难求，而当两者实现，其实，满眼都可见最美的风景。

不管它有多难，我愿相信一直有人在实现它们，我愿相信他们真的领悟了幸运，以及，真的懂得了它的可贵。

"不管你对我有什么误会……"

"韩溯。"这次，我打断了他的话，表情凝重地道，"不管我对你有过什么误会，那些都不算什么，但是，我真的想你明白一件事情，不是因为甄姨的病情，我真的不会与你订婚，真的不会。"

"嗯，你已经说了多次了。"韩溯并不生气，微笑着端起杯子喝下一口咖啡，再缓缓道："还记得么，我曾说过，夜晚的这里才是最美的。说的时候，其实话才说一半儿你就走了，这次，我把它说完，你别打断。"

我只得让自己心绪恢复平静，然后点了点头。

"最初，我并不知道这里，有年暑假，我回国度假，无意知道了这里。起因是我一个好友说他想开一家咖啡厅，不多时，他邀我到此，说准备从一个女子手里接手这间咖啡厅，问我意见，我一看就觉得不错，我建议，这里什么都不要改变，包括咖啡厅的名字，后来，他真的将它接了过来。因为朋友的关系，当然也的确喜欢这里，故此常常来。你一定不知道，在你念高中时，这里的老板，其实就是我的朋友，虽然你说过你以前常常来这里。"

他这番话是什么意思？我顿感莫名其妙，我当然知道这个咖啡厅已经多年。

"栅栏旁的这棵大树……"他接着道，"也就是这里，此刻，你坐的位置，是你一直喜欢坐的位置。而你不知，背后的大树，其实还有一个位置，因为这棵大树挡住了它，你便不曾注意到它，所以，你不知，那是我一直喜欢坐的位置。"

"哦？"我微微侧首，"我确实不曾注意到它。"

"在我朋友经营这家店的时候，有一个晚上，我一如既往地坐在我喜欢的位置上，本以为这晚如同往常一样，喝点东西，看看夜空，放松心境，未曾料想，就在我差不多准备离开时，有人走过来，坐在我背后的位置，我听到她小声地哭泣，大概是这晚没什么人，她哭出声来，虽然声音不大，可我听得分明。我知道这个时候我若出现不好，所以我就一直坐在她的身后，听着她哭泣，当她哭声渐止，我听到其他动静，她像是写着什么，因为时不时地有撕纸声，一页一页地撕纸声，我想着，她是在写什么呢，就这么一直写，一直写，不久后，我终于得到了答案。听着她离去，我离开座位走出来，我看到地上，有一张不小心遗留下来的纸，我拾起它，但见上面一排排地写着'顾尘朵，梦想成真'。"

我看着他，意外之下，有种东西，缠住我心，它一圈又一圈地

朱丽叶的秘密

绕，随着他无波无澜地述说，却将我心缠绕得愈来愈紧，让人不得不去感觉它的存在，那种会叫人心痛的存在。

让人想要流泪。

我克制着泪水，尽管它已在眼里徘徊。

"甚是巧合的是，4年前的一个夜晚，我又坐在这里，这次我刚坐下不久，有人拖着什么东西走到我的身后，她哑着声音向服务员要了杯果汁，这个声音，虽然有些沙哑，我却听出是谁，我不禁一笑，待我刚想打个招呼时，她给朋友打去了电话，她说她现在很开心，因为她已经离开家了，这次，她再也不会回去；这次，她终于可以离开那么讨厌的甄家以及那些讨厌的人。我听着她的话，不禁难过，因为我听不出她所谓的开心，不仅如此，我似乎还能感觉到她在流泪，压抑着心内的那份难受，泪如雨下。"

我的视线不禁模糊，我仰了仰头，但还是有泪水掉落下来。

"我是个相信缘分的人，每个人的相识都是一种缘分，我珍惜它，珍惜因它而让我相遇的人，兴许，前世来生她皆与我无关，所以今生若不把握，那就永无机会重复这种相遇了。其实，我们老早就认识，以前我只想与你做朋友，或者这样说，我希望不被人厌恶，所以在甄家我一直向你示好，想与你做朋友，那时只是单纯地想着我去你们家时，那个小女孩可以对我笑一笑，而不是次次的冷眼，然而上天好像不是这么安排，它似乎一次又一次地告诉我'韩溯，你要知道，这个人对你很重要'。"

"原来，你早知道……"我想说他早知道我的心事，喉咙却一下哽咽，无法言语。

"我知道你觉得我花心，我不想解释，是因为我觉得你能看清楚，只是时间问题而已。"他又笑笑，说道，"相反的，我恰恰觉得自己太欠缺恋爱伎俩，我一直认为，我们不是孩子，有些东西，

朱丽叶的秘密

更适合让彼此逐一感受它的深邃与意义，而不是全然做出放于眼下，因为我想握牢的不仅仅是三个字，而是彼此的一生。你记得那个相册文件夹吧，我之所以将它命名为属于我们的一天，是因为我真心希望保存下我们在一起的每个日子，彼此的每个一天、一天加一天，重叠累积，不就是彼此的一生。"

"你为什么突然告诉我这些？"

"也不算突然，前天就准备告诉你，只是又失去了机会，我怕今天不说，以后说出来于你而言也没了意义，毕竟……"他垂眼稍作停顿，再抬首看我，"我已经看到过他多次。我在想，或许他只是你一个最好的朋友。"

我当下领悟到韩溯话里的意思，这个"他"是指唐亦翔。

我没有解释。

傍晚。

回到家，见到唐亦翔。

之前已告诉他拿到了韩叔的联系电话，于是，两人商量着怎样在电话里说。

我对他说了我以前对韩祁顺的态度，他在一旁故意唉声叹气，称我性格比他还古怪，不懂拉拢邻里乡党，脾气作祟得罪人多。

见我只是瞪他不答话，他偏偏露出欣悦之貌，拿了个苹果咬。

我拿着手机刚拨打过去，他又开口提醒我切记对方是长辈，定要注意语气。

我连说记得，再斥他啰嗦之时，对方电话通了。

我示意他噤声。本以为打听下来颇费周折，未曾料想，我才小心翼翼说了几句无关紧要的客套话，韩叔已然笑道问我是否有事要问。

朱丽叶的秘密

经他一说，我不再拐弯抹角，问及他知否我的父亲有一位欧阳姓氏的女性朋友。

他像是有所顾虑，但终究开口应答"是有"，并告知我，确切说来这位欧阳女士，应是甄姨旧识。

正待我蹙眉困惑间，唐亦翔靠过来在我耳畔提醒我，务必问清楚那个名字。

我连忙再问韩叔那个欧阳是否全名欧阳立夏，让人意外的是，他说不是。

听罢，我朝唐亦翔轻摆手，唐亦翔点头，嚼着苹果，似有所思。

我向韩叔打听着有关欧阳的事情，谁知他未作过多言语，只道不了解，还说那些陈年往事我真没必要过细打听，况且他当真记不清了，确切地记得的一点，就是后来欧阳搬离苏州，具体去了哪里他亦是不知。

既已如此，我也不好再过多询问，于是只得作罢，客气道谢。

韩叔再次笑道常联系，并告诉我之前韩溯给他打过电话，还传了一些我们的照片给他看，看到我们这样，他很高兴，末了还说："尘朵，这一直是我与你甄姨的心愿。"

挂掉电话，我怔怔握着手机，我不由想到，韩溯之前给他父亲电话，一定替我说了许多好话吧。

唐亦翔让我把韩叔说的话再重复说给他听。

说完电话内容，我叹道："没想到，欧阳不是我爸的朋友，却是甄姨的朋友，只是，韩叔不知她去了哪里。"

"很明显，他是不愿给你透露太多。"唐亦翔说，"不过，他能告诉这些，亦算不错了，毕竟，他有太多顾虑。"

"顾虑？"

朱丽叶的秘密

"你不觉得他叫你没必要过细打听，这一点，就恰恰能看出什么吗？"

"大概我问得比较细致，所以他叫我没必要这么过细询问旧事。"我不由说。

谁知唐亦翔摇了摇头："他是在担忧，这恰恰就是他的担忧之处，若我猜得不错，你今天这么一问，确实让他极为意外，他也一定会告诉你甄姨。我现在更是确定，你甄姨一定知道什么，那些事情，她缄默不语，藏了多年。"

"那刚才韩叔为何不直接说他什么也不知道，连这个欧阳都不知道？"

"你都已经说到欧阳这个名字了，这不就表示你知道一些什么了吗？他索性断了你念想，说那人早早搬离苏州，提醒你莫要再去白费力气寻她了。"

"那么，这个欧阳女士到底还在不在苏州？"我不禁自言自语。

"其实，他这么刻意一说，倒是很有问题。他好像担心你去重翻旧事。"唐亦翔思索道，"他们不愿往事被人所知，那么这其中就一定有什么，它到底藏有什么秘密？绝口不提，乃维以护之，莫非如此……"

说着，唐亦翔抬眼看我，见我失神，不由探手过来拍我肩。

"你今天怎么了？"他仔细看我眼睛，"双眼无神，心事重重，你今天遇到什么事了？"

"没事。"我简单应道。

他莞尔："今天上午通电话时，你的语气甚是轻松，下午……难道是与韩溯有关？"

我抬眼看他，见他脸上虽是一贯吊儿郎当的笑意，但眼神中却是满满关切。

"韩溯突然提出我们去旅游,还说只待我何时有空,他等着我。"

"那你愿意去吗?"

"我曾说过,有些女子,并不一定非要做海岸,她可以做船上的帆,伴船遨游。"我看着他回答,字字清晰,"只是,我不知那个人的心思,不知他愿不愿意让我同行,而我要的这种同行,不是一时片刻。所以,我想与谁同行,才是我愿意的。"

唐亦翔看着我,唇边的笑容渐渐隐去,继而,脸上是几多复杂的神色,但极快的,就全然被他唇边的那抹痞里痞气的笑意代替。

"这话有点像绕口令。"他嘲弄似的道,侧过脸去,拿起外套,"我先走了。对了,那个彩扩店有点眉目了,这几天不能懈怠。"

"是吗?那就好。要不我向公司请假,然后我们一起去找这些线索,免得我老是挂牵。"

"这倒不用。"

"那欧阳这条线索是否放弃?"

"当然不能。你好好想一想这些年来甄姨一直有联系的朋友,而且是交情较深的那种朋友,总之一定要寻到欧阳这个人。"

"你认为现在甄姨还与这个欧阳有联系吗?"

他点头:"既然她们是旧识,并且她能去领养音音,说明交情非同一般,不管她搬到哪里去了,也应该会有联络的。"

"那就不必兜圈了。"

"哦?"唐亦翔侧头看我,"你想怎么做?直接问甄姨?"

"既然如此,那么她手机里就一定存有这个欧阳的电话。"我坦言,"只要拿到她的手机得到欧阳的号码,这样就省去不少事

朱丽叶的秘密

儿了。"

"甄姨家不可能没有电话,你找什么借口拿到她手机?"唐亦翔一笑,"莫非,你想回去做小偷?"

"就算是偷,也只是偷看。"我应道,"总之,我一定要弄清楚曾经发生过什么,弄清楚音音的身世。"

第十七章

　　打开门，看到之凉灿烂的笑容，她手中提了几个袋子，像是刚逛完街。

　　"真累，真累，老早就叫你租个有电梯的公寓了。"她喘气道，"刚在你家附近逛街来着，猜你现在应该在家，所以上来坐坐。"

　　说着，她径自走进屋，将袋子放在茶几上，随即倒在沙发上。

　　"你又买了什么？"我瞅瞅那几个袋子，无奈地说。

　　"你忘啦，后天是启扬的生日。"之凉笑道，"当然，还是我自己买得多。"

　　"你不说，我还真忘了。"我从冰箱里拿罐饮料给她："不过人人都会过生日，又不是过大寿。"

　　"你又有多久没回去了？"她撇嘴，"甄姨前几天还提起过你，你不知道，她盼着你回去，这段时间天气转凉，她天天叫佣人煲汤，说没准儿你会回去看她，到时就能喝上新鲜热汤，结果你没回去，倒是我这几天去得勤，所以替你喝了。"

　　"反正我这几天是得回去一趟。"我语气平淡地应道，"你次次来我这里都要当说客。"

　　"你毕竟是我好友嘛。"

　　"得了吧，你不如直接说，你想当我弟媳。"

　　"你这么说我可不待见，你是我最好的朋友，雷打不动。"她又抿唇一笑："怎么说这几天得回去？你不是记不得启扬生日了么,看来你还是惦记着你老弟的,就知道你是刀子嘴豆腐心。"

"不是有事我还真不想回。"我白了她一眼,"你以为我与你一样,没事天天往甄家跑。"

她笑着靠过来,拉住我咬耳朵:"快说说,什么事,我保证不告诉别人。"

"我得清楚……"

言及此处,我想起唐亦翔的话来:"我们所见所闻,一切与音音有关联的事,以及我们两人对此说过的任何话,除了你与我知道,不能再告诉任何人,连你最好的朋友都不可以说。"

想罢,我才接着道,"我得弄清甄姨的病情,她离开医院回到家也住了一段时间了,若真无大碍了,我也好与韩溯摊牌了,你也知道,我最烦心的事儿就是这个。"

"是吗?是吗?"之凉故意嗤之以鼻,"你是该烦心。谁叫你一直脚踏两只船的。"

"行行好,别乱给我恶名成不?大不了我不管你跟顾启扬的事情了。"我故意求饶似地道,"你委屈不委屈,我都不管了。"

她笑起来:"那就安个'心有所属'的名儿可好?"

我但笑不语。

"看吧看吧,我就说对了,你真爱上他了?"

"你真三八。"我笑道,未否认。

她用肘弯碰碰我,"那个唐亦翔准备留在苏州?你上次不是说他待不了多久吗?"

"我也不知道。"我如实道。

"既然如此,你还选他,不选韩溯?你到底什么眼光。"之凉叹气,随手拿起抱枕打我一下,"喂,我真看不出来韩溯哪里比不过那个唐亦翔,到底是因为什么事情,你始终对韩溯毫无好感?"

"可能，他就是太好了。"我笑笑，未曾多言。

一个人在另一个人眼里太过完美，未必就是一种好。你在我眼前，纵使面对面的距离，却还是两个世界，你在你的世界，我在我的世界。

"你上次说唐亦翔来到苏州是因为妹妹去世，照说来他妹妹的后事也办好了吧，怎么还待在这里？"

我拿起杂志翻着："我怎么知道，你去问他好了。"

"好心无好报，人家还不是关心你。"听我这么说，之凉又叹出一口气，"我只是想知道他是否为你留下的，常言旁观者清，我也想帮你分析下这个男人到底怎么样。若非关心你，我才不会问这么多，真是的。"

我知她是假装生气，我不由一笑，挽了她的手道："我知道你是为我好，他暂时还不会走的，虽然音音走了，但她还有外婆这些人需要人照顾，我们前几天才去看了她的外婆，大概他还会待上一段时间，至于待多久，我真不知道，我也没权利干涉。"

之凉点头，随即又疑惑道："不过，你怎么会陪他去见她外婆，你们的关系到底到什么程度了？"

"你别想歪了……"我忍俊不禁，"我去是有我去的理由，总之不像你说得这么离谱。"

听罢，之凉连连"哦"了几声，笑嘻嘻地提起袋子："好啦，你也不用解释了，越做解释越是掩饰。歇息够了，我先回去了，记得保持联系哦。"

待之凉走后，我靠在沙发上，不免想起启扬的生日，我是否该去预定个蛋糕？

转念一想，我的生日也不见他送过什么。

两不相欠最好。

朱丽叶的秘密

第十八章

周四。

日中时分。

我接到忠叔电话,他焦急地叫我立时赶去一家医院。

他没多言,只道是甄姨犯病,我得快快赶去。

来不及细问,我打车赶到医院。

甄姨躺在病床上,脸色惨白,脚上打着石膏。

忠叔在楼下办理相关手续。

我见病房里只有淑雯守着,我不由想到,顾启扬怎会不在?

一问淑雯,才知道甄姨不是犯病,是从轮椅上摔下来,骨折了。

见甄姨尚在昏睡,我将淑雯从病房里叫了出来仔细询问。

却见她唯唯诺诺,似有隐衷。

淑雯与我年纪相当,她一直唤我做尘朵姐,亦是随我称呼甄娜为甄姨,虽然此时我甚是着急,却也不好用尊卑之态质问。

于是我放缓声调问道:"这到底是怎么回事?甄姨怎会摔下轮椅,家里不是还有几个佣人吗?就算那会儿你不在,她们当时哪里去了?"

"尘朵姐……"

"我只是想知道这究竟怎么一回事,我知道这与你无关,你但说无妨。"

"昨晚是启扬哥的生日,他彻夜未归,今天上午回到家,却完全变了一个人。"

"变了一个人？"

"是的，他直冲进甄姨房间，并呵斥我们离开，尔后，我听到他对甄姨大吼，还不断地摔甄姨房间里的东西。"

淑雯的话让我万分诧异，顾启扬不是一直很孝顺的吗？怎会突然性情大变？

"那他现在在哪里？"

"我也不知道，他发完脾气，就冲出了家门，后来我们才敢上楼，一上楼便看到轮椅翻倒在地，甄姨躺在地上，吓得我赶紧联系忠叔，所幸甄姨只是晕过去了。"

我想起前几天之凉给启扬买生日礼物的事。

"他昨晚是和之凉一起离开家的吗？"我不由问道。

"昨晚之凉姐是来过，她还提了个生日蛋糕，不过她大概10点钟就离开了。她走后启扬哥才出去的。"

我大惑不解，顾启扬怎么会那么晚出门去且彻夜未归？他到底去了哪里，为何会回来冲甄娜娜大发雷霆？

"淑雯，你听到启扬对甄姨发脾气时说了些什么吗？"

"没……没有。"

"没有？"见到淑雯垂首不看我，我甚是奇怪地反问，"既然你说你听到启扬对甄姨大吼，你不可能不去注意，好歹你也能听到他在嚷些什么吧？"

"我只听清楚一两句，好像……好像是说，是说……甄姨是刽子手，不是因为她什么……"

见淑雯欲言又止，我连忙问："不是因为她什么？"

"我……我不知道，我没听清……"

"连起来的一段话，你怎么会只听一半儿？"我蹙眉追问，

"你怎地支支吾吾的？"

淑雯抬头看我，欲开口言语，目光却投向我的身后，不由唤道："之凉姐。"

我不由转身，但见之凉提着一袋水果站在我身后。

"之凉，你也来看甄姨。"

"是的，之前打电话给启扬，谁知手机打不通，我还以为他在家，结果电话打过去才得知甄姨住院的消息。"之凉禁不住问我，"出了什么事？"

"不知为何，启扬找甄姨大闹了一场。"我应道，"昨晚你来时，发现启扬有什么异常没有？"

之凉摇头："启扬切了蛋糕，喝了些酒，甄姨与忠叔都在场的，大家还闲聊着，就与往常一样。"

听着之凉的话，我不禁暗忖着这顾启扬又发什么酒疯？心下冷冷一笑，他整天长幼不分地训斥我这不对那不对，结果他自己呢？其身不正者，何人愿从之？下次别跟我讲什么大道理。

"淑雯，你先回家去拿些甄姨的日常所需品来，另外熬点清粥。"之凉忽然开口道，"这里有我与尘朵在，反正我下午没事，我会一直陪着甄姨。另外你回去后，与其他人不必多言。"

淑雯急忙点头，随即转身而去。

待淑雯离开后，之凉似乎才有所意识，这才侧头来问我对她这安排有无异议。

我虽说赞同，但这个细节，倒是让我颇为意外。

不知是我在这个家待的时间太少，还是我真的和这个家的距离太远，我竟不知道，之凉在甄家已有这般举足轻重的地位。

恐怕，在所有人眼里，我已不及之凉让他们感觉亲近。

不过，这样也好。

朱丽叶的秘密

之凉深爱启扬，虽说我怕她受伤害，但有甄姨与忠叔的支持，她也不算孤立无助，就算嫁入顾家，也不会一味受欺负，毕竟，之凉是我最好的朋友。

当天下午，甄姨醒过来，忠叔问她话，她摇了摇头，示意他不要问了，当忠叔说联系不上启扬时，甄姨就一直掉泪。见我们陪着她，她也未曾多言，只是双眼无神地看着天花板，思绪涣散，似乎是一直想着什么，但很明显她的心情极差。

之后，韩溯也来了，了解完甄姨的病情后，便到我的身边，似乎有话要说。

我们走到病房外。

"我来时给启扬去过电话，但是关机。"韩溯说，"人也不在公司。"

"不用打了，之前我们一直不断联系他，都未联系上。得快点联系上他，弄清楚个中细节，也不知道到底发生什么事了，刚才甄姨醒来一提到他就掉泪。"我不由低沉地问，"你们不是朋友么，不是隔三岔五在一起喝酒么，你就没读出他的心事？"

"你真高估了我。你是不是老以为我是神算，万事掐指一算皆可？"韩溯轻叹一口气，无奈地道，"况且，我们有段时间没见了。"

我有些不好意思地说："我只是以为他对你提过什么。"

"没事，我知你有口无心。"他安慰似的微笑道，"还好甄姨没什么大碍，我也问过医生，过不了多久她的腿就可恢复。"

我微微点头。

"你好像愈来愈关心甄姨了，她若能感觉到一定会欣慰。"韩溯柔声说道，不待我开口，又说，"待会儿一起吃晚饭？"

我刚想说好，包里手机响起。

朱丽叶的秘密

是唐亦翔打来的。

我示意我得接个电话,随即走到一旁去。

"你怎么还没回家来?"

"甄姨出了点事,可能要晚点才能回去。"

"她要紧吗?"唐亦翔关切问道。

"现在没事了。"

"那就好。我在你家,等了你许久了,见你还不回来,所以打电话催催你。"

"哦,有事?"

"我今天得到一条重要消息。"

"是什么消息?"我意外地道。

"电话里不好说,总之,你忙完了就速回。"

"好的。"

挂了电话,我走到韩溯跟前儿,告诉他我不和他一起吃晚餐了。

他似乎想说什么,最终未作多言。

别过甄姨,我赶紧打车赶回了家。

一进屋,见到唐亦翔俯首桌前。

见他陷入沉思中,连我开门进屋都未曾注意,我不由困惑道:"你在看什么?"

"回来了,你甄姨出了什么事?"他侧首看我。

"也不知道顾启扬发什么疯,和甄姨大闹了一场,结果甄姨摔倒,骨折了。不过,医生说暂无大碍。"

我边说边走到他身旁,原来他又在看唐音音留下的那本《罗密欧与朱丽叶》。

"这本书你都看了许多次了,你觉得它里面还藏有什么吗?"

朱丽叶的秘密

"我只是有些想不通。"

"你觉得有什么问题？"

"你再听一下这段话……"唐亦翔拿起书认真念起来，"我没法告诉你我叫什么名字，敬爱的神明，我痛恨我自己的名字，因为它是你的仇敌，要是把它写在纸上，我一定把这几个字撕成粉碎。"

"嗯，这是音音自杀前最后说的话，我与你都知道，怎么了？"

"你说，音音为何独独选上这一段话？就算她极爱这本小说这个故事。"

"这一点，我们也讨论过许多次了，不都一直没有答案嘛。"

唐亦翔抬头看我，"音音反复地念叨，只能说明这段话深入她心，相比之下，这段话更超过了这本书的重要，为什么这话这么让音音觉得深刻，或许，它与她的经历相关，它正是她的心声。"

"心声？"

"这样说吧，从一开始我们考虑得太多了，我们都往罗密欧与朱丽叶的故事这个方向去分析，如果重新去看，就单单从字面上理解呢？"

"字面？"我应道，"那很简单，她厌恶她的名字，厌恶到了极点，恨不得与之成陌，更恨不得这个名字彻底消失。"

"在你看来，她应该这么恨唐音音这个名字吗？"

"不应该吧。"我微微摇头，"你说过你干爹干妈将她视若珍宝，纵然他们去得早，但外婆却含辛茹苦地将她养大，最多她会认为自己命运多舛，但不至于恨极自己的名字。"

"兴许，这个名字有什么特殊之处。"

"什么意思？"我大惑不解。

朱丽叶的秘密

"如果按我们目前所知，音音极有可能是你的妹妹，她就应该有了另一个名字，抑或这样说，她有了另个姓氏。"

"你是说……"我恍悟，"顾音音。"

唐亦翔点头："正是如此。"

"那她干吗这么恨顾音音？"我愈加不解，"莫非……因为她觉得自己是私生女，觉得这很不光彩，所以她很气愤，她无法接受自己是私生女。"

"这就是我想不明白的地方。"唐亦翔只手托腮，缓缓说道，"如果她无法接受自己另种身份，那她干吗会找到你？你说她是新进职员，我感觉她进公司就是冲着你去的，只想在最后的时间里离你近一些，再者她邀请你上天台，在天台上说那一席话，不难听出，她是极度渴望这份亲情的，既然如此，她干吗还这么愤恨自己的名字？"

"也对。到底是为什么呢？"

"兴许弄清楚这点，所有事情都有了答案。这段话，就是整个事件的关键所在。"

"可是，它也是最难的。"我不由叹息，"所以我们只能一步步地找寻线索，逐细查证得来答案。"

"你信我判断无错？"

我知道他是指之前对我父亲的那些说法，因为我刚才自然而然地提及音音为私生女。

"还是等找到了欧阳女士再说吧。"我未有直接回答，"你在电话里说你找到一条重要线索，到底是怎么一回事？"

"我前几天不是告诉过你，彩扩店那边有了点眉目。"

"你真的找到那家彩扩店了？"

"对，不过店里的员工却换了，好在几经打听，终于找到了音音口里的小申。"

"太好了,那快快告诉我。"

唐亦翔点了点头,他讲道,小申起初听到唐音音这个名字甚是茫然,一直表示时隔一年,加之冲洗照片的人太多,他已是不记得这个人,唐亦翔仔细地给他说着音音的外貌特征,并拿出音音的照片给他看,小申终于记了起来,他说音音确实冲洗了多次相片,大多是合影,而且两人甚是亲密,外人一看就知他们是恋人。然而,小申虽是看到与之合影的那个男子,但是他想了许久,还是记不得那个男子的相貌了,只是记得他们合影的背景极美,空谷幽林,芳草花开,宛如仙境,让他印象深刻。唐亦翔不由问他是否知晓那是什么地方,小申回答详细地方倒不知,不过他曾好奇问起过,音音说起那是个小农场。听闻小申啧啧称赞,音音还应了句,景致虽美,美不过农场酿出的酒,那里的酒才是最美的,不仅仅是味道。唐亦翔追问他那酒是什么酒,小申却怎么想也想不起来了,只道音音当时确是提过那酒的名字,他记得叫什么熏。

听完这番话,我当下怔住,犹如晴天霹雳。

……

"这是什么酒?"

"陌上初熏。"

"别人送的?"

"我从晨光带回的。"

"晨光是什么地方?"

"一个小农场。"

顾启扬的话不禁回响于我的耳旁。

陌上初熏。

是陌上初熏?

朱丽叶的秘密

怎么可能？这怎么可能？不，不，这绝不可能。

我们一直在寻找的罗密欧怎么会是顾启扬？倘若唐音音是我的妹妹，那么顾启扬就是……

我不敢再想。

这一定是巧合，一定是巧合。

"尘朵。"唐亦翔轻轻推我一下，"你怎么了？"

我侧首看他，心绪芜杂，我该告诉他吗？

不管怎样，顾启扬和我也有血缘。

如果这一切是真，我该如何面对？唐亦翔该如何面对？我们是该为音音讨个公道，还是该风过无痕，让秘密依旧成为秘密，宛如一切尚未发生？

这究竟是怎么一回事？启扬与甄姨争吵会否与此有关？他为什么要说甄姨是刽子手？

我忽然感觉头痛。

我垂首，用手抚了抚额头。

"你到底怎么了，怎么突然脸色这么难看？"

"我没事。"

"一定有什么事。"唐亦翔走到我身侧，蹲下身子，再抬头看向我，"到底怎么了，告诉我。"

他的声音异常柔和，他深深看着我，眼中写满关切。

我轻轻摇头，避开他的目光，咬唇不语。

他探手拉下我的手，紧握在手中："看着我。"

我再次注视他。

然而心内惶惶之感再亦控制不了，待我锁眉之时，眼中有些模糊。

"是因为……"他缓缓说着，"小申的话？"

我还是未发一言。

"你听了这段话，是否察觉了什么？"他注意着我的表情，一字一字地道，"是在最后……最后的一句话？是因为他提到那个酒的名字'熏'字？还是因为他提到了'酒'？"

凭他的智慧，他定能有所领悟，其实就算我现在不告诉他，他不多时也会明白，毕竟，甄家做的是酒的生意，顾启扬更与酒脱不了干系。

"陌上初熏。"我轻声道，"顾启扬最爱的一种酒，来自一个叫晨光的小农场，它就叫'陌上初熏'。"

唐亦翔吃惊的表情，溢于言表。

片刻之后，他像是腿脚发软，坐在了地上。

两人静坐，就此沉默。而心情，我想我们皆是相同。

须臾。

"我终于明白……"他徐徐地说："终于明白'我痛恨我自己的名字'是何意了。这种爱情，无法得以神明庇佑，只会沦为世人所不齿。你说，它又怎可不是神明的仇敌？"

我无法言语，唐亦翔的话和我所想无异。

"执手殉爱，绝地重生。"唐亦翔低低说道，眼泛泪光，"本以为是寻找另种永恒，到头来只是一场欺骗，只是一个傻瓜自以为是的完满，音音太傻，太傻。"

我想说话，只觉鼻子泛酸，眼泪落下。

太傻，世上有太多傻瓜。

绚烂，却只能绽放于黑夜。

绝美，却只隐于彼此心内。

所以，你我唯一能做的便是携手去到另一个地方，不能同生但求共死。

朱丽叶的秘密

上穷碧落下黄泉，这是真爱的执念么？谁人这么想？谁人又会傻到这么认真？

你一定要明白，它不过是一个人的臆想，绝非两个人所谓的天荒地老。

若非，你愿意成为另一个朱丽叶，成为另一个罗密欧。

我重新注视唐亦翔，终是开口："我知道这些事情有所关联，你似乎是真的认定……"

"难道，你还在怀疑？若非如此，你怎会马上想到陌上初薰？"不待我说完，唐亦翔便打断我。

"我不是怀疑，我只是认为，既然是这么严重的事情，我们就必须找出事实依据来，就算是最好的法官，也不能仅凭一种假设一种猜测就治了一个人的罪。"我接口道，"所以我才这么矛盾，矛盾着自己到底该不该说出来，现在，我只是想到它有可能相关，却无法确认。"

显然，我的话让唐亦翔很是生气。

"你真是自欺欺人。"唐亦翔冷言，"音音，她可是你的妹妹。"

"但是，顾启扬他也是我的弟弟。"我的眼泪再次冲出眼眶，我努力控制住声调的起伏，"音音与我，我们没在一起生活，但是启扬与我，却是住在一个屋檐下，所以我了解他。虽然，我与他之间有隔阂，但我知道他的为人，就算他有些倔强，做事却有分寸，我不相信他会做出这种事。也许，真的是巧合，我也很想弄清楚，至少，我们应该谨慎一些，至少，待我联系上顾启扬再说。我以为你该理解我的矛盾。"

听到我这么说，唐亦翔没有回应，他沉默不语地站起，继而侧头看了我一眼，最后一声不响地拿起外套与包就此离开。

朱丽叶的秘密

我明白，他心情不比我好。

我木讷地坐在那里，思绪如潮。

许久之后，我终是想到了什么。

我赶紧进了卧室，从抽屉里拿出在阁楼上拾到的那个塑料娃娃。

看了看腕表，11点钟了，但我还是按捺不住心内的想法。

我决定立时回趟甄家。

夜已深，大家都歇息了，我按了许久的门铃，才见睡眼蒙眬的淑雯披着外套来开门。

见到是我，不免讶异。

我问她启扬回来没有，她说没有。

见我急急地直往里走，她不明所以地说忠叔在医院陪着甄姨也没在家，我一挥手叫她可以去休息，不用管我。

听我这么说，她未再多言，却一直跟在我身后。

我也不再理会她，直奔顾启扬的房间，她站在楼口张望，我干脆将门关上。

拉开抽屉，翻看柜子，我告诉自己，不能放过这房间里每一处地方，如果启扬真的与音音有关，那么不管他怎么隐藏一切，总会有一点蛛丝马迹。

一阵翻箱倒柜之后，我找到了一个上锁的小盒子。

我拿着锁看了下，决定撬开它。

打开门，我见淑雯还站在门外，似乎是在注意着房里的动静。

我叫她替我把工具箱拿来。随后，我提着工具箱进屋，再次关上门。

不多时，打开了箱子。

朱丽叶的秘密

里面是一个音乐盒。

我打开它,看到里面的塑料娃娃。

她穿着纱裙,面目分明。

我将她放入掌心。

我从兜里掏出了另一个娃娃,亦是将他放入了掌心。

这一对娃娃,一男一女,笑意盎然。

注视着他们,我的鼻子微微泛酸。

他们会不会说话?他会不会告诉她,他们本是一对,是什么时候,他丢失了她,不见了她,他再也寻不到她。

用一世还你一瞬的错失,满世界地寻一个人,直到,我也消失。

这般想着,我的眼角有些凉。

我给音乐盒上了发条,听着清脆音乐声似潺潺小溪从盒子中徐徐而出,我像是闻到似曾熟悉的味道。

陌上初熏。

他将最爱的味道隐藏于音符间。

只为记住这样的香,记住这样一个人。

我想,这便是音音送这个音乐盒给他的原因吧。

音乐缓缓流动,我垂首,看到了盒子里面还有一本《圣经》,以及一本相册。

这本相册全是音音与启扬在农场的生活照。

难怪小申会说那里犹如仙境。

照片上,花草遍地,蝶舞翩跹。还有小小湖泊,水涟涟,光迷离;看湖面闪耀,如同盛满千万颗星,溢彩眩目,一湖旖旎。

许多张照片里,都能看到一间木屋,屋外墙上牵满了蝶状的紫藤花,远看像淡紫色的瀑布般流泻下来,近看又像是群蝶正贴于上面悠闲休憩，我能想象微风掠过，紫色羽翼随风轻扇的美好样子。

而照片上的人影，笑容灿烂清新得与这片好景自然相融。

看她光着脚丫，提着裙摆，与他嬉戏追逐。

看他躺她的怀里，她拿着一根小草逗他，他像是闭眼装睡，唇边却又失笑。

看她站在小屋前，伸着懒腰，一袭白裙，犹如刚睡醒的仙子。

还有两人在镜头前，各自端着一杯陌上初熏，笑呵呵地举杯自酌……

每一个镜头，都是一种完美的诠释，然则这种完美，像是抛却俗世，不沾染半点尘埃，让人不禁看之惊叹。

突然，我看着一张音音站在花簇中，仰头感受阳光的样子，愈看愈觉诧异。

反复地看它，我终是想到，在音音发给唐亦翔的邮件上，每一封信，都有同一种信纸，长发的女子站在向日葵间，仰首向上。

我忽然领悟，这便是她为什么选择那一种信纸的原因。

启扬，起阳，扬阳谐音。不仅仅信纸的感觉让她似曾熟悉，让她更为眷恋的便是那大朵大朵的向日葵，向日葵总是抬起头向着升起的太阳，他就是她的太阳，所以她会抬首翘望，朝着他的方向。

合上相册，我深知，这一切都是事实。

顾启扬，就是罗密欧。

心内那种滋味，极不好受。

如果我只是一个看客，我一定会祝福他们，因为他们是这么般配，除了祝福，别无其他。但是作为了然一切的我，是该对他狠狠地呵斥责骂，抑或一个响亮的耳光，还是更多地给予他怜悯？

我不由闭眼，深深呼吸，我不想让自己变得那么不理智，虽然此时，我心如刀割。

"朱丽叶，唯有你，明白我的忧；就如，只有我，懂得你的伤。"

我想起了那张纸片上的话，这段话，是启扬写给音音的吧，他明白她的忧，她懂得他的伤。

是的，没有比彼此更懂得彼此的人了，因为这种忧伤，只有彼此知道。

我想不明白，这场爱情，究竟是怎么开始，又为何偏要如此结束？

我回过神，略微思索，而后，我从相册中随意地取走了一张照片。

将盒子放回原处，我起身离开。

走在深夜的街道上，迎面而来的风吹得我有些冷。

点上一支烟，我裹紧外套，缓步前行。

心绪不宁。

我现在唯一想做的，便是找到顾启扬，拿着这张照片，求证事情的真相，而我所要的真相，也就是唐亦翔的期望，期望得到唐音音自杀的真相——她选择绝路是因为一个人的诱导。

这个人是顾启扬吗？可是，除了他，还会有谁呢？如果是他，他为什么要利用音音的病将她引向绝路？莫非一开始他是抱着同死之心，却未曾料想之后因为胆怯，而将自己的诺言弃之不顾，正如唐亦翔所言那样，他是害怕了。

想到这里，另种困惑也随之而来。

若是顾启扬在唐音音走后拿走了她的相册以及那个音乐盒，并且销毁了它们，此番作为不就是不想被人知道他们的关系么？那他为何又要留下属于自己的相册与音乐盒，这有些矛盾。

我始终有种感觉,这其中另有隐情。

如果唐音音不是受顾启扬驱使,那个人又会是谁?

父亲不在了,许多事情,就只有甄姨知晓。

我陡然忆起,之前淑雯说到顾启扬大吵时提到的"刽子手"这几个字。

难道,是她?

我想,现在是时候向甄一娜质问了,就凭我所掌握的东西,她也无法信口雌黄。

想罢,我在心下做好了打算。

长吁一口气,抬首一看,我这才有所意识,我不知走了多远,也不知走了多久。

可是,这又有什么关系?

放眼望去,天空很黑,但我无须担忧,只要怀揣信仰,纵意的暗沉便沦为假象,因为黎明在即。

第十九章

翌日。

我给唐亦翔打去电话。

在电话里,我对他细说了昨晚我所做的一切。

而后,我又说到我决定去找甄姨,问他意见。

他稍作沉思,表示赞同。

如此,我便去了医院。

走进病房,但见淑雯正在喂甄姨吃东西。

甄姨的气色稍好,她见到我,便微微一笑,虚弱说道:"朵朵,你来了。"

我点了点头,牵强一笑。

待我刚走近她,她便让淑雯出去候着。

见到淑雯掩上门,她示意我坐在她身侧:"你来得正好,有些话,甄姨要给你说。"

我未作声,只是心想着,待她说完她想说的,我再问吧。

"我知道,你最近私下在做一些事情,而且,离你想得知的答案,也越来越近。"

甄姨的话让我吃惊,她想说的,不正是我想问的。莫非她猜到我的来意?

"祁顺给我打过电话了,他在电话里劝我别再作隐瞒,如此下去不仅徒劳无功,反而令所有事情背道而驰。"甄姨缓缓说道,"这些天,我也在想,是否我真的做错了,许多事情,愈掩盖,却愈明朗,莫非,真的没人能违得了天意宿命。"

我安静地听着。一言不发。

"既然你在寻找欧阳阿姨,那你一定已经知道了许多事情,至少,你知道了唐音音这个女孩子,你是否很想知道你与她有什么关系?"

我这才开口道:"如果我猜得没错,她极有可能是我的亲妹妹。"

甄姨并不感觉意外,她点头:"是的,她就是你的妹妹,她比你小3岁,是你爸与卉秋所生,而这个卉秋,其实,就是你的母亲……"

我当下震惊:"我的母亲?可是我爸他说……"

"他没有告诉你实情。"甄姨接口道,"当初你的母亲不顾家人反对与他在一起,但不久后你母亲就后悔了,起初的勇气与浪漫渐渐被生活湮灭消亡,或许在她眼里,这个男人除了才华之外,真的是一无所有,她在他身上看不到明天,她早产的那天,你父亲已待在画室几天未归,正因如此,她对他彻底绝望,不久后,她便选择了离开,选择重新去寻觅一种全新的生活,或许,她把你留给你的父亲,就是要让他明白,他不是一个男孩,而是一个男人。作为一个男人,最起码的便是懂得肩负起什么样的责任。但不管她是怎么想的,在你父亲眼里,她都是一个抛夫弃子的坏女人,所以他恨她,或是因为想快快走出这片阴霾,抑或是因为你,所以当你父亲得知我对他的爱慕时,他没有拒绝,于是,我们很快便走到了一起,刚结婚那阵儿,我真的感觉是世界上最幸福的女子,我曾以为,这种幸福会延续一辈子……"

言及此处,甄姨眼神中闪过别样光彩,唇边泛开点点笑意,像是忆起旧时甜蜜,无奈的是只在刹那,眼中的光彩便消失不见,取

朱丽叶的秘密

而代之的是一种黯然。

"顾宇从来都不提及卉秋,从他作了那幅葬秋之画,便不愿再提笔,他改变了人生轨迹,像是为了我选择了从商,但我却渐渐发现,他只是选择一种方式逃避,就算如此,他也舍不得丢弃那幅画,许多次,我都发觉,他在书房里,对着那幅画发呆。"说到这里,甄姨禁不住自嘲地一笑,"我知书房的抽屉里锁有卉秋的照片,而且,祁顺以前也见过她……"

"韩叔叔以前怎么会见过我母亲?"我忍不住问。

"你大概不知道,祁顺与你父亲认识多年,那时候,我还是因为他,才认识你父亲的,虽然我和祁顺也是朋友,但远远不及他们的关系铁。"

甄姨所言,让我想起韩溯对我说过的话,原来他说的全是真的。

"我知道卉秋在顾宇心中的位置,但我想那都是以前的事,只要往后我们和和美美地过,其他,都无所谓了。然而,这终是我一厢情愿的想法,就在我们结婚的第二年,我们应邀到洛安县去参加一个宴会,在宴会上,经人介绍,我们认识了唐显夫妇,当时我就隐隐感觉,顾宇有些异样,因为顾宇的目光始终没有离开过他们,后来,我才知道唐显的太太,就是卉秋。不久后,我怀上了启扬,也就在那段时期,我发觉顾宇借着谈生意频频去洛安,我得承认,女人天生是敏感的,但是这种敏感并不一定就是空穴来风。俗话说得好,恨有多深,爱就有多深,不管以前顾宇如何看待卉秋,说到底,他对她还是念念不忘,当我知晓他频繁去洛安的真正原因是因为卉秋后,我万分悲愤,我再亦无法理智,那天,我们第一次争吵,那次争吵,害得我差一点流产,这件事后,顾宇有了一些愧疚……"

这怎么可能，如此而言，这个该满腹委屈的人却是甄姨？

我该相信她吗？

"但是，平静的日子却不过须臾，在启扬还未断奶时，我就发现了其实他们一直还在来往，甚至，顾宇还偷偷带你见了卉秋，我并不是个专横的人，就算要见，他也可以告诉我，因为卉秋毕竟是你的母亲，从顾宇的言语中，我知卉秋担心我对你不好，我愈想愈气，但又不得不担心，以后卉秋会否找了理由将你带走，我将你视如己出，我绝不会让任何人带走你……"言及此处，甄姨有些哽咽，稍作停顿，她再道，"我再三考虑，决定将启扬先送到我母亲那里，想着待以后家庭稳固了再把启扬接回来，于是我找了借口将启扬送到了国外，并告诉顾宇，在我的心里，你不比启扬的分量轻，你也是我手心的宝。"

听到这席话，我无法不动容，只是，甄姨说的都是真的吗？我在她的心中，真有如此重要？

我不禁想起，这些年来，无论我怎么对她，她从未对我说过一句重话，我以为，她是因为内疚，她对我的好，不过是一种伪善，而现在，我该改变当初那种看法吗？

"不曾料想，这种想法又是我的一种天真，后来顾宇竟向我提出离婚，那时，我并不知道音音是他的女儿，甚至连祁顺都劝说过他，说唐显与卉秋很是恩爱，说他还看到过他们一家三口其乐融融地逛街，祁顺反复地劝顾宇不必再一意孤行。"甄姨不由落泪，她吸了吸鼻再道，"我明白离婚不仅仅意味着失去他，也失去了你。我怎么想也想不通，与他结婚时，他明明说他会好好对我，他一辈子只有我这个爱人，可才多久，他就忘记了自己的话，这是为什么？是我做错了什么？我真的这么不堪吗？我质问他，他却总是沉默，只是说离婚对我们都好，所以，我们一次次地争吵，三天两头地争吵,我忍不住责问他,没见卉秋一家过得好好的吗?他为甚要这么愚蠢?他干脆什么都不答,他愈不解释,我愈气愤,我气得摔东西,我甚至气不过,一把火烧了他最爱的小船。这个中细节,最为了解的人恐怕就是祁顺了。他常常劝顾宇不要折腾了,就此好好过日子,但顾宇不听劝,还是坚持要和我离婚,祁顺见我日日垂泪,他常常过来安慰我,虽然他是我们的好友,但始终是外人,也不可能过多插手,除了这头安慰那头劝的,倒也别无他法。后来我一直在想,你见我们来往甚密,想必定生误会,但是我却不知该如何解释,不知该如何去告诉你谁才是导致我们婚姻破裂的始作俑者,因为我也说不清……"

"这不可能……"我禁不住打断她的话,再无法控制心内的波动,"我不相信父亲会这么不理智,不相信他会这么对你。"

在我眼里,父亲是一个多么温和的人,不仅仅是对我,而相反的,甄姨才会那么任性与冲动。

难道就若韩溯所言,我们相信自己的眼睛,以为所见就一定真实,但有时候,眼睛也是会骗人的。

甄姨轻轻摇头:"任何理智的人,在爱情面前,都有不理智的时候,哪怕仅仅是一时的失控,否则,那就不是真爱,就宛如,我对你父亲一样,我后来常常想,我干吗要一直留住一个不爱自己的人,倘若我早些放手,我的生活,或许有另种境遇。朵朵,我知道你很爱你的父亲,在你眼里,他是个完美的父亲,就因为你这么爱他,我不愿让他在你心中发生改变,毕竟,他已经走了……"

"你说这么多,无非是想告诉我,这一切都是我父亲的错。"

"如果我是这个意思,我早就告诉你了。"

"往事翻过,我不想回头辨别孰对孰错,但有一件事情,我永远不会相信,那就是父亲的死因。"我冷冷说道,泪水霎时冲出眼眶,"他真的是因为心肌梗死猝死的吗?"

甄姨不由深深吸了口气,我的话像是触碰到她藏于心内的最深的一道伤疤,她努力地控制着它带来的痛感,哑着嗓子低低地道,"不是。你的怀疑是对的。"

听到此话,我只觉头脑轰鸣,我不由刹那瞪大了眼。

"当年,你说得很对,笔筒边确实有一粒药丸,你父亲正是因为吃下了多粒这种药丸,所以导致了猝死。你父亲……"甄姨继续说道:"他是自杀的。"

我禽动唇,眼泪汹涌,却无法言语,只是微微摇头,难以置信。

"不管你父亲在你心里如何完美,但他终归做错了一件事,这件事,折磨得他痛不欲生,最后他选择了那种方式赎罪,只当与之同行,来告慰最爱的人。"说到这里,甄姨的声音微微颤抖着,"因为,他觉得自己害死了你的母亲,也害死了唐显。"

"不,这不可能,这绝不可能。"我的泪水已如决堤的潮水,而心下却似万箭穿心,疼得无法呼吸。

"但这是事实,你应该得知音音的父母是在一场车祸中丧生的,但除了我与祁顺,没人知道,这场车祸是因为你的父亲造成的。"甄姨探手握住我的手,是以安抚我的情绪,"顾宇是在祁顺的诊所拿到这种药的,后来祁顺才想到,出事之前,他无意对顾宇说起,这种橙色的进口药丸刚被查出含有违禁成分,国外已是禁止使用,因为这种药稍微服食过量,就会导致急性心肌梗死,而且服食后不能立刻喝酒,否则会加快心脏供血不足导致心肌梗死,且事后症状只能界定为心肌梗死,查不出更多,实在叫人恐怖,祁顺当时还玩笑说,药物本该是救人,却成了杀人凶器,真是太不应该,祁顺不曾想到,本是无意的一番话,却被顾宇记进了心里。"

"你是说……爸用这种药丸害死了他们……"我无法相信,断断续续反问,"可是,可是他们不是出的车祸吗?而且,我爸为什么要那样做?"

"因为,顾宇觉得卉秋欺骗了他,再次背信弃义。"甄姨应道,"卉秋与顾宇在一起,但她却不离开唐显,不知是因为物质,还是因为她真的爱上了唐显,当她无数次地答应顾宇要离婚,却又无数次地反悔,我能想象一颗心在希望与失望中反复会是一种什么样的感受。他与我闹得这么僵,却不料,卉秋对他终究只是欺骗,而最终因为一件事情的发生,导致顾宇走向绝望,采用了一种极端的方式来报复卉秋。"

言及此处,甄姨抬眼深深看我。

"因为什么?"我不由轻声问道。

"因为你。"

"我?"

"是的。在顾宇反复催促卉秋离婚之下,卉秋不仅没有信守承诺,反而将所有事情告诉了唐显,不得不承认唐显很爱她,最后他竟原谅了她,并且他还决定帮助卉秋要回你的抚养权,不久后,就在他们向法院申请办理抚养权变更之时,顾宇以谈判为由将唐显约了出来,他早早地等在酒吧里,替唐显要了一杯鸡尾酒,唐显来了,他看着对方喝完了那杯酒,只是,他万万不曾想到,卉秋一直候在车里。唐显夫妻去世后,顾宇整日待在书房里喝酒,我跟他说话,他像是失聪,我知他心境,想着或许过段时间就好了,有一天,他竟主动对我说话,一开口,竟跪在我的跟前儿,那个时候,我才得知唐音音是他的私生女,他说不管怎么说,孩子是无辜的,他希望能领回音音,希望我帮他这个忙……"

听到这里,我便能联系起之后的情景,正因如此,甄姨最终答应了他，所以她找到欧阳，让她帮忙找到邹氏看是否能领养音音，谁知邹氏却一口回绝，于是欧阳只得折回去告诉甄姨此举不可行，无奈之下，甄姨也只得退而求其次地帮助音音。

"只是，你为什么要用立夏这个名字？"

"因为，唐显与卉秋去世的这天刚刚是立夏，我用立夏这个名字寄钱过去，意义颇多，其中之一就是愧疚感吧，不仅仅是替顾宇，还有我自己。"

"这么说……你才是立夏？"

"是的。"甄姨点了点头："虽然当时是用欧阳的联系信箱，但每个季度我都会按时寄钱过去。那年顾宇终选择了离开，就在他自杀之前我们在书房还谈了许久，其实我当时还有些奇怪，心想多年来，他第一次对我说了那么多话，只是，未曾料想，却是最后一次。就这样过了多年，待到音音中学时，她开始给我写信，但我从未回过，因为我无法接受她对我的谢意，每每读到信里那些感谢之类的话，我都会多一分难过与内疚。"

"你说音音一直在给你写信？"

"嗯，几乎每个月都会写，也正因为这个原因，启扬认识了她……"甄姨重重叹息道，"这也意味着另一场悲剧的开始。"

"他们之间，到底是怎么一回事？"我不由反问，我明白这便是我与唐亦翔一直在寻找的答案。

"启扬刚回国的那年，有一天，我叫他顺道把欧阳那里的信件取回，也就是那次，启扬得知我在资助一名女孩，她叫唐音音，未曾料想，启扬就用立夏之名给音音写了回信。"

原来如此。可想音音收到第一封回信，是怎样的喜悦。

"于是他们见了面？"我又问。

"开始还没有，他们是在唐音音19岁生日这天见的面，他知道音音是名信徒，于是他们约定在苏州教堂外见面，音音带着一本《圣经》，而启扬带着一本自己最爱的书。"

"这本书……"我恍悟，"就是《罗密欧与朱丽叶》。"

"是的。他们见了面，还互赠了手中的书。"甄姨应道，"没想到，他们就这么相爱了，还爱得那么深。后来，启扬告诉我，他交了女友，他幸福地告之我他们交往的经过，我做梦都没想到这个人会是唐音音，对于他们的爱情，我当然反对，但却不敢说出其中理由，谁知我愈反对，启扬却愈坚持。"

听着甄姨的话，我真的没想到，启扬会对一个女子如此动心，就似那杯陌上初熏，他寻了多久？

忘我地醉倒在一种滋味里，一个人的一生，能有几次这样沉醉的时候？

醉之间，有之时，醒之间，空之时，这是幸，还是不幸？

"那天，我告诉他，他必须和唐音音分手，不然，我将收回公司，不认他这个儿子，谁知启扬顶嘴，我被启扬气得病倒了，见此，启扬答应我他会与音音分手，而且还会试着接受之凉。话虽这么说，其实我很担心，因为爱情这种事情，说起来容易，面对时却由不得己，更何况他们彼此深爱，不是一句话就可了结。果不其然，仅仅一个星期后，我便听得之凉说一个叫唐音音的女孩一直缠着启扬……"

"之凉？"我有些诧异，"之凉也知道这件事？"

"那倒不是。"甄姨应道，"之凉只是无意地抱怨，说起有许多次与启扬在一起时，启扬老是神神秘秘地发信息与打电话，有一次看电影时他甚至丢下她一个人，也不知道他去了哪里。得知此事，我甚为焦心，我不得不找到启扬谈，他坦言他已经越陷越深，见我仍旧反对得厉害，他甚至说他愿意搬出去与音音在一起，我怕他们铸成大错,于是我将实情告诉了他,启扬当下震惊了,他万分悲痛地答应我不再与音音来往。"甄姨接着道,"从那之后,他换掉号码,也不再像以前那样找着理由往外跑,每次我看到启扬静静地待在房间里喝酒,我的心里就很难过,我像是看到了当年的顾宇,可是,这段爱情除了结束,还会有什么其他的出路吗?"

我无法想象,得知真相的启扬会是什么样的感觉,那种心情,会否犹如剜心之痛?

"我知道这样对音音不公平,其实背着启扬,我让淑雯陪着我找到了音音,当她听说我是启扬的母亲,她就哭了,她听启扬说过我是一直资助她的人,但她也知道我一直反对他们在一起,所以她对我既感激却又委屈,她说启扬与她断了联系,她问我可不可以让她见见启扬,我说不可以再见,她哭着问我为什么不喜欢她,其实我打心底里很喜欢她,她清新可人,虽然她长得那么像卉秋,却没有卉秋世故的眼神,她的目光中满是小心翼翼,怯生生地让人心疼。对于她的哀求,我没法答应,我硬着心肠告诉她,希望她不要再找启扬,并希望她暂时离开苏州,待往后事情过了,她可以再回来,这样的话,对他们都好。"

"你这么做,对她极为残忍,这个时候,她能去哪里?"

我的心不免深深被刺痛,那个时候,音音一定会感觉自己像被所有人抛弃了。她除了外婆已无人可依,而外婆,去几乎连她都已不记得。

"或许,我真的是做错了。我本以为她真的离开了苏州,但是,就在前天,启扬才告诉我,音音自杀了。而且他也知道我当初找过音音谈,他怀疑我对音音说了苛刻的话。"甄姨哭泣道,"其实,我并不是要音音这样离开,我只是想她离开苏州,我很后悔,我真不应该说那些话……"

朱丽叶的秘密

"启扬，启扬他怎么知道的，他是前天才知道？"

"他确是才知道，就是因为这个事情，他才找到我大吵。我听他哭诉，才知道事情始末。"甄姨回忆道，"前天启扬生日，他很想音音，因为他这些年的生日都有音音陪他过，他给她打去电话却是空号，于是他再也忍不住去他们以前喜欢去的咖啡厅，他以为音音会如同往常一样在那里出现，他在那里等到打烊，结果都不见音音，他就找到老板询问，结果老板告诉他那个女孩已经好多个月没来过了。随后，启扬去了音音以前居住的地方，房东说音音搬走许久了，不过临走之前，她留了一个新地址给他，她还反复嘱咐房东如果她的男友来找她，就一定把那个地址给他，第二天，启扬找到了那个地方，恰巧房东张老太回来，他一打听，张老太告诉他，音音已经去世了。"

整件事情是这样？我在心中打着问号，因为照甄姨而言，音音压根不知她的身世，但明显，音音是知道的，这究竟是怎么一回事？

是甄姨在说谎吗？她是否刻意地隐瞒了音音的抑郁症这件事？

我不由暗忖，这件事会不会是这样：甄姨起先是想治好音音的病，所以她让音音去韩溯诊所，音音却不配合，去了几次便不去了，最后反而对甄姨步步紧逼，甄姨终于告诉了她实情，但音音压根不信她，所以她干脆利用音音的抑郁症将她一步步引向死亡？说到底，甄姨还是为了面子，以及维护儿子的利益的，更何况，当年毕竟是父亲背叛了甄姨，她不可能一点都不恨，所以甄姨才是这个害死音音的人，就连启扬也察觉了什么，他那句"刽子手"其实就是这个意思，而并非是指甄姨当初无情地拆散他与音音。

想到这里，我下意识地问："甄姨，听你这么说，音音从头到尾都不知晓自己是私生女？"

"我没告诉她,我想启扬也应该没有告诉她。"

"那你让音音离开苏州之后,你就再没见她了?"

甄姨哭着点头。

我注视着甄姨的眼睛,多想看穿她的心。

"可是不对吧。"我不由观察着她的表情,试探性地说道,"音音她在自杀前留下一些东西。"

"音音自杀前,留下一些东西?"甄姨不由皱眉,"她留下些什么?"

"留下一张纸条,而且我知道……"

我刚言及此处,病房的门骤然打开。

我侧头一看,是之凉,我急忙探手抹去眼泪,终是将嘴边的话咽下。

听到之凉说医生马上要来给甄姨做检查,我起身告辞。

这个时候,无论我表面上怎么努力平静,其实心绪早已是大乱。

我想,我需要片刻清静。

从医院出来,我将手放入兜里,握住兜里的录音笔,我咬着唇,眼泪又蒙了眼。

我必须反复去听与甄姨的对话,如果她说谎,一定可以听出丝毫破绽。

"尘朵。"

我听到有人在身后唤我,我转过身,是之凉。

她走到我跟前儿。

"你怎么了,很伤心的样子?"

我摇了摇头。

"别骗我了。"她不信,探手拍我的肩膀,"走吧,你是要回去吗？我开车送你。"

"不用了。"我婉拒，"拐个弯就到公车站，又不费事。"

"看你这个样子，我不放心。"之凉好意地问，"我刚才到病房时，听到你们在说音音，又见到你与甄姨都在掉泪，这是怎么一回事？"

听着之凉的话，我不禁想起甄姨之前说起，之凉以前知道唐音音是启扬的女友，如此而言，她难免好奇，不过，好奇归好奇，我还是不能告诉她实情。

"放心，我真的没事，只是无意地提起我爸来，难免伤心。"

言毕，我找了借口离开。

第二十章

回到了家。

我静静坐在沙发上,仿似万物皆空,只听得时钟滴答。

神情恍惚,良久。

我从兜里掏出录音笔,打开了它。

反复地听。

泪水再次汹涌。

我多想从中找出甄一娜的丝毫破绽。

但是却没能够。

我闭起眼来。

我告诉自己看不见,什么都看不见。

然而,始终是自欺,因为就算是闭眼,脑海里仍旧浮现一场旧事情债——那一场父母的爱情悲剧,以及,音音与启扬。

或者,远远不止他们。

这一刻,渐渐明白,原来所谓的情感,其实就是谁欠谁的债。

当对不起成为最后的语言,你可还会记起最初那句我爱你?

在我发怔间,也不知过了多久,屋外骤然响起急促的敲门声。

我匆匆擦去眼泪,将录音笔顺手放在沙发上。

打开门,我有些诧异,竟是之凉。

"之凉。"

"尘朵……"她欲言又止,像是打量我,我意识到她可能看到我哭红了的双眼。

"有什么事吗？"

"我就是不放心你。"

"进来再说吧。"

我们径自走到客厅，我去给她倒水喝。她则坐到了沙发上，刚坐上去，像是被什么东西硌了一下，于是探手一摸："录音笔？"

我闻声想连忙过去拿，但她已经打开了它，随即，响起我与甄姨的对话。

我将录音笔抢过来，放到了另一边。

她警觉地问："你干吗要录下甄姨的话？"

"我自有我的原因。"我简单应道。

"尘朵，你的想法是……你不觉得你很多想法是错误的？你为什么老要这样对甄姨充满戒心？"

"你又不是不知道，我与她之间的感情本来就不好。"

"但你也不至于将她当成敌人防着，她毕竟是养大你的母亲……"

"我纠正你很多次了，是继母，我们本来就没血缘。"我冷冷打断她的话，稍作平静，再道，"好了，别提这些了。"

"我已经提得很少了。你不知，甄姨对我讲过许多你小时候的事情，无论你怎么看待她，我也要说句，她是很爱你的。她还说有次弄坏了你的存钱罐，她后悔了好一阵，还给你买了个新的，结果你生气不要……"

我再次打断她，一摆手，"叫你别提了，那些陈年旧事，你不要老在我面前翻出来。她到底是怎样的人，也只有我和音音知道。"

"你这话是什么意思？"

听着之凉的话，我才惊觉我说漏了嘴。

朱丽叶的秘密

"今天在医院说的话,你全都悄悄录了下来,对吗?"

"嗯,如果你要告诉她……"

"我敢告诉她吗……"

之凉的话还未说完,我的手机响起,我一看,是甄姨打来的,我有些意外。

电话里,甄姨焦急万分,声音沙哑。

"启扬刚才给我发了一条信息,我转给你看看,它到底是什么意思,我现在六神无主,我真很担心启扬,朵朵,你要快些找到他……"

听着甄姨的声音,我有些揪心,但我最终只是简单地说道:"好的,我先看看启扬发的信息,我会尽力去找他的。"

挂了电话,之凉连忙问我怎么了,启扬发的什么信息。

正说着,信息转了过来,于是,我们一起看着它:"我终于明白我为何如此喜欢罗密欧与朱丽叶的故事,因为它告诉我们,罗密欧永远只能是罗密欧,朱丽叶也永远只能是朱丽叶,你只能跟随命运的步伐,抵达故事的终点,不要试图改变,因为结局已是注定,那是永远无法扭转的宿命。"

"糟糕……"我喃喃道。

"这……这是什么意思?"之凉侧首看,眼底尽是慌乱,"这是一种暗示吗?启扬是不是暗示自己会按照故事中说的那样去做?那不就是追随……"

之凉说到这里立时打住,我霍地惊觉,这段话里的意思,之凉为什么能看得明白?她刚刚说的追随,莫非是想说追随唐音音?

可是现在不是细想这些的时候。

我一阵心紧,难道,我真的要在失去一个亲人的情况下,还要再失去另一个亲人吗?

朱丽叶的秘密

他是我唯一的亲人。

我陡然站起:"现在得马上找到启扬,我怕晚了就来不及了。"

"我知道他在哪里。"之凉注视着我,轻轻说道,"一定在……晨光农场。"

"你知道农场的位置吗?"我问。

"知道,我去过的。"

"那我们现在就去。"

言毕,我不免自责,其实我早该想到启扬在农场,是我太忽视启扬的感受了,在这种时候,我第一个念头想的仍旧是真相,却没有站在姐姐的角度对他做丝毫关心。

我们驱车抵达晨光。

我紧跟之凉到了湖边木屋,可是灯开着,却没有人。

我站在门口,看着渐渐暗下来的天色,心急如焚。

望向不远处的湖泊,但见湖面在夕阳下微微泛动,本是美景,但此刻落入我眼里,却成为险境,那湖中涟漪,宛如我的心颤,看着湖面,那每一次漾动,宛如就动在我的心上,继而力量加大,不断地拍打,最终成为叫人崩溃的惊涛骇浪。

终于,我的心智大乱。

我奔向湖边,而与此同时,我已歇斯底里地大喊:"启扬,启扬,你在哪里啊启扬……"

之凉则僵直地站在门前,不知是因为恐惧,还是她在思索什么。

片刻之后。

"我知道了,我知道了。"之凉忽然大声说,"尘朵,尘朵,我知道他在哪里,我知道了,一定在那里。"

我冷眼蒙眬地转过身。

之凉跑过来一把拉住我:"西边……西边的酒窖。"

说罢,拉着我就朝一个方向跑去。

什么念头都未有,只似心下有一个声音反复喊道,快一点,再快一点。

我们就这么一直向酒窖奔去。

直到气喘吁吁,直到推开那扇酒窖的木门。

因为累得脚软,我们喘着气缓步朝里行。

终于,我们看到了启扬。

他倒在地上,周围乱七八糟的全是酒瓶。

红色的那是什么,是血,启扬的脸上有血。

"启扬。"之凉大喊一声,瘫坐在地,脸色骤然惨白,"启扬,不要……"

我蠕动着唇,眼泪如潮涌出。

他死了吗?

我缓缓地走近,不,我不接受这种结局,什么朱丽叶,什么罗密欧,那只是故事,只是故事。

启扬,你应该明白,人生不是说放弃就该放弃。

正如韩溯所言:人生不是说放弃就该放弃,我们的身体,我们的发肤,我们的笑,我们的哭,这些,不单单只是属于我们自己的,有时候,我们之所以还能勇敢地活在这个世上,不是为了我们自己,而是为了那些爱我们的人,我们的父母,我们的姐妹,我们的知己,我们的家人。因为他们,你会明白,死亡这件事,许多时候,只能是一个人的一了百了,你怎会这么自私地选择这种简单,却让那些爱你的人去承受那些你已经感觉不到的复杂呢?那些复杂的东西，不仅仅是肉眼看得见的悲伤与哭泣。

在这一刻，我才真正明白，韩溯说得有多对。

为什么，为什么，启扬，你不应该这样，你怎么能与音音一样？

我跑到启扬的身边，拉起他的手，泪水止不住地往下掉。

他的手是暖的，他还有呼吸。

只是，为何他的脸上有血？

我再弯腰细看，他的脸上有两道口子，像是被什么划伤了，脸上还有细碎的玻璃碴，我侧眼看了看附近，有些打碎的酒瓶。

原来他只是醉得不省人事。

"之凉，快过来。"我欣喜地叫之凉，"启扬没事儿，他只是被酒瓶划伤了。"

此刻，我甚是欣慰，他到底没有丢掉那份理智。

就让他狠狠地醉一场吧。

只要明天可以彻底清醒，此时的醉生梦死，又怎么是一种坏事？

之凉跌跌撞撞地走过来，看着地上的启扬，她跪地将他拥入怀中："对不起，对不起启扬，我错了，是我错了，这一切，都是我铸成的错误，我好后悔……好后悔。"

之凉的话让我再次诧异。

我侧眼看她，疑窦丛生。

她为何要这么说？

难道……

"难道之凉才是唆使音音走向绝路的那个人？"

当次日我将所有事情告诉唐亦翔后，我不由说出了自己的看法。

"照你所言,极有可能。若非心中有愧,她就不会说出这些莫名其妙的话来。"唐亦翔应道,"而且,你不觉得在医院时,她的出现太可疑了?她像是知道你那会儿就在医院,退一万步说,就算她是去医院看望甄姨,又怎会刚巧在你说到最关键的时候就出现了?"

唐亦翔的话不无道理。

启扬毫不知情,所以质问甄姨,他负气离开,甄姨住院,这些事情不算是小事情了,但是从头到尾,之凉虽然像自家人一样地照顾甄姨,却对事情发生的原委并不显得好奇,这的确让人奇怪。

如果之凉是这个人,那么她为何会知道这些事情?

"怎么会是她?!"我不由自言自语,"我做梦也想不到是她,在我看来,她并不是那种充满心机的女子,而且她是我最好的朋友,我该如何面对……"

"因为她爱顾启扬。"唐亦翔说,"爱情的力量无比可怕,它可以让一个人升华成天使,也可以让一个人沦落为魔鬼。"

"那怎样才能让之凉说出实情?"

"你与甄姨的对话我都仔细听了,我还记得你最后质疑音音对其身世毫不知情,且还提到音音留下了什么,这时之凉就闯进屋来了,对吧?"

我点头应"是"。

"那么可以从音音留下的东西入手,让她再露出更多马脚,况且,她现在也应该方寸大乱了,不然也不会说出那些话。"

"我真的不敢去想,当答案揭晓,会是什么样儿。"我轻轻说道,语气悲伤,"真的不敢去想。"

唐亦翔听到我的话,不由叹息,他靠近我,见我流泪,不由抬手,本欲擦去我的泪水,但最终还是犹豫了,稍作停顿,他安慰似

朱丽叶的秘密

的一拍我的肩膀。

"别想得太糟糕,当事情直面而来,你自然会懂得如何应对。船到桥头自然直,这句自然就是它的道理。"言及此处,他面露歉疚,"真没想到,短短数天,发生了这么多事情,你心情一定很差,而我,竟还在计较那天你说的那些话,想来真不应该,走吧,我们去吃点东西,然后我陪你回家一趟。你不是说启扬已经回到家了,而且之凉一直陪着他吗?待会儿我们就去你家见之凉,带上那本书以及那张纸片。"

"你的意思是要当着启扬的面揭穿她?"

"当不当着启扬的面揭穿,这要看她的了。"

"我怕,这对启扬来说,又会是一个打击,毕竟,之凉对甄姨和他都那么好。"

"这个打击远远不及他失去音音那么重,我相信,他应该能承受。"

第二十一章

岑之凉失踪了。

今天，是失去她消息的第10天。

没人知道她在哪里，包括她最爱的顾启扬。

10天前的那个晚上，我与唐亦翔到甄家，本欲向她追问出答案，却不过换来一封信，一封她让忠叔转给我的信。

当我拆开信，逐一看去，我们苦寻几个月的答案，终于——呈现：

尘朵：

写这封信时，我已不配是与你走过多年的朋友，也不配是启扬所谓的知己，更不配是甄姨所疼爱的人。

一路挽歌行，我心亦不回，这是今天启扬醒来说的唯一一句话，而这句话，让我深知，我真的做错了。

我所犯的错，恐怕这一辈子都无法得到你们的原谅。

尘朵，我知你一直在找那个人，那个间接害死音音的人。

这个人，就是我。

对不起。

我从未想过，事情会演变到今天这个样子。

我知你一定很困惑，一定想要弄清楚整件事。

而这数月来，我是如此惶惶不可终日，所以，我渴望说出来，不求原谅，只当做，一名不望宽恕者的忏悔。

彼时，甄姨与启扬因为一个叫唐音音的女孩闹得极不开心，而且我隐隐觉得这中间有什么，所以我叫平素和我关系不错的淑雯替我注意下甄姨与启扬的举动，那次，甄姨让淑雯叫启扬去她的房间，并告之淑雯别让任何人打搅，淑雯给我打了电话，我连忙叫她偷听，后来，她将他们的对话告诉了我。也因为这次对话，启扬终于决定彻底与音音分手，之后，甄姨也找过音音，但是音音却不肯离开苏州，反而竭力地寻找启扬，最后，她去了农场等他，农场的小张给启扬打来电话，其实启扬老早就做过吩咐，接到小张的电话后，启扬未作多言，只是让他们什么都不说随她去。我知启扬的痛苦，也明白他为什么整天喝酒。那天我想了许久，觉得这样下去不是办法，我不得不为启扬与甄姨着想，毕竟顾家在此地也算是有些名望，这种事情太不光彩，还是越早结束越好，况且这样下去，他们迟早铸成大错，加之我真的觉得音音身世可怜，所以我去了农场，我告诉音音，我是启扬的表姐，我胡乱地说了个名字，并未用真名。我告诉她是启扬让我来的，音音当时又惊又喜，就这样，她听从了我的安排，而后，我隔三岔五地去看她，她也愈来愈信任我。

渐渐地，我发觉音音有很多极端的想法，以及叫人不可理喻的做法。

许多次，我见她抱着一本《罗密欧与朱丽叶》念念有词，边看边哭；又有许多次，她拿着锋利小刀自残。

后来，我让她去看心理医生，她本是拒绝，我就骗她，那是启扬的意思，而且，再等段时间，启扬就可以说服他的母亲接受她了。不过，她不能对任何人提起启扬的名字，否则他的努力将前功尽弃。

听到这些，音音便同意了。

朱丽叶的秘密

然而才几个星期，音音就拒绝治疗拒绝吃药并吵着要见启扬，一定要见启扬，她再也受不了，受不了这种日日思君不见君的生活，她说再这样下去她宁可死去。

我知她太爱启扬，但是今生今世，他们都不能在一起。

本有好几次，我都差点说出来，可是话到嘴边，我却无法启齿。

她又开始自残。

一次，又一次。

无奈之下，我只想断了她对启扬抱有希望的念头，于是，我告诉了她实情，她就是启扬同父异母的妹妹。

听着我的话，她安静了下来。

她问我，她的姐姐长什么样子，她问我，可不可以见见她。

我答不可以，她就跪在我的面前，我还是不说，她竟在我的面前磕头，求着我，一直求着我。

看着她，我心软下来，于是，我告诉她，我有办法让她见到姐姐，但是她得按我说的做，并且不能告诉你，一定不能向你透露丝毫，否则，一旦被人知道这件事，这会对顾家不利，顾家会被所有人耻笑。

终究为面子。

终究不过眷恋这宛如泡沫一般的虚荣。

有多少人，终究被它奴化成为卑躬屈膝的姿态，却还以为是种荣耀。

逃不过，我亦然。

音音答应了我的要求。并拿出《圣经》，对着它起誓，她会缄默其口。

那个时候，我才知道她是名信徒。

于是，她应聘到EU上班。

我还让音音住到离公司较近的地方，而我每每去看她，都会事先给她电话，房东不在时我才会去，而且待的时间极短。

那段时间，每每我们见面，她都向我讲起你。

她说："我今天跟姐姐说话了，她还帮我复印了文件。"

或者她说："昨天我跟姐姐一起去公司对面的餐厅吃饭，她还给我夹菜了。"

抑或者她说："今天我盯着姐姐看，姐姐还以为脸上有东西，急忙跑到洗手间去照镜子。"

诸如此类，许多许多。

每每这时，我的心绪都异常复杂。

为什么，有时她乖巧得让人心疼，为什么，有时她又无理得让人恼恨。

本以为她会渐渐平静下来。谁知，一次我们在外面吃饭，她无意间看到了我手机上的照片，我与启扬在一起的照片。

一路上，她发疯似的对我吼，说我欺骗她，说我故意拆散她与启扬。

我万分着急，见她又失去了理智。

怕引得路人注意，我将她拉至不远处的石桥上。

我不由想起你当时与韩溯订婚做戏给甄姨看的事。于是我告诉音音，我有苦衷，我并不爱启扬，启扬也不爱我，我们只是做戏给他的母亲看，是启扬求我帮他照顾音音。

她还是不信，便问我为什么上次说启扬正在努力地说服他母亲，其实我与启扬却在一起了？哪怕是做戏，我们也确实在一起了，手机上的照片就是证明。

我被她问住，一时语塞，她就说无论启扬是不是她的哥哥，她也要与他在一起，她只要陪在他身边就好，就像以前一样，他们可以自由自在地生活在农场，抛却俗世喧嚣，她一定要见启扬，她要亲口告诉他，她会等他，他们可以放弃血缘的这种负担，只要坚信他们的爱，没有什么可以将他们分开。

听她说出这番话，我感觉恐惧，或许在她的心里，启扬就是她的全部，她太渴望被爱。这种渴望，早已扭曲她的思想，不仅仅如此，她还要拉着启扬一起走向绝境。

其实我知道，启扬有多爱她，正因为这份爱，所以他才不敢见她，怕自己控制不住心内的欲念。

这般想着，我愈来愈害怕，因为音音说得很对，其实启扬打心底是不愿意放弃这段感情的。

在这段爱中，他刻意地后退，她竭力地靠近，当他无路可退时，结果会怎样？

不敢想象。

若真到了那步，恐怕这一切，就连甄姨也不能掌控了。

恐慌之下，我劝她千万不能有这种想法，这种想法，它是这么罪恶，它不会被上帝原谅。她应该为启扬着想，为顾家着想，因为事情一旦暴露，往事皆会被翻出，她应该以大局为重，许多时候，不是自己想怎样就能怎样的。

音音不听劝，只说她要做一次她自己，不会再被任何人主宰。她说这一世，她从未做过她自己。

然后，然后她忽然露出一种可怕的笑来，她说我告诉你一个秘密，在两年前……，所以，启扬，不会、也不可以放弃她。

尘朵，你一定能猜到那是什么秘密，只有启扬与她才知道的秘密。

我当下惊骇，站在那里，半晌说不出话来。

朱丽叶的秘密

我看着她站在桥头看着河水，她一遍又一遍地说，说："启扬，我们一定要在一起。"

那一刻，我多想上前，上前伸手一推。或许，这一推，什么事情，都会画上句号，一种最完满的句号。

可是，我知道，那一刻，还不能那样做。

我有了一个计划。

我趁音音不注意配了一把钥匙。

几天后，我拿出一份病例给音音看，我告诉她，这便是启扬一直不见他的原因，因为他得了绝症。我还给音音听了一段启扬说的话，虽然这段话只有一句，内容是"我知道这病无法医治，我只愿她能开心"。

这段话确实是启扬说的，但却是我故意与他谈及甄姨时，将它录了下来，尔后，断章取义。

这个时候，音音已是相信，她已然泣不成声。

我将一本《圣经》拿给她，并告知她，这本《圣经》是启扬让我给他的，这本《圣经》更让她对我的话深信不疑，因为她以为这本书就是当初与启扬见面时候互赠的那本。

其实，我不过是买了一本相同的。

我告诉她，里面有一张纸，是启扬写给她的。

她便打开书，看着上面的字，怔怔看着上面的字——

我知，彼岸尽头，也若起点，轮回。

我知，遁世流火，也若星辰，永恒。

朱丽叶，唯有你，明白我的忧；就如，只有我，懂得你的伤。

请将你的手放入我的手中。

默念崇奉的上帝之语，朝着神的指引，抵达最纯净的地方。

看到了吗，看到了吗？

朱丽叶的秘密

只要坚信，你一定能看到。

我就站在那里，朝你伸手，迎你来到。

你的罗密欧

她轻轻地念，眼泪一滴滴地落在了纸上。

我问她在念什么，这是什么意思呢，我怎么听不明白。

她说她明白，只有她能明白，她说她能明白启扬想告诉她什么。

离开她之前，我告诉她，启扬最在乎的有两个人，一个人是她，另一个人就是他的母亲，而他的母亲，最在乎的就是顾家的声誉。

所以我告诉音音，在她做每一件事情前，都要想到后果，如果启扬离开这个世界，那么，他一定不希望任何知道他以前做过的有辱顾家颜面的事，而那些与这些事情相关的东西，他一定不会留下，比如照片，比如手机。

听闻我的话，音音喃喃地重复着，照片，手机。

上穷碧落下黄泉，她以为如此。

音音去世后，我悄悄回了趟阁楼，我发觉那两本相册真的不见了，纸箱里的，不过是她以前的照片，我又翻看了那本《圣经》，里面的纸也不见了，我估摸着是她烧掉了，因为时间的关系，我简单地查看了一遍纸箱，发觉一角卡着一个音乐盒，我像是在启扬那里看到过，故此拿走了它，我觉得应该没留下什么东西能连累上顾家，更何况音音是自杀，这是千真万确的自杀案，所以我在阁楼上未作过多停留，就放心离开。

我曾以为，这件事就此结束了，未曾料想，却是另一种开始。

我喝醉的那天，去了你家，在次日早上，其实我听到了你与唐亦翔的对话。

那种隐藏在心下的恐惧感，变得明显起来。

我害怕你查下去，可是，我却没有办法阻止。

你终究还是一步步靠近答案。

前几天你在启扬房间里翻查东西，淑雯再次告诉了我，我隐隐明白，你已经知道了很多。

但是，我没想到，你竟将所有矛头指向了甄姨。

她是无辜的。

她对我所做的一切毫不知情。

在我眼里，她是一位好母亲，对你，对启扬，也包括对音音。

试想，有多少女人可以做到这样？面对爱人背叛，还得接受他的嘱托，去助养他与另外的女人所生的孩子。

这有多难。

尘朵，我希望你理解她，不仅是因为我渴望作她媳妇儿才帮她说话，更是因为，你是我最好的朋友。

但是，因为我的错误，你却愈发恨她。

不仅仅如此，我还害了启扬，害得他这么痛苦，恐怕音音会是他这一辈子的痛。

我深知，没人能代替音音留在他的心中。

看着他倒在酒窖里的那一刻，我就知道，我真的犯了大错，错到连我自己都无法原谅自己。

那么，就让我带着这种愧疚，带着这种忏悔，用自己以后的时光去赎罪吧。

这些，都是我该承受的，因为每个人都应该为自己所犯下的错误承担后果。

对不起。

之凉

朱丽叶的秘密

记得当唐亦翔看完了这封信后,他将信装进信封里,放在了桌上。

　　继而,他走向窗口,一语不发。

　　我走向他的身边,本欲开口,却见他的眼泪缓缓流下。

　　我们沉默了许久。

　　"或许,这就是音音的人生。"我说,"解开束缚,却剩下遗憾,以及之凉。"

　　"不管哪一种人生,都会有遗憾,束缚,往往来自于自我。"他轻轻地说,言毕,侧首看我。

　　凝视我良久,满目竟是忧。

　　我忽然有了一种意识,他是在记住我的样子。将我记进心中。

　　我的眼里有了泪水。

　　他忽然探手,将我拥入怀内。

　　"你也要离开了吗?"

　　"是的。"

　　"为什么不能留下?"

　　"有些东西,我还未放下。"

　　"可是,船要远行,是需要帆的。我说过,我可以像……"

　　"你不可以!因为,你难以放下的东西,比我还多。你自私了太久,你的洒脱,只能在某天换来你深深的自疚,那会成为束缚。"

　　我无法强求,因为他的话是对的。

　　我终于落下泪来,"我们还会再见吗?"

　　他没有回答我。

第二十二章

3年后。

这天下班,我到吴雪乔的店里,选了一个小玩意儿当生日礼物送同事。

她的店比以前大了一半儿,请了多个员工,但她仍不偷懒,只要没事,都会守在店里,就算此刻挺着一个大肚子。

将礼品包装好,她笑意盎然地递给了我。

"还得让你亲自给我包,真不好意思。"

"那你多带点人过来照顾我生意不就成喽。"她玩笑说,忽然一蹙眉,"哇,宝宝又踢我了。"

我忙不迭伸手,轻抚上她的腹部:"这么调皮,一定是男孩。"

雪乔故意叹气:"可是韩溯昨天还摸着他说感觉就是个女孩,他还说他巴不得是个女孩呢。"

"他什么时候做起妇产科医生来了。"我笑道,"下次建议他兼职。"

就此与她闲谈了一阵,我从店里走了出去。

日子过得就是这么快,当你惊觉要用3年来计算时,你已经跨过了它的过程,从这一边去到了另一边。

这条街已发生了改变。

好多店面,开了又关,关了又开,未见旧人,已是新颜。

失去了一些朋友,也有了新的朋友,兴许生活就是如此,失去与得到，得到与失去，纵有不舍，却须习惯。

怀念多了，才惊觉时光过去得这么快。所以怀念，就是见证记忆的存在，却也是见证，时光的稍纵即逝。而稍纵即逝的东西，往往才叫人学会珍惜。

未必不是好事，只要，明白得不是太晚。

或许，启扬已然明白这个道理，所以，消沉了一年后，他终于专注于自己的事业，在两年时间内，不仅扩大了公司规模，还开始投资做房地产。

而我，亦是明白了这个道理，但却已是力不从心，就如，我对甄姨。

3年前，唐亦翔走后，我搬了回去与甄姨同住。

我多想这辈子像她的亲生女儿一般照顾她，以弥补我这些年来对她的亏欠，只是，短短一年后，甄姨便去世了，也就在她去世后，启扬似乎彻底地明白了许多东西，他开始真正挑起顾氏大梁。

一切都无法再回头。

所以好好爱那些爱你的人吧。如果他们爱的不是你身上所有闪光点，如果他们接纳你身上所有的瑕疵，当你因为某事而任性地想要远离他们时，你不如反过来想，如果他们离开了你，你会不会觉得恐慌？会不会认为除了他们，不会再有另外的人，像他们疼爱你那样去疼爱你了。

若真如此，你还会抱怨什么？若真如此，不如懂得去爱他们。

6月的一天。

这天是外婆的生日，我早早买了礼物，搭车去养老院。

缓缓走过绿荫小道。

蝉鸣声，连绵不断。

我微微抬首，看着树缝间摇动的光芒，宛如星辰，相当好看。

乘凉的凉亭就在前方，那是养老院扩建的休憩之所。

转过一个弯，终于看到了外婆的背影。

我看到她在呵呵地笑，像是在和谁聊天。有人坐在她旁侧，替她摇扇。

我慢慢走近。

"外婆，我又来了。"

我说着，不由侧头去看，而那人也随之抬起头来。

是一张熟悉的面孔。

不过，却有了些改变。

他没有了胡须，剪短了头发。

看着我，他微微一笑。

这种笑意，宛如他曾给我看过他的照片中一样，清爽明亮。

他说："嗨，好久不见。"

我说："嗨，好久不见。"

我们坐在外婆的两侧，陪着外婆说话。

但是我们没有直接交谈。

过了一会儿，我的手机响起，我起身到一旁接电话。

说完电话，我转过身，他正站在我身后。

"我得走了。"他说。

"哦。"

"你的手机号换了吗？"

"没有。"

"我的，也没有。"

"是么？"我淡淡一笑，"我还以为换了，3年没有接到你一条信息。"

"我以为亦是如此,我甚至怀疑高原那边信号不好,恰恰就漏掉了一条最重要的信息。"

我但笑不语。

他忽然伸手,往我脑后一比划。

我莫名其妙地道:"你做什么?"

"竟然比当初我的头发长过了这么多。"他故意吁气,"别个发卡不知是什么样子,待会儿给你买个试试。"

"待会儿?"我皱眉,"你不是要走了么?"

"嗯,要离开养老院赶回苏州,下午有个地方得去面试。"

"哦?"我有些意外,"你不回去了?"

他微微摇头:"守住秘密的感觉真不好,所以我决定不那么辛苦了。"

"是吗?"我的唇角有一丝笑意。

看来,就算3年过去了,彼此心思,多多少少,还能猜到。

"你知道我的秘密是什么?"

"不知道。"

他笑着,微微垂首,靠近了我的耳畔轻言。

言毕,他转了身去,迈步离去。

注视着他的背影,我的笑意深了些。

唐亦翔,我知道你的秘密,因为它,也是我的秘密。

我爱你。

朱丽叶的秘密